Philipp Moog

Anderwelt

Philipp Moog

Anderwelt

Roman

Karl **Rauch**

»Hier ist Wasser. Was steht meiner Taufe noch im Weg?«

Apg 8,36

und er drehte sich um
und da war nichts
und da war alles
und er machte sich auf den Weg

Nach kurzer, schwerer Krankheit bist Du, mein geliebter Mann, unser Vater, Bruder, Großvater und Patenonkel von uns gegangen.

Helmuth ›T. H.‹ Bethmann

* 17. 7. 1928 † 19. 8. 2015

In stiller Trauer:

Deine **Amelie Bethmann**

Deine Kinder
Dr. Justus Bethmann mit **Svenja Bethmann**
und Deine Enkelin **Katja**

Marco Bethmann

Neele Sandweg mit **Thomas Sandweg**
und Deine Enkel **Finlay** und **Tiffany**

Deine Schwester
Zäzilie Neuhaus
und Dein Neffe **Benjamin**

Der Trauergottesdienst mit anschließender Beisetzung findet am 24.8. 2015 um 11.00 Uhr in der Heilig-Kreuz-Kirche statt.

»Helmuth!!«

T. H.

In der Ferne hörte ich Vater meinen Namen rufen.

Der Wind trug seine Stimme den Hohlweg hinauf, weiter den Pfad hinter dem Heustadel entlang und durch das Gatter hindurch, über die Wiese von Bauer Seydelitz, in der die umgeknickten Grashalme unsere Fußspuren zeichneten, vorbei an den Brombeersträuchern und den Holunderbüschen und dann zu uns in den kleinen Wald hinein.

Wir standen uns gegenüber.

Er reagierte nicht auf die entfernten Rufe. Genauso wenig wie ich.

Er sah mich einfach nur an. Als ob er plötzlich spürte, dass etwas nicht stimmte.

Meine rechte Hand lag auf meiner Hüfte, auf dem Koppel mit dem Fahrtenmesser.

Ohne ihn aus den Augen zu lassen, löste ich langsam meinen Zeigefinger von der Raute, ließ ihn die gewaffelte Griffschale nach oben gleiten, bis er die Lederschlaufe fand.

Auf einmal wandte er sich ab und ließ den Blick ein weiteres Mal durch die Lichtung hinter sich wandern. Als könnte er es nicht glauben.

Ich wusste, was er suchte.

Die dünnen Haare auf seinem Hinterkopf bewegten sich im Wind.

Als er sich wieder zu mir umdrehte, war der Druckknopf bereits gelöst, hielt meine Hand den Griff umfasst.

Justus

»Mach die Augen zu.

Stell's dir vor. Jetzt. Wie die Blätter fallen nachts. Kühl schon.

Du setzt dich hin. Die Stille und die Blätter. Horch! Sie fallen nur. Wie Regen klingt das. Fallen über Blatt und Blatt. *Klack – klack – klack – klack – klack*. Segeln auf das müde Gras. Gelb und Braun. Und das Rot. Auch heuer wieder. Immer wieder.

Und jetzt frag ich dich: Lässt der Baum das Blatt los? Oder das Blatt den Baum? Was glaubst du?

Du sollst die Augen zumachen!«

Ich stehe vor seiner Arkade. Mit geschlossenen Augen. Fußgänger laufen an mir vorbei. Irgendwo spielt irgendwer auf einem Akkordeon *La Paloma*. Er ist heute gut drauf irgendwie. Bis jetzt. Ich versuche Zeit zu gewinnen. »Was ich glaube?«

»Das ist keine Antwort.«

»… was?«

»Das auch nicht.«

Langsam spüre ich wieder die Hitze in mir aufsteigen. Die Wut. Egal.

»Wenn die Tage kürzer werden«, beginne ich und bemühe mich dabei gelassen zu klingen, »bereiten sich die Bäume auf den Winter vor. Wenn der Boden gefroren ist, können sie kein Wasser aufnehmen, also lassen sie die Blätter fallen, um nicht zu verdursten. Der Baum entwickelt dafür sogenannte *Phytohormone* und schickt die zu den Blattstielen. Die Phytohormone bilden ein Trenngewebe, das mit der Zeit verkorkt, und dann …«

»Ja?«

»… fallen die Blätter ab.«

»Weil sie es wollen?«

»Ich denke, es bleibt ihnen nicht viel anderes übrig.«

»Augen zu! Mit deinen Phytohormonen kommst du aus der Nummer nicht raus«, sagt er, schärfer im Ton jetzt.

»Na ja …«

»Ich hab gefragt, wer loslässt. Und was *du glaubst.*«

Jemand rempelt mich an, aber ich halte die Augen geschlossen. Ich höre einen Mann eine Entschuldigung murmeln, dann geht er weiter.

»Keiner von beiden lässt los«, sage ich.

»Keiner?«

»Weder Baum noch Blatt.«

»Aha.« Ein Hauch von Enttäuschung liegt in seiner Stimme.

Ich öffne die Augen.

Er sitzt auf seinem Stück Karton, die Knie angezogen, die Arme um sie gelegt. Sein Blick hängt irgendwo im Fußgängerstrom.

Ich greife in die Innentasche meines Jacketts.

In dem Filzhut vor ihm auf dem Boden liegen ein paar Münzen. Ich ziehe den bereitgelegten Zehneuroschein hervor, beuge mich zu dem Mann hinunter und lege ihn dazu.

»Der Wind entscheidet das«, sage ich.

»Das glaubst du?«

»Das *weiß* ich.« Damit richte ich mich auf. Einen Moment lang sehe ich ihn noch an, warte auf eine Reaktion, die ausbleibt. Dann gehe ich und lasse ihn unter seiner Arkade sitzen, inmitten seiner Habseligkeiten.

»Hey!«

Ich bleibe nicht stehen. Heute nicht.

»Hey!! Ich will wissen, was *du glaubst*!!«

Ich winke ihm zu, ohne mich umzudrehen. »Tut mir wirklich leid, aber ich bin zum Lunch verabredet!«

»Ach ja?! Pass auf, dass du dich nicht verschluckst!!«

Ich beschleunige meine Schritte.

»Hey!! Du!! Schau mal, was ich mit deiner Kohle mache!! Da!!«

Ich sehe mir heute auch nicht an, wie er den Schein zerreißt. Mein Magen knurrt. Und immer noch leichte Kopfschmerzen. Olaf wollte mich heute Mittag treffen. Klang wichtig. Ich winke nach einem Taxi.

Justus

Ich lasse die Hand sinken. Der Barkellner hat verstanden und macht sich auf den Weg.

»Die Nahrungskette reißt einfach ab«, sagt Olaf.

Ich nicke. Ein winziges Stück des Bratherings, den ich gerade vertilge, hat es sich in meiner linken oberen Zahnreihe gemütlich gemacht, zwischen dem 23er und dem implantierten 24er. Ich sauge Luft durch die Zahnlücke. Und das macht ein zischendes Geräusch.

»Wie jetzt?«, fragt Olaf.

»Sorry«, schiebe ich ein, »das is' … ich esse halt leider total gern Fisch, selber, also, wenn der so wie hier …«

»Das is' hier nicht anders als in jedem verschissenen Discounter!«, fällt Olaf mir ins Wort. »Thunfisch in der Dose, Sushi, Sashimi, Tekka Maki, Rollmops, das is' alles …«

»Ohhh, Sashimi, das wär's jetzt.« Ich halte Ausschau nach dem Ober.

»Ich mein's ernst, Mann!«

»Ich auch«, erwidere ich, während ich den Kellner erspäht habe, der gerade eine weitere beschlagene Flasche *Entre Deux Mers* entkorkt.

Olaf schüttelt den Kopf und dreht eine Baguette-Scheibe im Körbchen um.

»Jeder Mensch isst im Schnitt 17 Kilogramm Fisch. Pro Jahr, Justus! Und weißt du, wie hoch die Beifangquote ist?«

Gegenüber an der Theke hat etwas circa 35-Jähriges Platz genommen. Langes Haar. Brünett. Sie bestellt. Der Kellner nickt, während er am Silikonkorken unserer Flasche riecht.

»Hm? Die was?«

»Beifangquote! Das sind die ganzen Fische, die mit ins Netz gehen, aber auf dem Kutter verrecken, weil sie nicht gebraucht werden. Die krepieren, und dann werden sie ins Meer zurück gekippt. 40 Prozent des Fangs für nichts. Beifang. Für 'n bisschen erlesenen Fisch. Tot. Weg. Weggeworfen!«

Ich probiere. »Is' gut. Wunderbar.«

Der Kellner schenkt nach.

Ich schnuppere am Glas. »40 Prozent?«

»Ach ...«, grummelt Olaf, dann ein »Danke«, als der Kellner auch sein Glas nachgefüllt hat.

»Habt ihr Sashimi?«, frage ich.

Der Kellner schüttelt den Kopf. »Leider nicht. Nur dienstags. Zum Wohl!«

Ich hebe das Glas und proste Olaf zu. Und danach der Brünetten, die das aber nicht sieht, und trinke. Dann ziehe ich einen Zahnstocher aus der Menage vor mir auf dem Tresen, fingere ihn aus seiner winzigen Klarsichthülle, schiebe ihn zwischen den 23er und den 24er und befreie meine beiden Zähne von dem Druck, den der Bratheringsrest zwischen ihnen aufgebaut hatte. Erleichterung. Ich sauge ein paar Mal nach. Frei. Alles sauber. Ich pieke den Zahnstocher in die Schwanzflosse des toten Fischs auf meinem Teller und lächele Olaf an.

»Das interessiert dich doch einen Dreck, oder?«, fragt er.

Ich greife wieder nach meinem Besteck und trenne ein weiteres Stück Brathering von seinem Rückgrat. »Der Fisch ist ein Kaltblüter«, sage ich und schiebe mir die Gabel in den Mund, »der nimmt das nicht so genau, glaub mir.«

Olaf schüttelt den Kopf. Er stellt sein Glas auf den Tresen, fährt an dem Stiel mit Daumen und Zeigefinger auf und ab.

»Du wolltest doch mit mir über irgendwas reden. Über toten Fisch?«, frage ich und schiebe mir einen weiteren Bissen in den Mund. In dem Augenblick sieht die Brünette zu mir herüber. Ich lächle ihr mit vollem Mund zu und hebe dabei das Glas. Sie zögert einen Moment, dann erwidert sie den Gruß mit einem reservierten Lächeln.

»Kannst du mir Geld leihen?«

Mein Blick löst sich von der Brünetten und wandert zurück zu Olaf. Wortlos sehe ich ihn an. Sein Gesicht ist vor Scham gerötet. Da ich nicht sofort antworte, glaubt er seine Zweifel bestätigt, die ihn davon abhalten wollten, mich anzupumpen. Auf seiner Stirn hat sich ein feuchter Film gebildet.

Er verdreht die Augen. »Vergiss es.«

»Was hast'n vor?«, frage ich. »Für was brauchst du's denn?«

Olaf beginnt wieder, mit Daumen und Zeigefinger am Stiel seines Glases auf und ab zu fahren. »Das is' ein bisschen …«

Er schüttelt den Kopf.

»Bisschen?«

»Heikel.«

Ich ziehe die Augenbrauen hoch.

»Nicht was du jetzt denkst.«

»Was denk ich denn?«

Er windet sich, wischt sich mit der Hand über die Stirn. »Also, eigentlich war das Irenes Idee.«

»War *was* Irenes Idee?«

»Ich soll … ich will mir Haare implantieren lassen.«

»Wo?«

»Wo schon.«

Ich nicke kurz und schiebe mir ein weiteres Stück Brathering in den Mund. »Fallen die da auch schon aus?«, frage ich mit vollem Mund.

Ein Moment Schweigen. Dann pruste ich los. Breche in wieherndes Gelächter aus. Ich halte mir den Bauch, kriege mich überhaupt nicht mehr ein. Tränen steigen mir in die Augen. Die Brünette guckt. Totaler Lachanfall. Ich klopfe mir auf die Schenkel. Und dann verschlucke ich mich.

Irgendwas hängt quer.

Räuspern.

Dann noch mal. Heftiger jetzt.

»Justus?«

Ich lächele noch kurz, und krächze dann: »Ich krieg keine …«

Versuche einzuatmen. Keine Chance. Würge.

»Justus … ey?«

Ich springe von meinem Hocker. Der Kellner blickt auf. Zwei Gäste tuscheln. Ich beuge mich nach vorn, stoße unartikulierte Laute hervor.

»Tu mal die Hände hoch!«, ruft Olaf. Er klopft mir auf den Rücken.

»Wollen Sie ein Glas Wasser?«, fragt jemand.

Mein Körper wird von heftigen Stößen nach vorn und wieder zurückgeworfen. Ich japse nach Luft. Vergeblich!

»Justus, hey … alles…?!«

Panik. Ich stöhne. Gehe auf die Knie.

Mein Körper bäumt sich auf. Pfeifende Geräusche jetzt. Es kommt aber keine Luft rein. Nur raus. Ich stoße, sauge. Nichts! Dann sacke ich auf den Boden. Heißer Kopf.

Röchele.

Ziehe die Knie an den Körper. Greife nach meiner Brust, greife nach Olaf, nach–

irgendwas

»Justus!!?«

Keine Luft für eine Antwort.

Ich liege auf der Seite. Stuhlbeine. Schuhe. Jemand beugt sich zu mir herab.

Mein Körper beginnt zu zucken.

Die *Baume & Mercier* an meinem Handgelenk schrabbt über den Boden.

Das Geräusch klingt wie …

»Justus?«

ein heller Ton — weich — alles hier — so warm — ich bin — Austernbar — Entre Deux M... — *Das ist aber — Ist das Ihr Auto? — Das ist ein Bürgersteig! — Herr Doktor, da ist — wie aus dem Gesicht geschn...* — Ja, ich will! — *im Namen der Klinik freuen* — will denken an — Svenja ist eigentlich — Umsatzsteuer — A. I. P. — Arzt im — 1,7 — 2,7 — Rom — Spanische Treppe — Algarve — Meerblick bitte! — Papa, du bist — TÜV — aber – *diese Schrottkarre?!* – erstes – rot!! – 'ne Dreigang-Schaltung, wenn – *Niemals*! – Aber Papa, ich – Aquarium mit – Kette raus – *Prost!!* – Susanne schiebt ihre Hand in meine – steif – *Pickelprinz!!* – ich hab – vorm Spiegel Haare unten – Mama? – will denken an – juckt – denke an – *Hast du das selbst gemacht?* – Lachen alle – *Lach doch mal!* – Schaukelpferd, verkehrt herum! – *Und alle mal recht freundlich jetzt!* – BLITZ!! – Dritte Reihe, zweiter von rechts – BLITZ!! – *Guckt doch mal den Baum an!* – Weihnachtskugel mit was drauf – *Dreirad, das ist ein – langsam! – Wer weint denn da? – Ist das aua? – Das ist der Marco – Erst rechts, dann links gucken!* – Mama?! – *tick tack macht die – Wo ist der Wauwau?* – dada!! –
riecht nach – Milch, das ist – *schhhhh* –
wen haben wir denn da? – so hell –
so weich – *ja – schhhh – psssst –*
so ist gut – ist gut – schhhhh –
r u h i g – r u h i g – schhhhh

Schnipp!

Ein Junge!!

Das Köpfchen!!!

DA!!!

Ein Stück von einem Repräsentanten der Art *Clupea harengus* segelt – begleitet von eingespeichelten Baguette-Fragmenten und einer nicht unerheblichen Menge französischen Weißweins aus der Gegend westlich von Bordeaux – quer über den Bartresen der Fischabteilung von *Feinkost Pfister.*

Mit einem Ächzen saugen meine Lungen die ihnen so lange vorenthaltene Luft ein. Schlagartig schießt Sauerstoff in mein Gehirn und ich finde – in enger Umklammerung von jemandem, der hinter mir steht – mein Bewusstsein wieder. Mein Herz rast.

Ich starre in entsetzte Gesichter an der Feinkosttheke, versuche, mich umzudrehen.

Olaf lockert den Rettungsgriff, klopft mir von hinten auf die Schulter. »Mann, Mann, Mann, das war kurz vor knapp, Justus! Alles gut wieder?«

Ich bin nicht fähig zu antworten, versuche mich zu orientieren, schnaufe. Der Kellner hält ein Handy hoch.

Ich schüttele wie betäubt den Kopf. Keuche. Mir ist schwindlig. Olaf stützt mich. Ein Gast gegenüber an der Bar wischt mit einer Serviette etwas vom Revers seines Sakkos. Mein Atem geht heftig. Jemand richtet den umgefallenen Hocker auf.

»Du bist ja kalkweiß. Jetzt setz dich erst mal.«

»Ja«, sage ich. Meine Hand tastet nach der Lehne.

»Alles wieder gut?«, fragt der Barkellner.

Ich versuche zu nicken. Greife nach meiner Serviette, tupfe mir die Stirn ab.

Der Kellner zeigt fragend auf den halb vollen Teller. Ich schüttle benommen den Kopf.

»Der Brathering geht aufs Haus«, sagt er und räumt den Teller ab.

Ich schiebe mich auf den Barhocker. Meine Hände zittern.

Olaf nimmt wieder neben mir Platz.

Eine Weile sitzen wir beide schweigend am Tresen.
Die Brünette ist verschwunden. Ihr volles Glas steht noch da.
Allmählich geht mein Atem wieder ruhiger. Ich spüre, wie die Farbe in mein Gesicht zurückkehrt. Der Barkellner hat mir ein Glas Leitungswasser hingestellt. Ich halte mich daran fest.

Der Betrieb am Tresen von *Feinkost Pfister* hat wieder Fahrt aufgenommen, seinen bewährten Rhythmus gefunden.

Wortlos beobachten wir die Hummer in den gläsernen Becken. Ihre Zangen, mit Einmachgummis zusammengebunden.

Die Forellen in der Gegenstromanlage.

»Wie viel brauchst du?«, frage ich.

Katja

12:23

Ich hab heut um eins Schule aus.

12:27

Hast du Zeit?

13:37

klopf klopf? ☹

15:03

tha latha math an diugh

15:04

Ja.

Heute ist wirklich ein schöner Tag!

15:14

ciamar a tha thu?

15:15

Tha gu math, tapadh lead.

15:35

leat

15.36

leat!

Klar! Sorry: Tha gu math, tapadh leat!

15:57

bevor die sonne untergeht

werden wir uns sehen

15:59

Cool.

Sonnenuntergang ist

heute um 19.37 Uhr.

Bin um 19.00 Uhr da.

16:14

Ist das okay?

16:37

klopf klopf?

17:24

wir werden uns sehen

17:25

☺

T.H.

Er lag vor mir auf dem Boden.
Ein schmaler Streifen Blut rann aus seinem rechten Mundwinkel, lief seitlich am Kinn entlang, weiter den Hals hinab und versickerte in der Erde.

Ich beugte mich zu ihm hinunter, um mit einem Griff an seiner Halsschlagader zu überprüfen, ob er noch lebte.

Da zogen sich seine Pupillen zusammen.

Er sah mich an.

Langsam löste ich die Hand von seinem Hals und ließ sie nach oben gleiten. Er wehrte sich nicht. Ließ es geschehen.

Ich schloss mit Daumen und Zeigefinger seine Augenlider, dann legte ich die Hand flach auf sein Gesicht.

Wieder hörte ich in der Ferne Vater meinen Namen rufen. Schreie fast.

Dann stach ich noch mal zu.
Und noch mal.
Und noch mal.

Eine Zeit lang verharrte ich kniend neben ihm auf dem Waldboden, in der Rechten das Fahrtenmesser, die Linke auf seinem Gesicht. So lange, bis die warmen Atemstöße in meine Handfläche schwächer wurden und schließlich verstummten.

Von irgendwoher das Geräusch eines Flugzeugs.
Noch ganz weit weg.
Ich richtete mich auf und …

Jemand niest.

Ich reiße die Augen auf.

Die Zimmerdecke. Der Infusionsbeutel.

»Nicht mit dem Ärmel! Hier …«, sagt eine Frauenstimme. Kurz darauf höre ich ein halbherziges Schnäuzen.

Ich versuche mich zu orientieren.

Auf dem Besucherstuhl sitzt Neele, die etwas in einem aufgeschlagenen Papiertaschentuch begutachtet.

Ich muss kurz eingenickt sein. Mein Puls rast.

Neele faltet das Taschentuch zusammen und steckt es in die Jackentasche.

Der Fernseher an der Wand flimmert ohne Ton. Eine Tiersendung. Ich erkenne ein Krokodil, das ein Lebewesen mit Hufen verspeist.

Finlay sitzt hinter seiner Mutter auf dem unbenutzten Nachbarbett und zieht noch mal die Nase hoch. In den Händen hält er sein Mobiltelefon. Er sieht mich an.

»Hast du geträumt, T.H.?«, fragt er.

Ich öffne den Mund, möchte etwas sagen, aber ich bringe kein Wort hervor.

Und nicke.

Er nimmt den Schnabelbecher vom Krankentisch, hält ihn mir an die Lippen, und ich sauge aus dem Schlitz ein paar Tropfen vom kalten Früchtetee.

»Was hast du denn geträumt?«

Ich sehe Finlay einen Moment lang an, nachdem er den Becher zurückgestellt hat. Neele hat sich wieder ihrem Kreuzworträtsel gewidmet.

»Ich war in einem Wald«, sage ich und erschrecke, wie belegt meine Stimme klingt. Irgendwann ist sie dünner geworden. Und irgendwann brüchig.

»Hast du da Angst gehabt?«, fragt mein Enkel.

Ich halte den Blick. Gebe ihm keine Antwort. Mein Atem rasselt.

Finlay wiegt sein Mobiltelefon in der Hand. Überlegt.

»Und warst du allein in dem Wald?«

Ich zögere einen Moment. »Ja.«

Ein Hustenanfall überkommt mich. Ich hoffe, dass das Thema damit durch ist, ziehe das Taschentuch hervor, das ich immer griffbreit neben mir unter der Decke liegen habe, und wische mir damit über die Lippen.

Finlay wartet geduldig, mustert mich eine Weile, ohne ein Wort zu sagen. Als hätte er mit dieser Lüge gerechnet und suchte nun nach einem anderen Weg, um zu mir und meinem Traum durchzudringen.

»Und war das ein großer Wald?«, fragt mein Enkel, als ich gerade nach Luft schnappe.

»Nein«, antworte ich etwas gereizt, »ein kleiner Wald nur. Ein Wäldchen. Ist doch auch egal. Ein …«

»Und warum hast du dann Angst gehabt in dem Wäldchen, wenn es nur so klein war?«

»Da gibt es einen Ausdruck für«, versuche ich abzulenken.

»Für was?«, fragt er.

»Für …« Ich wende mich an Neele, die über ihre Zeitung gebeugt ist, den Stift im Mund. »Wie nennt man ein kleines Wäldchen noch, Neele?«

»Mama, wann fahren wir heim?!«, höre ich die Kleine von irgendwoher quengeln. Aber ich sehe sie nicht.

Jetzt löst sich Neeles Blick vom Kreuzworträtsel.

»Ein kleines was?«, fragt sie.

Die Augen fallen mir wieder zu.

Ich höre, wie sie die Zeitung auf ihrem Schoß zusammenlegt. »Mama …« Wahrscheinlich liegt die Kleine auf dem Bett hinter Neele.

»Ein kleines Wäldchen«, sage ich, »das für sich ganz alleinsteht. Nur ein paar Bäume, wie heißt das noch?«

»Keine Ahnung«, höre ich Neele sagen, »warum? Wie kommst du denn auf so was?«

Ich halte die Augen geschlossen, um ihr darauf keine Antwort geben zu müssen.

Dann fragt sie: »Wie viele Buchstaben?«

»Egal«, seufze ich.

»Da hat T.H. gerade von geträumt, von dem Wäldchen«, sagt Finlay.

»Das ist doch schön«, meint Neele und beugt sich nach unten, um die Zeitung in ihrer Tasche zu verstauen und anschließend nach irgendetwas zu kramen.

»T.H.?«

Die Stimme der Kleinen.

Jetzt entdecke ich sie, sie liegt tatsächlich hinter ihrer Mutter und ihrem Bruder auf dem Nachbarbett. Mit Schuhen. Sie hat den Ellbogen unter den Kopf geschoben und lugt zwischen den beiden hindurch zu mir herüber.

»Ja?«

Umständlich drehe ich mich etwas weiter in ihre Richtung. Eine Weile blicken wir uns nur stumm an. Irgendwann wird sie aussehen wie ihre Mutter. Wie Neele. Nur die Mundpartie hat sie von ihrer Großmutter, von Amelie. Aber nur wenn sie müde ist. So wie jetzt. Ihre kleine Nase ist rot und verrotzt.

»Warum hast du denn von dem Wäldchen geträumt, T.H.?«, fragt sie.

Ich höre ihre Mutter mit einem Schlüsselbund klimpern.

»Da war ich früher mit meinem Vater oft«, sage ich, »also mit deinem Uropa. Auf der Jagd.«

»Habt ihr da Tiere erschossen?«, fragt Finlay.

Ich nicke. »Manchmal. Ja.«

Ich bin so müde.

»Wie viele Tiere denn?«

So unendlich müde.

»Es gab da eine Lichtung«, sage ich leise.

Neele hat sich mittlerweile wieder aufgerichtet, den Wagenschlüssel in der Hand.

»Die Geschichte kannst du uns ja das nächste Mal erzählen, T.H.«, sagt sie und streicht sich das Haar aus dem Gesicht.

Meine Tochter spricht mit mir wie mit einem Kind. Wie mit Finlay, oder mit der Kleinen. Das hat schon vor einigen Jahren angefangen. Schleichend. Kaum bemerkbar. Kaum fassbar. Aber an dem Tag, an dem sie mir zu erklären versuchte, wie ich Banküberweisungen von meinem Computer aus tätigen konnte, hatte sie eine unsichtbare Linie übertreten. Die Grenze zwischen Kind- und Erwachsensein. Und ich habe ihr dabei die Hand gereicht. Ich war an diesem Prozess maßgeblich beteiligt, hatte ich mich doch wie ein kleines Kind bockig gegen diese technische Neuerung gewehrt, geahnt, dass sie in meiner Zukunft nicht im Entferntesten den Stellenwert würde einnehmen können, den ihr die jüngeren Generationen schon lange einräumten. Neele hatte die Grenze damals überschritten, indem sie inmitten ihrer kleinen Unterweisung unvermittelt innehielt, mich nachsichtig anlächelte und ihr Vorhaben einfach aufgab. Weil sie begriffen hatte, dass es sinnlos war. Und gleichzeitig hatte auch ich diese Grenze überquert. Von der anderen Seite aus. Auch ich hatte mich auf den Weg gemacht. In die entgegengesetzte Richtung. Auf den Weg zurück. Auf den Weg nach Hause. Richtung Ruhe und Geborgenheit. Richtung Anfang. Und je weiter wir uns seither voneinander entfernen, desto deutlicher bemerke ich bei meiner Tochter eine zunehmende Infantilisierung jener Satzgefüge, die für mich bestimmt sind. Dieses Phänomen wird zusätzlich von wachsender Ungeduld begleitet. Neeles gegenwärtige Haltung mir gegenüber könnte man wohlwollend als mühsam beherrscht bezeichnen.

»Was soll denn das für ein Wald sein?«, fragt sie, als ob sie meine Gedanken gehört hätte. »Egal.«

»Mama, wann fahren wir heim?«, quengelt die Kleine. Ich sehe ihre winzigen roten Gummistiefel hinter dem Rücken ihres Bruders hervorlugen. Sie werden das Bett neu beziehen müssen.

»Du hast geträumt. Das ist bestimmt das Morphium«, meint meine Tochter und steckt den Schlüsselbund in die Jackentasche.

»Wie schreibt man Wäldchen?«, fragt Finlay, ohne von seinem Mobiltelefon aufzusehen.

Neele ist bereits aufgestanden und greift nach ihrer Tasche.

»Mit ä«, sagt sie, bevor sie sich mir zuwendet. »Wir müssen jetzt los, T.H., es wird schon dunkel. Und die Kleine muss um sechs ins Ballett.«

»Ich will nicht ins Ballett! Ich hasse Ballett!«, protestiert meine Enkelin, deren Namen ich, glaube ich, noch nie ausgesprochen habe, wahrscheinlich (oder vor allem) weil er Thomas' Idee war. Ich öffne die Augen kurz, finde Neeles Blick, und drücke sie gleich wieder fest zu, für: *Ist gut, fahrt nur.*

»*Hain*«, sagt Finlay auf einmal, während Neele ihrer Tochter in den Anorak hilft. Das kleine Gesicht meines Enkels ist vom Display des Handys bläulich verfärbt. »… in der Poesie auch *Haag* genannt«, liest er, »sonst auch *Gehölz.*«

Dann liest er weitere Synonyme für das Wäldchen ab, während er an mein Bett herantritt, seinen Blick so kurz wie möglich vom Display löst, mir einen Kuss auf die Wange drückt, »Tschüss, T.H., gute Besserung«, sagt und Richtung Tür schlurft.

Neele greift nach meiner Hand und drückt sie. »Ich ruf nachher noch mal an«, sagt sie in Babysprache.

Ich murmele etwas zur Bestätigung.

Sie schiebt die Kleine vor. »Sag T.H. auf Wiedersehen.«

»Wiedersehen, T.H.«

»Und was wolltest du noch sagen?«

»Wiedersehen, T.H.«

»Und was noch …?«

Die Kleine blickt mich an, als könnte ich ihr weiterhelfen. Dabei sieht sie wieder aus wie ihre Großmutter, wie Amelie. Bei Müdigkeit *und* Ratlosigkeit.

Neele beugt sich zu ihr hinab und flüstert ihr etwas ins Ohr.

»Gute Besserung, T.H.«, sagt meine Enkelin dann, dreht sich auf der Stelle um und läuft zur Tür, vermutlich, um den Abschiedskuss zu umgehen. Die beiden Kinder schlüpfen aus dem Zimmer.

»Justus hat mit Professor Osterkorn gesprochen«, sagt Neele, nachdem die Tür ins Schloss gefallen ist. »Er will dich unbedingt hierbehalten.«

Meine Tochter hat Ränder unter den Augen.

»Es sieht nicht gut aus, T.H.«

Ich versuche ein Nicken. Ich bin so müde.

»Wie soll Mamuschka das denn auch alles allein schaffen? Mit dir in dem großen Haus. Mit der Treppe. Und Olga kann nur dienstags und donnerstags.«

Neele drückt mir einen Kuss auf die Wange, versichert mir, dass sie mich anruft und mich lieb hat. Sie geht zur Tür, öffnet sie, tritt hinaus auf den Gang, bleibt stehen, blickt nach links und rechts und sagt: »Wo ist deine Schwester?«

Finlay antwortet etwas, das ich nicht verstehe. Dann zieht Neele die Tür hinter sich zu.

»Tiffany?!«, höre ich sie rufen. Dann ihre Schritte, die sich rasch entfernen.

Hain. Das war es.

So nennt man den Ort, an dem ich gerade war.

Den Ort, an dem er starb.

Katja

»*Von fern schon nimmt sie den Schlag der Hufe wahr. Den wiegenden Dreitakt des Galopps. Das Wasser trägt den Schall um ein Vielfaches schneller an ihr Ohr als die Luft.*«

»Echt?«

»Pscht! … *All ihre Sinne sind alarmiert. Sie öffnet leicht den Mund, lässt das kühle Wasser des Quells über ihre Lippen und durch ihre Mundhöhle gleiten. Sie liegt im Strom. Offen ihre Augen. Vor langer Zeit schon haben sie sich der Farbe dieses Elements angepasst. Ihres Elements. Luftperlen strömen auf sie zu, streichen an ihrem Körper entlang. Liebkosen ihn. Verlassen ihn. Ihr Haar fließt mit den Wellen, gleitet auf und ab. Das Sprudeln des Wassers. Das helle Kitzeln der Kieselsteine, die weitertreiben. Sie horcht. Als die winzigen seismographischen Erschütterungen ihren Rhythmus aufgeben, der Ankömmling vom Galopp in den Schritt wechselt, durchdringt sie langsam die Oberfläche des Wassers.*«

Er lässt das Blatt sinken.

»Und dann?«

»Weiter bin ich noch nicht.«

»Cool.«

Er sitzt vor mir. Im Schneidersitz.

Draußen ist es dunkel geworden.

»Kann die unter Wasser atmen?«, frage ich.

Er rührt sich nicht. Sitzt einfach nur da.

Ich bin so blöd. Ich sollte einfach die Klappe halten.

Seine Haare hängen ihm ins Gesicht. Ich kann seine Augen nicht sehen. Mit einem Streichholz zündet er die Kerze an, die vor ihm auf dem Boden steht.

»Sie *ist* das Wasser«, sagt er.

»Cool.«

»Sie ist die Frau aus dem Wasser. Sie ist die Wasserfee.«

Er bläst das Streichholz aus.

»*Asrai*«, flüstert er.

»Und wer ist das auf dem Pferd?«

Er überlegt. Dann löst er seinen Blick von der Kerze und sieht mich an.

»Wart es doch ab.«

Justus

Jemand klopft mich aus meinen Gedanken und meinen Blick von dem Rubik-Würfel weg, der, seit ich denken kann, ungelöst, wie eine stille Ermahnung, auf dem Sideboard neben dem Fenster steht. Ein Geschenk (oder eine Zumutung) von T. H. zu meinem siebzehnten Geburtstag.

»Ja?«

Frau Hengstler schiebt die Tür auf. »Entschuldigung, Herr Dr. Bethmann.« Sie schleicht durch den Raum und legt die Befunde vor mich auf den Schreibtisch. Zuoberst liegt der Ausdruck einer Finanztransaktion. Ich werfe einen Blick darauf: Viertausendfünfhundert Euro kostet die kurze Reise zur Stirn, die die eintausendfünfhundert Haare antreten werden, die ursprünglich in der Restfrisur an Olafs Hinterkopf ihr Zuhause hatten. Sie werden diesen Kurztrip als winzige, ausgestanzte, narkotisierte Dreiergruppen absolvieren und hoffen, in der neuen, lichten Heimat über Olafs Stirn dermaleinst erneut Wurzeln zu schlagen.

Intuitiv fahre ich mit der Handfläche über meinen schütteren Haaransatz, der sich mit zunehmender Geschwindigkeit auf dem Rückzug befindet, wie um noch rechtzeitig den genetischen Beweis zu erbringen, dass ich der Sohn meines Vaters bin. Bevor es zu spät ist.

»Danke.«

Frau Hengstler entschwindet und zieht die Tür hinter sich zu.

Träge fühle ich mich. Schwer, aber dennoch wach. Ein anderes Tempo als sonst bestimmt heute meinen Tag. Langsamkeit hat von mir Besitz ergriffen. Diese Nacht habe ich geträumt. Ich war versunken in einer Traumwelt. Ölig harzig fließt das Blut durch mich. Verkatert von diesen fremden, aber selbst gedachten Gedanken habe ich mich heute Morgen aus dem Bett gewälzt und gehofft, mit Hilfe der erwachenden Alltagspetitessen das nächtliche Jenseits zurückzudrängen. Es wird mir nicht gelingen. Genauso wenig wie es mir gelingen wird, mich auch nur an eine einzige Begebenheit aus dem Traum zu erinnern. Aber das Gefühl bleibt. Es löst sich zum Abend hin immer weiter auf, verliert an Bedeutung und verschwindet schließlich. Was zurückbleibt, ist die Gewissheit, dass mir mein Bewusstsein bisweilen den Zutritt zu einigen Räumen meines Selbst nicht gestattet. Aus welchen Gründen auch immer.

Ich drücke noch mal auf »Start«. Der kleine Elektromotor pumpt zum dritten Mal Luft in die Manschette, die meinen linken Oberarm umschließt. Der Druck wird langsam stärker, bis der Motor sich schließlich abstellt. Ich atme tief ein und aus. Mein Blick hängt an dem Plastikwürfel auf der anderen Seite des Raums. Ich versuche in der bunten Unordnung der kleinen Vierecke Ruhe zu finden, und Gleichmut. Dann sendet mein gestautes Blut einen Impuls an die Manschette, und diese gibt ihn durch den Schlauch an das Gerät weiter. Das vertraute Piepen stellt sich ein, als die kleine Maschine meinen Puls gefunden hat. Ich atme ruhig und gleichmäßig ein und aus. Wie man das so macht. Jeder Herzschlag ein Piepser. Ein und aus.

Mein Blick verlässt den unruhigen Würfel. Sucht Entspannung und Ausgeglichenheit. Schweift durch den Raum. Findet Halt an der Lithographie von C. Elberts *Schilf im Wasser*, die rechts neben meinem Doktordiplom an der Wand hängt. Einfach Schilfhalme. Senkrechte Striche eigentlich nur. Und ein paar Linien in der Horizontalen, die die Oberfläche des Wassers zeichnen. So einfach. So leicht. Ruhe strahlt das Bild aus. Ganz leicht ist das alles. Ein und aus. Ein und … Ein lang gezogener Ton signalisiert die Beendigung des Messvorgangs. Ich blicke aufs Display.

Vielleicht liegt es an der mangelnden Zuwendung, die ich dem Rubik-Würfel in all den Jahren angedeihen ließ, vielleicht an dem gefühlten Zwang, jene bunten Quadrate, die zu ordnen einst einen Massenhype verursacht hat, irgendwann selbst wieder in ihre Grundstellung bringen zu müssen. Oder an den beunruhigend abstrakt dargestellten Schilfhalmen. Vielleicht aber liegt es doch an meinem Lebenswandel: Die dritte – und für heute Morgen letzte – Messung meines Blutdrucks ergibt 168 zu 99. Bei 92 Herzschlägen pro Minute. Ich klicke noch mal auf den Memory-Modus: Die Messung zuvor ergab 154 zu 91 bei 83 Puls. Und die davor 144 zu 84 bei 79 Herzschlägen.

Ich werde sterben. Mein Herz wird explodieren. Je öfter ich meinen Blutdruck messe, desto höher klettern die Werte. Wenn Svenja meinen Blutdruck misst, liege ich jedes Mal unter 140 zu 80. Bei einer Herzfrequenz von unter 70. Für mich natürlich kein Anlass zur Entwarnung, sondern ein klares Zeichen, dass meine Frau die Manschette nicht richtig anlegt oder das Gerät falsch bedient. Mir wird warm. Ich verspüre einen unangenehmen Druck in der Brustgegend.

Es klopft schon wieder. Frau Hengstler schiebt den Kopf durch die Tür. »Entschuldigen Sie, Herr Dr. Bethmann. Eine Frau«, sie blickt auf einen Zettel, »*Rudzničova* vom Audi-Zentrum ist am Apparat.«

»Richten Sie ihr aus, es bleibt dabei, halb zwei bin ich da«, sage ich. Und bereue es gleich wieder.

Frau Hengstler nickt und zieht die Tür zu.

Vielleicht hatte der Traum mit meinem Erstickungsanfall an der Austernbar von *Feinkost Pfister* zu tun? Eine Art posttraumatisches Belastungssyndrom, das von nun an regelmäßig in Form eines nokturnalen Flashbacks durch mein Oberstübchen spuken wird, eine unmittelbare Amnesie hinter sich herziehend, die jeden selbsttherapeutischen Ansatz vereitelt?

Ich streife die erschlaffte Manschette vom Arm, rolle den hochgekrempelten Ärmel meines Hemdes nach unten und schließe den Knopf.

Oder mit T. H.? Beschäftigt mich sein Zustand wirklich? Oder mache ich mir – und allen – und *ihm* nur etwas vor?

Und wenn ja, warum?

Ich beuge mich über die Seitenlehne des Sessels, ziehe die unterste Schublade meines Schreibtischs auf und lege das Messgerät hinein.

Vor heute Nachmittag und vor unserem Tennis-Doppel, auf das ich nicht die geringste Lust habe, werde ich keine weitere Messung vornehmen.

Nicht selbst jedenfalls. Man sieht ja, wo das hinführt.

Ich könnte natürlich Frau Hengstler bitten.

Aber das wäre ihr wahrscheinlich unangenehm. Und ihre Befangenheit würde wiederum meinen Puls in die Höhe treiben. Nein, nein.

Der Traum ist schuld. Wenn die letzten Schwaden verflogen sind, während der zweiten Tageshälfte also, wird mein Blutdruck sicherlich wieder seine Normalfrequenz erreicht haben. Ganz ruhig also.

Ganz ruhig.

Ich schiebe die Schublade zu, lasse die Fingerspitzen auf dem dunklen, polierten Kirschholzfurnier ruhen.

Überhaupt kein Grund zur Sorge.

Durch die seitlich vornübergebeugte Haltung, den über die Armlehne des Sessels abgeknickten Oberkörper, den immer noch nach unten zur Schublade ausgestreckten Arm und nicht zuletzt den – ebenfalls – nach unten gesenkten Kopf ist ein leichter Druck entstanden. In den Schläfen spüre ich das Pochen des Motors, der meinen Kreislauf aufrechterhält, um mich durch den Rest dieses Lebens zu pumpen.

Keine Frage: Vertrauen ist gut. Aber nicht gut genug. Nicht für mich!

Ich ziehe die Schublade ein allerletztes Mal auf und greife nach dem Messgerät.

4 B 127/42
7 Sts 87/42

Im Namen des Deutschen Volkes!

In der Strafsache gegen
H e l m u t h B e t h m a n n,
geb. am 17. Juli 1928, zuletzt wohnhaft gewesen in Buchen, zur Zeit in dieser Sache in Strafhaft im Strafgefängnis Ludwigsburg wegen T o t s c h l a g s in einem minderschweren Falle, hat das Landgericht für den Bezirk Buchen, 2. Strafsenat, in der Sitzung, an der teilgenommen haben:

der Vorsitzende:
Landgerichtsdirektor Dr. Gercke

die Beisitzer: Dr. Henschel und Fisberg,
der Staatsanwalt für das Sondergericht:
Staatsanwalt Dr. von Göbel
und als Urkundsbeamter der Geschäftsstelle:
Justizsekretär Ruhleben

für Recht erkannt:

Der Angeklagte wird zu fünf Jahren verschärften Jugendstraflagers verurteilt. Die Anrechnung der Untersuchungshaft wird aufrechterhalten.

Des Weiteren wird der Angeklagte als u n e r z i e h b a r beurteilt und mit sofortiger Wirkung unehrenhaft aus der Hitlerjugend ausgeschlossen.

Die Kosten des Verfahrens fallen dem Angeklagten zur Last.

Das Urteil ist rechtskräftig
und vollstreckbar.
Stuttgart, den 12. Oktober 1942
Der Urkundsbeamte
der Geschäftsstelle des Sondergerichts
Abtlg. f. Strafsachen
Justizinspektor

Justus

Seit Längerem schon sucht ein – irgendwann in einer meiner hinteren Hirnwindungen geschlüpfter – Gedanke seinen Weg nach vorne. In mein Bewusstsein. Jedenfalls tut er so. Ich spüre ihn manchmal hin- und herwandern, auf der Suche nach einem Ausgang. An dem Tag, an dem er sein Ziel erreicht haben wird, indem er die Vorwandwand beiseitegeschoben hat und sich behauptet, wird mir endlich dämmern, dass die Priorität der weltlichen Dinge begonnen hat, sich aufzulösen. In meiner Welt. Dass es nicht wichtig ist, was ich besitze. Oder noch – oder nie – besitzen werde. Für mich natürlich kein Grund, mich mit diesem Gedanken auseinanderzusetzen. Vorerst. Eine Konfrontation mit dem Begriff *Logik*, der nach meinem Gutdünken aus der unerfreulichen Paarung von persönlicher Erfahrung und Konsequenz hervorgegangen ist, habe ich bislang recht erfolgreich vermieden, und sollte in den wenigen reflektierten Momenten meiner Existenz die Erkenntnis die Oberhand zu gewinnen suchen, hat sich stets das Sedativum C_2H_6O bewährt, das als nützlicher Bestandteil in weißen, roséfarbenen oder während der Monate mit »r« gern auch in roten önologischen Produkten seine Anwendung findet.

Ich unterschreibe das Bestellformular für das neueste Q7-Modell von Audi: 3,0 Liter TDI, lavagrau-metallic, Ledervollausstattung (wieder islandgrün), Holz Myrtenmaser muskatbraun, Bereifung in noch erträglichen 275/40 R21, aber mit 5-Arm-Wing-Felgen in Titanoptik, und lasse dann fragend den Füllfederhalter in der Luft kreisen. Die Fachverkäuferin mir gegenüber am Tisch,

Frau Rudzničova, hält die Verschlusskappe hoch, dreht sie in meine Richtung und lächelt mich dabei mit sehr weißen Zähnen an.

Ich schiebe meinen Stift in ihre Öffnung, während sie mit der anderen Hand (und ohne mich aus den Augen zu verlieren) die Vertragsunterlagen zu sich heranzieht.

Neele

Ich sehe Finlay so lange hinterher, bis sich das Rot seines Schulranzens in den bunten Farben der anderen Kinder an der Bushaltestelle aufgelöst hat. Dann hänge ich noch ein paar Gedanken dran. Dehne den Abschied in die Länge.

Dieser kurze Moment gehört mir.

Eine Zeitzone, die nichts gibt und nichts einfordert. Niemand dreht sich mehr nach mir um und winkt ein letztes Mal, und noch wartet niemand zu Hause auf mich.

Ich befinde mich in meinem eigenen Niemandsland.

Außerhalb jeglichen Interesses meiner Umwelt an meiner Person. Im Transitbereich zwischen einer abgeschlossenen und einer noch nicht begonnenen Aktion. Genau jetzt.

Ich versuche die Balance zu halten.

Im Zentrum einer Zwischenzeit.

Der Schulbus kommt. Die bunten Punkte steigen ein. Ein paar vereinzelte Stimmen. Das Zischen der Türen. Dann fährt der Bus davon.

Alles im Lot. Mehr oder weniger.

Nur während dieser kurzen Momente erfahre ich diese Ausgeglichenheit. Wenn nichts will und nichts muss. Wenn alles ist und alles kann.

Meine eigene kurze Zeit.

Und vorbei.

Ich drehe mich um, verlasse den Zwischenbereich und mache mich auf den Weg zurück. Zurück nach Hause.

Als ich die Eingangstür zuschieben will, zischt der ICE aus Köln vorbei. Ein kleiner Druck in den Ohren. Die Tür wird durch den Luftzug ins Schloss gezogen. Und wieder Ruhe.

Ich atme tief durch und gehe Richtung Küche.

»*Verblendet*«, sagt Thomas, ohne aufzusehen, »sieben Buchstaben, es ist nicht *betört*.«

Ich räume die Teller und die Tassen der Kinder in den Geschirrspüler.

Er sitzt am Küchentisch über die Zeitung gebeugt. Trinkt einen Schluck von seinem Kaffee. Greift, ohne den Blick abzuwenden, nach seinem Zigarettenetui und dem Feuerzeug.

Ich räume die Schachtel mit den Getreideflocken in den Hängeschrank zurück.

»*Zugetan*«, sage ich und verstaue die Hafermilchtüte im Kühlschrank und dann den Agavendicksaft im Drehregal.

Als ich mich aufrichte, bemerke ich seinen Blick.

»Mehr nicht?« Er hält eine Zigarette und das Feuerzeug in der Hand.

»Das höchste der Gefühle«, sage ich und werfe die gebrauchten Servietten in den Abfalleimer. »Momentan.«

Er überlegt. Oder tut so. Dann wandert sein Blick betont langsam zurück zu seinem Kreuzworträtsel.

»Passt«, murmelt er irgendwann.

»Mehr ist bei sieben Buchstaben nicht drin«, sage ich und setze mich wieder an den Tisch.

Er steht im selben Moment auf, steckt das Zigarettenetui ein und verschwindet im Hausflur. Ich höre, wie er die Eingangstür aufzieht. Seine Schritte nach draußen. Das Schnippen des Feuerzeugs.

Ich muss mir die Haare waschen. Finlay hat seinen Apfel vergessen, er liegt noch auf dem Tisch. Ich trinke einen Schluck von meinem lauwarmen Ingwertee, dann drehe ich die Seite mit dem Kreuzworträtsel in meine Richtung.

Kein Buchstabe ist eingetragen. Die Rubriken sind alle leer.

»Ich hab keine Ahnung, was ich heute tun soll.«

Ich fahre erschrocken herum.

Er steht im Türrahmen zur Küche, zieht an seiner Zigarette. Guckt mich nur an. Dann schüttelt er den Kopf und lacht kurz auf. »Ich hab nichts zu tun. Das muss man sich mal vorstellen: Die Kleine ist im Hort, Fin ist auf dem Weg zur Schule. Du … du machst hier deinen Kram im Haus, und ich?«

»Da kommen bestimmt wieder ein paar Bestellungen rein. Bei der nächsten Tour«, sage ich. »Warum machst du dir nicht einfach einen ruhigen Tag?«

Er bläst den Rauch aus, wiegt die Zigarette ein paar Sekunden in der Hand, dann sagt er ruhig: »Warum hältst du nicht einfach die Fresse?«

Wir sehen uns an. Eine Ewigkeit lang.

»Du sollst doch nicht im Haus rauchen«, sage ich und versuche ein Lächeln.

Thomas nickt ein paar Mal vor sich hin, als wäre das ein interessanter Vorschlag, dann verschwindet er wieder Richtung Eingang. Im Türrahmen bleibt er stehen.

»Wie geht's T.H.?«

»Schlecht«, antworte ich, »der rechte Lungenflügel ist jetzt auch befallen. Und sie haben Metastasen in der Leber entdeckt.«

Thomas betrachtet seine Zigarette. Der Rauch der Glut zieht in einem senkrechten Streifen an seinem Gesicht vorbei nach oben, Richtung Treppenhaus.

»Die Leute googeln heute jeden Mist«, sagt er, »stellt sich doch keiner mehr ein Lexikon ins Regal. Geschweige denn die Gesamtausgabe in Schafsleder.«

»Nicht alle Menschen sind gleich«, versuche ich einzuwenden.

»Auch dann nicht«, murmelt er. Er geht zur Eingangstür, macht einen Zug, inhaliert, und bläst den Rauch durch die offene Tür hinaus in den Hof. »Weißt du, was der Kuhlmann sagt?«

»Kuhlmann?«

»Mein Vertriebsleiter vom Verlag. Der sagt:
Mit Wiki fing der Ärger an,
mit Pedia nahm er seinen Lauf,
heut hockt im Brockhaus Sensenmann,
und scheißt auf den Verkauf.«

Er macht einen letzten Zug und schnippt die Kippe nach draußen. Der *Eurocity* nach Straßburg rast vorbei, und der Hund von Kaisers bellt ihm hinterher.

»Vielleicht mach ich irgendwas mit Versicherungen«, sagt Thomas, nachdem wieder Ruhe eingekehrt ist.

Ich zucke mit den Schultern, als wäre das eine Überlegung wert.

»Oder Waren-Termingeschäfte?«

Wieder ziehe ich die Schultern hoch.

Eine Zeit lang mustert er mich, über die Distanz hinweg.

»Wen du alles hättest haben können.«

»Hör auf.«

»Oder?«

»Thomas …«

»So denkst du doch. Ist doch so.«

»Hör bitte auf. Du weißt, dass das nicht stimmt.«

»Das war aber genau der Blick grade.«

Einen Moment lang steht er im Türrahmen, dann zieht er, ohne mich aus den Augen zu lassen, eine weitere Zigarette aus dem Etui, zündet sie an und geht nach draußen.

Justus

Ich hasse Tennis! Ich hasse Tennis-Doppel! Auch gemischtes Doppel. Ich hasse den Tennisplatz, meine Klamotten, meinen Schläger, ich hasse heute auch Olaf, Irene und Mic. Ich hasse den Club überhaupt, auch die Halle! Und ich hasse jeden einzelnen filzbezogenen Ball, den ich in meinem Leben über ein Netz geschlagen habe, damit er auf der anderen Seite möglichst so auf dem Boden aufkam, dass mein Gegenüber ihn nicht zurückschlagen konnte. Ich hasse das Rot des Spielfelds und die weißen Linien, die diesen ganzen Unsinn vergeblich versuchen, räumlich einzuschränken. Ich hasse nachträglich jedes Match in meinem Leben und ganz besonders die der letzten siebzehn Jahre, die in der Seniorenliga. Unsinn ohne Zukunft!

Ich schüttle ab und betätige die Spülung. Ich hasse auch Urinale. Ich hasse es, neben einem anderen Menschen meine Notdurft verrichten zu müssen. Ich habe mal gelesen, dass jeder Mensch um sich herum einen bestimmten unsichtbaren privaten Radius für sich beansprucht. Wird dieses Terrain von irgendjemandem betreten, fühlt man sich eingeschränkt, beobachtet, bedrängt. Das kann im Bus sein, in einer Warteschlange, an der Sushi-Bar, im Freibad oder eben auf dem Klo. Ich warte, bis das (mir unbekannte) Mitglied des Tennisclubs endlich verschwunden ist, dann trete ich an das Waschbecken heran. Während ich im Wasserstrahl meine Hände von dem Fluid aus dem Seifenspender zu befreien versuche, fällt mein Blick in den Spiegel. Meine verschwitzte Halbglatze reflektiert alle vier in die Decke eingelassenen LED-Strahler.

Ich überschlage kurz: Pi mal Daumen wäre ich locker mit sechs Riesen dabei. Um ein wahrnehmbares Resultat zu erzielen, müssten mindestens zweitausend Dreier-Combos aus Haarsetzlingen auf meiner Schädeldecke von hinten nach vorne umgesiedelt werden.

Na ja. Erst mal warten, wie das bei Olaf aussieht.

Ich betrachte mich im Spiegel. Seit gestern hasse ich auch Fisch. Noch immer dröhnt mir der Kopf. Und ich bin vom Würgen heiser.

Warum bin ich so angespannt? Mein Spiegelbild zieht die Mundwinkel hoch, dann streckt es mir die Zunge entgegen. Natürlich belegt.

Ich muss T. H. anrufen.

Ich überlege kurz, ob ich einfach heimfahren soll. Tennis einfach sein lasse. Dann denke ich an den Blutdruck senkenden Effekt, dem die Beteiligung an diesem Unsinn nachgesagt wird, rupfe drei Papierhandtücher aus ihrem Halter, reibe mit ihnen meine Hände trocken und dann meine Stirn … und mache weiter.

Irene sitzt hinter Olaf auf der Bank, fächelt sich mit einem Hochglanzmagazin frische Luft zu und lächelt mir entgegen. Das Lächeln setzt sich zusammen aus einem Drittel Hoffnung, dass ich irgendwann Svenja verlassen könnte und Irene selbst (trotz reanimiertem Kopfbewuchs) irgendwann Olaf, aus einem Drittel Gewissheit, dass dann alles so läuft, wie sie es sich immer erträumt hat – also finanziell –, und einem Drittel Mitleid.

»Na dann, wollen wir wieder?!« Olaf sieht Irene so lange fragend an, bis sie ihren Blick von mir löst.

In diesem Moment klingelt mein Handy.

Ich blicke aufs Display und nehme sofort an.
»T. H.?«, sage ich, und als niemand antwortet: »Hallo?«
»... Marco?«
»T. H.?«
»Bist du das?«
»Hier ist Justus.«
»... Hallo?«
»Papa?«
»Bist du das?«
»Wen willst du denn sprechen, T. H.?«
»Marco, bist du das?«
»Papa, hier ist Justus! Justus!!«

Olaf, Irene und Mic haben sich mittlerweile wieder auf dem Spielfeld eingefunden und warten. Ich entferne mich ein paar Schritte.

»Du, ich bin grad beim Tennis. Ich kann jetzt nicht so gut reden ...«

»Wo ist denn der Marco? Ich glaub, ich hab mich verwählt.«

Seine Stimme klingt schwach. Husten am anderen Ende der Leitung.

»Der Marco hat die 1, ich hab die 2«, sage ich. »Du musst einfach ...«

»Ich bin doch nicht blöd!«, werde ich am anderen Ende der Leitung unterbrochen.

»Ich sag ihm, dass du angerufen hast, ja?«
»Nein! Nein ... oder ...«
»Oder?«
»Geht's dir gut?«

»Mir geht's ...ja, doch, mir geht's ... wie geht's dir denn? Kommt Neele nicht heute, mit den Kindern?«

»Die waren schon da.«

»Ach ja, und?«

Keine Antwort.

»T. H.?«

Ein weiterer Hustenanfall.

»T. H.? Geht's wieder?«

»Ja.«

»Ich hab heute Morgen mit Professor Osterkorn telefoniert, du kannst die Klinik nicht verlassen«, sage ich in die Pause hinein.

»Ja.«

»Und Mamuschka schafft das auch gar nicht allein. Du weißt, dass das bei ihr ... sie ist so ... so vergesslich geworden.«

»Red nicht so über deine Mutter.«

Schweigen.

»T. H. wenn du ...«

»Ist gut, ist gut.«

Mein Vater hat aufgelegt. Ich blicke auf das Display und überlege, ob ich noch mal zurückrufen soll.

Ich glaube, es geht bald los. Bald ist es so weit. Das erste und einzige Mal in meinem Leben werde ich meinen Vater verlieren. Ich bin darauf nach wie vor nicht vorbereitet und war es immer schon.

Bei mir in der Praxis habe ich ihn in den CT legen lassen und gebetet, dass der Befund negativ ausfallen möge. Anderen Patienten müssen wir gut zureden, sie beruhigen, weil sie Angst vor dem Ergebnis haben. T.H. war eingeschlafen. Bevor es überhaupt losging. Ich weiß, dass ich gelächelt habe und meiner Mitarbeiterin Ronja im Schaltraum mit einem Nicken zu verstehen gegeben habe, ihn liegen zu lassen, während ich mir das Thorax-CT auf dem Bildschirm in meinem Besprechungszimmer ansah.

Kurz darauf musste ich Vater in der Gewissheit wecken, dass er nicht mehr viel länger als ein Vierteljahr zu leben haben würde.

Ich stecke das Smartphone weg.

Die drei stehen am Rand des Spielfelds und unterhalten sich.

Mic hat sich eine Zigarette angezündet. Sie trägt ein für ihr Alter sehr kurzes Tennisröckchen. Bestimmt mir zuliebe. Ich könnte beide haben. Sie *und* Irene. Mit einem Fingerschnippen. Obwohl ich weiß, dass sie nicht auf mich stehen. Sie würden sich aber Mühe geben. Sie würden die Partie gut spielen. Überzeugend.

T.H.

Das Mobiltelefon liegt noch in meiner Hand.

Ich beobachte die kleinen Luftbläschen, wie sie – eines nach dem anderen – in der Infusionsflasche aufsteigen. An der Oberfläche der Flüssigkeit angekommen, die ich für eine Kochsalzlösung halte, springen sie jeweils in dem Moment auf, in dem das nächste Bläschen seine Reise nach oben antritt.

Ich ziehe die Hand zur Faust zusammen, um den Rhythmus meines Unterhaltungsprogramms zu verändern, aber die Automatik der tröpfchenweisen Flüssigkeitsverabreichung gibt sich unbeeindruckt.

Ich denke an meinen Traum.

Warum habe ich jetzt davon geträumt? Warum jetzt?

Weil es zu Ende geht?

Meine Gedanken wandern immer wieder zurück in die Vergangenheit. Je stärker ich mich dagegen wehre, desto klarer wird die Erinnerung.

Es klopft.

Ich warte einfach ab. Die Tür wird ohnehin geöffnet. Ob ich versuche »Herein!« zu krächzen, oder es bleiben lasse.

Nach dreieinhalb Luftbläschen schiebt die dicke Krankenschwester die Tür zu einem Viertel auf, klemmt sich zwischen Tür und Türrahmen. »Entschuldigung, Herr Bethmann. Morgen um 11.15 Uhr. Ist das okay für Sie?«

»Was?«

»Um 11.15 Uhr.«

»Ist was okay für mich?« Ich huste. Eine Weile. Sie wartet.

»Der kirchliche … der Beistand … Sie …«

»Ja?«

»Von der Seelsorge.«

»Was wollen die?«

»Ach so«, stottert sie, »ich dachte, Sie hätten ... haben Sie das Infoblatt nicht bekom–«

»Was denn für ein Infoblatt?«

»Morgen wäre jemand vom Beistand im Haus.«

»Und?«

»Wenn Sie möchten, also für ein Gespräch?«

»Wozu?«

»Kein Problem. Dann ...«

Sie überlegt kurz, ob sie die Tür wieder zuziehen soll. »Es wäre halt jemand im Haus. Und den Termin, der ist jetzt ... also, den hätten Sie. Fest.«

Sie nickt ihren Worten hinterher. Wie um das Gesagte zu untermauern. Oder um mich zu überzeugen.

Vielleicht war sie früher mal ganz hübsch. Bevor sie sich hat gehen lassen.

»Soll er kommen, der Seelsorger«, huste ich und will mich wieder meinen Bläschen widmen.

»Gut. Sag ich Bescheid. Danke.«

»Wieso?« frage ich.

»Wieso?«, fragt sie zurück.

»Wieso Danke?«

»Das ...«

»Ich mach das nicht für Sie.«

»Das ... klar ... Entschuldigung, das sollte nicht ...«

»Dann ist ja gut.«

»Dank– ich meine: ja.«

Sie zieht die Tür wieder zu.

Mein Blick wandert zurück zu der Infusionsflasche.

Ein weiteres Luftbläschen hat sich auf den Weg nach oben gemacht, und zeitgleich der korrespondierende Tropfen auf den Weg nach unten.

Ich erinnere mich an eine Begebenheit:

Im Winter 1941/42: Ein Eiszapfen, der am Ende einer Regenrinne hing. Am Vordach der kleinen Kutschenremise, die zum Hotel Prinz Carl gehörte. Mit jedem Tag wurde der Zapfen ein paar Zentimeter länger, und mit jedem Tag näherte er sich seinem gefrorenen Pendant, das ihm vom Boden aus entgegenwuchs. Da mich mein Weg durch den Ort stets an dem kleinen Platz vor dem Hotel vorbeiführte, konnte ich die Entwicklung gut verfolgen. Bis sich die beiden Elemente eines Nachts insgeheim vereint hatten: zu einer Säule aus Eis.

Es war ungewöhnlich kalt.

Der Januar zählte zu den Monaten mit den strengsten bisher gemessenen Temperaturen. Um den 8. und 9. kam es, bei Vorherrschen hohen Luftdrucks im Norden, über Mitteleuropa zu einer Oströmung, mit der nun – einem Vorboten gleich – russische Kaltluft nach Westen strömen konnte. Ende Januar wurden die tiefsten Temperaturen gemessen, als von Nordosten her eine extreme Kaltluftmasse das östliche Ostpreußen und Ostpommern streifte. Die Luft war bis zu 7 Grad kälter, als je zuvor in Mitteleuropa gemessen wurde, und schuf somit ostsibirische Verhältnisse.

Da ich in der Hitlerjugend für den Einsatz an der Front noch zu jung war, wurde ich zusammen mit meinem Klassenkameraden Karl (Kalle) Brüne zum Sammeln von

Altmaterial verpflichtet. Durch den großen Mangel an Rohstoffen während des Krieges versuchte man, durch systematisches Sammeln möglichst viele Materialien für den Produktionskreislauf zu erhalten. Von Wert war zu dieser Zeit nahezu alles: Papier, Kartonagen, Altmetall, alte Kleidung, Korken, Folien, sogar Knochen.

Kalle war ein lethargisch anmutendes Wesen, Einzelkind, verwöhnt und ohne große Ziele im Leben, aber die Kombination aus meiner Umtriebigkeit und Neugier und seiner Lenkbarkeit, die ich für meine Interessen einzusetzen wusste, machte uns zu einem – wie ich damals fand – guten Gespann.

Ausgerüstet mit einem alten Bollerwagen, den ich in unserer Scheune wieder auf Vordermann gebracht und mit einer Schutzplane gegen den Schnee versehen hatte, zogen wir zwei von Haustür zu Haustür und sammelten Altkleidung, Stoffreste und Lumpen ein. Nicht ohne Stolz lieferten Kalle und ich unsere Fuhren anschließend an der »Spinnstoff-Annahmestelle« ab, die in der Pension Krone nahe unserer Schule eingerichtet worden war.

Schon bald hatten wir beide den Spitznamen »Das Kledagen-Duett« weg.

Am 11. März 1942, nach heftigen Bombenangriffen auf Nürnberg, München und Stuttgart und verlustreichen Kämpfen im Ausland (im damals russischen Charkiw, im nahegelegenen Belgorod und in Gebieten in Nordafrika) und dem daraus folgenden Abzug von Ärzten und medizinischem Personal an die Fronten, verfügte Reichsjugendführer Artur Axmann, jede Einheit der Hitlerjugend habe ein Zehntel ihrer Gesamtstärke für die Feldscher-Ausbildung zur Verfügung zu stellen. Die benötigten

Jugendlichen wurden daraufhin pflichtmäßig von Bannführern herangezogen, um sie im Laufe eines Vierteljahres in der medizinischen Grundversorgung schulen zu lassen.

Ende März 1942 wurden Kalle und ich unversehens vom Kleidersammeln abgezogen und kamen durch Vermittlung von Kalles Vater, Herrn Dr. Richard Brüne, bei unserem örtlichen Gesundheitsdienst zum Einsatz. Ich hatte Kalles Vater noch nie zu Gesicht bekommen, aber Kalle musste ihm von mir und unseren Unternehmungen erzählt haben.

Dr. Brüne war Untersturmführer und auf eigenen Wunsch zunächst als Assistenzarzt an der Landesheilanstalt Eichberg nahe Eltville tätig. Für einige Monate wurde er in die spätere Waffen-SS eingezogen. Als Mitglied des Totenkopf-Regiments führte ihn sein Weg über Brünn, Danzig und Prag nach Norwegen.

Am 11. März 1940 kehrte er schließlich an die Landesheilanstalt Eichberg zurück. Für die Leitung der Eichberger Kinderfachabteilung wurde Kalles Vater uk gestellt, was eine Zurückstellung vom Kriegsdienst bedeutete, und am 1. August 1941 zum beamteten Oberarzt befördert. An den wenigen freien Tagen – und in unregelmäßigen Abständen auch an Wochenenden – wurde er, wie Kalle mir stolz berichtete, von einem Fahrer die gut einhundertfünfzig Kilometer nach Hause gefahren. Dr. Brüne hatte unsere Versetzung durch seine Kontakte zum NSDÄB, dem Nationalsozialistischen Deutschen Ärztebund, in die Wege geleitet, wollte er seinen Sohn doch nicht »in diesen Klamottenbergen der Verweichlichung anheimfallen sehen«.

Die Ausbildung zum Feldscher erfolgte nach den strengen Vorschriften der HJ-Gesundheitsverordnung. Sie umfasste 12 Doppelstunden, die unter anderem Unterweisungen in

Gesundheitspflege, Krankenpflege, Verbandslehre, Krankentransport, Erb- und Rassenpflege sowie Hilfsdienste bei medizinischen Untersuchungen beinhalteten.

Und da die Ausbildung von Dr. Brünes Sprössling Karl zum Feldscher beschlossene Sache war, galt dasselbe nun – gezwungenermaßen – auch für mich.

Auch wenn mich Medizin nicht im Geringsten interessierte.

Amelie
»Mamuschka«

»Und dann beziehen Sie bitte das Bett im Gästezimmer, meine Schwägerin kommt morgen Mittag. Auch im Gästebad gehen Sie noch mal durch, und eine große Badevorlage, eine von uns am besten, da müssten noch zwei saubere im Schrank liegen. Und doppelt Handtücher, wie immer.«

»Kommt Beni nicht auch?«

»Wer?«

»Beni.«

»Äh, nein. Beni kommt diesmal nicht mit.«

»Besucht nicht Ihre Mann in die Krankenhaus? Ist Ihre Mann doch Patenonkel von der Beni.«

»Nein, also … vielleicht beim nächsten Mal …«

»Ist Beni lange nicht gekommen zu besuchen.«

»Nein. Ja. Das stimmt. Diesmal kommt nur seine Mutter. Der Beni ist jetzt auch schon …«

»So eine nette Junge.«

»Und dann kehren Sie auch bitte die obere und die untere äh …«

»Ja?«

»Dings.«

»Dings?«

»Flach … Flachfläche.«

»Was ist das, ein Flachfl …?«

»Hinter dem … dem Haus.«

»Terrasse Sie meinen?«

»Terrasse! Richtig. Mein Gott. Beide Terrassen. Die sind wieder voll von diesen kleinen Würstchen, die von den Bäumen zurzeit runterfallen, diese …«

»Das ist von der buk.«

»Von der …?«

»Buk.«

»Buk? Ach so: *Buche*? Ja, ich glaube, von der … ja, das ist, glaub ich, eine Buche, ich kenne mich da nicht so …«

»Der Justus kennt alle Pflanze.«

»Der … ja, bestimmt. Das stimmt, der … ach Olga, helfen Sie mir mal?«

»Wo soll das hin?«

»Nach oben, in das …«

»Mein Gott! Was ist da drin in die Karton, das ist schwer wie eine …«

»Eine, ein Film… ein Filmgerät, das …«

»Eine Fernseher?«

»Ein, ein Fernseher für meinen Mann, natürlich. Der kommt rauf in sein Schlafzimmer, wenn er … wenn er wieder nach Hause kom…«

»Hat Beni schon Frau jetzt?«

»Das … ach, Olga also, so viel ich weiß, ist sein Interesse an Frauen nicht so … Vorsicht! Geht das so?«

»Geht schon. Habe ich. Nicht so schlimm.«

»Nein? … ich … Vorsicht!! Oh! Oh!! Nicht so schnell, nicht so …«

»Ist gut alles, Frau Bethmann? … Frau Bethmann?«

»Ich muss mich kurz … wir stellen das ab. Stellen Sie's ab!

So. Gut. Gut … Entschuldigen Sie … es geht schon. Danke.

Nur kurz mal hinsetzen, nur mal … ich muss … ich muss mich nur … ich … ich kann …«

Und dann heule ich einfach los. Vor Olga.

Sie setzt sich neben mich auf die Treppe, kramt in ihrer Schürze und reicht mir ihr gebrauchtes Taschentuch. Und dann nehme ich sie in den Arm.

Sie hält mich fest.

Und dann weint sie auch.

Justus

Ich lenke den Q7 am Schlosspark entlang und biege dann nach links in die Beethoven ab. Mic und ich haben 5 zu 7 verloren. Genau wie beim letzten Mal. Zum Abschied hat sie versucht, mich auf den Mund zu küssen. Gerade noch rechtzeitig habe ich den Kopf zur Seite gedreht. Mein Smartphone summt. Zwei Anrufe in Abwesenheit. Olaf und Anonym. Keine Nachricht. An der Ecke Haydn winkt mir ein Mann in mittleren Jahren zu, wie jedes Mal. Ein unbekanntes bekanntes Gesicht. Ein rotes Gesicht. Ich hebe die Hand und grüße zurück. Im Rückspiegel sehe ich, wie der Mann aus einer Thujenhecke einen toten Ast zieht. Fast übersehe ich einen alten Citroën 2 CV, der sich in diese Nachbarschaft verirrt hat und eingeschüchtert am Straßenrand steht. Dass es die noch gibt. Ich biege nach links in die Ravelstraße ein und drücke auf den Knopf am Rückspiegel. Die Elektronik gehorcht und bemüht die Mechanik ein weiteres Mal, sich in Bewegung zu setzen, um dem Herrn des Hauses das Tor zu öffnen. Monty bellt mir entgegen und rennt dann wie immer dem Wagen die Auffahrt entlang hinterher. Wozu eigentlich? Ich drücke noch mal auf *Rot* und höre, wie das Tor nach exakt elf Sekunden ins Schloss fällt. Ich lasse den Wagen vor dem Haus stehen, steige aus und Monty auf die linke Vorderpfote. Er jault so laut auf, dass sofort mein Tinnitus aktiviert wird. Immer das rechte Ohr. Im nächsten Moment stehen Svenja und Katja in der Tür.

»Es war ein Versehen!«, versichere ich. »Ich bin ihm auf die Pfote gestiegen. Er stand genau unter der Wagentür!«

»Komm her zu mir«.

Meine Tochter Katja spricht mit dem Tier wie mit einem Menschen. »Komm her ...«

Der Köter macht das auch und fiept noch mal nach.

»Hallo Schatz«, sagt Svenja.

»Es war nur die Schuhspitze«, behaupte ich, »und auch nicht voll, nur ein bisschen, ganz leicht, links vorne.«

Katja streckt die Hand nach dem Tier aus und geht dabei in die Knie. »*Tha mi duilich*«, sagt sie leise.

»Es ... es war wahrscheinlich mehr der Schreck«, schiebe ich hinterher, »was hast du da gerade gesagt?«

Meine Tochter ignoriert meine Frage und küsst stattdessen die linke Vorderpfote unseres Hundes, dann flüstert sie ihm etwas ins Ohr.

»So«, sage ich, »guten Abend! Ich bin auch noch da!«

Ich drücke Svenja im Vorbeigehen einen Kuss auf die Wange, und sie schiebt sie mir dabei etwas entgegen, als wollte sie die Berührung dadurch verlängern. Das macht sie jedes Mal. Und jedes Mal nehme ich mir vor, sie deswegen etwas mehr zu lieben.

»Du bist aber heute früh zu Hause«, ruft sie mir hinterher.

Es duftet nach irgendeinem Gemüse, das in Olivenöl angebraten wurde und ich denke an den Gardasee. An Salò.

»Wie war's bei dir im Laden?«, frage ich.

»Tote Hose«, meint Svenja, »Monatsende. Ich hab eine Stunde früher zugemacht. Und wir haben die Kaschmir-Cardigans wieder reinbekommen. Ich hab dir zwei mitgebracht, zum Anprobieren. L und XL.«

»Taubenblau?«

»Taubenblau.«

»Gut. Danke dir. Hast du die Frangipani gegossen?«, frage ich.

»Jaha«, sagt Svenja.

»Und …«

»… und die Glyzinie auch. Und gedüngt.«

»Mit was?«

»Mit dem Eisenzeugs, gegen die gelben Blätter.«

Ich bleibe stehen und sehe meine Frau an: »Ich liebe dich.«

»Das macht doch nichts«, sagt Svenja und dreht ab Richtung Küche. »Willst du was trinken? Ich hab *Weiß* … du auch?!«

»Au ja!«, rufe ich.

»Wie war's beim Tennis?!«

»Beschissen!«

»Na dann!«

»Was?«

»Lass es doch einfach!«

»Ja«, sage ich, mehr zu mir selbst.

»Und Mic?«

Ich stelle die Tennistasche vor der Kellertür ab und stecke mir den Zeigefinger ins rechte Ohr. Das Surren des Tinnitus ist geblieben. *Du bist ein Phänomen*, sage ich ihm, *nur ein Phänomen. Ich höre dich nicht. Nie. Niemand hört dich. Niemand! Auch ich nicht. Ich glaube nur, dass ich dich höre. Deine Existenz hängt einzig und allein von meinem Glauben ab. Und ich bin ein Ungläubiger. Glaub mir.*

»Und Mic?!« Ich höre, wie Svenja die Weinflasche zurück in den Kühlschrank stellt.

»Mic?! Nichts!«, rufe ich.

Ich muss duschen. Katja kommt vom Eingang in den Flur geschlurft. Sie hält Monty in den Armen. Der Hund knurrt mich an. Wortlos geht sie an mir vorbei die Treppe hoch und verschwindet mit dem Tier in ihrem Zimmer.

»*Nichts* gibt es nicht!«, ruft Svenja.

»7 zu 5«, rufe ich zurück, »für die anderen! Hast Du Tante Silly angerufen, dass sie ein paar Jugendfotos raussucht für das Fotoalbum für T. H.?«

»Yes!! Sie hat vielleicht noch welche im Keller, hat sie gesagt!«

Ich stehe in der Diele und blicke nach oben, meiner Tochter hinterher. Sie ist jetzt dreizehn und will seit heute Morgen, dass man sie *Asrai* nennt. Und seit heute Morgen trägt sie auch dieses Perlmuttzeugs im Haar. Ich befürchte, das ist erst der Anfang von irgendwas.

»Kommst du?!«, ruft Svenja.

»Gleich!«, rufe ich zurück.

Draußen hat es angefangen zu dämmern. Ich blicke auf die Armbanduhr. In dem Moment, in dem der Sekundenzeiger hinter dem verkratzten Glas meiner *Baume & Mercier* an der Zwölf vorbeigleitet, fahren mit einem entfernten, klickenden Geräusch die per Zeitschaltuhr gesteuerten Wegeleuchten hoch und tauchen den sandsteingepflasterten, von Buchsrabatten gesäumten Pfad, der in den hinteren Teil des Gartens führt, in das versprochene warme Licht.

Es summt noch immer. Ansonsten ist es ganz still. Einen Zusammenhang zwischen meiner Hypertonie, die ich bei einer neuerlichen Selbstdiagnose während der Heimfahrt zu einer somatoformen Störung degradiert habe, und dem gehäuften Auftreten von Tinnitus lasse ich nicht zu. Noch nicht.

Das Phänomen in meinem rechten Ohr und ich verweilen noch einen Moment lang in der Diele. Wir sind jetzt unter uns.

Aber wir wissen beide, dass wir uns nach dem zweiten Glas vergessen haben werden.

T.H.

»Was soll'n das sein?«, fragte ich und zündete mir die Zigarette an.

»Das ist ein Bild«, antwortete Günther.

»Das seh ich selbst. Hast du das gemalt?«

»Ja.«

Er sah kurz zu mir hoch. »Du darfst doch noch gar nicht rauchen. Da kann man sterben.«

»Du hältst die Klappe, verstanden?«

Er nickte.

»Willst du mal ziehen?«

»Nein, da muss ich husten.«

Ich nahm einen Zug von der Overstolz. Drei Schachteln hatte Kalle gestern rausgerückt. Die knickrige Laus. Im Tausch gegen die alte Fliegerhaube aus dem Ersten Weltkrieg, die ich letzten Winter im Wald gefunden hatte. Er bekam die Zigaretten über den Sohn des Hausmeisters seiner Eltern. Wahrscheinlich konfiszierte Judenware.

Ich blies den Rauch aus, hüllte Günthers Kopf und das Gekritzel vor ihm auf dem Tisch in Nebel.

»Hör auf. Da muss ich husten!«

»Was soll'n das sein, der Fleck da, mit der Kugel drauf?«

»Das sieht man doch.«

»Nee. Sind das Haare?«

»Ja.«

»Und das hier, die Striche, sollen das Arme sein?«

»Ja.«

»Da hast du aber die Beine vergessen.«

»Die sind nicht wichtig.«

»Ach nein?«

Ich nahm einen Zug, inhalierte und hüllte ihn wieder in Rauch ein.

»Hör auf. Da muss ich husten!«

»Wer soll'n das sein?«, fragte ich.

»Das bin ich.«

»Aha. Und wieso hast du dir dann keine Beine hingemalt?«

»Die brauch ich nicht.«

»Nein?«

»Nein. Weil ich zaubern kann.«

»Ach so.«

»Jetzt weiter!«, sagte er.

»Das da rechts sieht aus wie – pff – 'ne Ratte?«

»Nein! Das ist ein Drache! Das sieht man doch!«

»Na gut.«

Ich machte noch einen letzten Zug, bis das Zigarettenemblem von Haus Neuerburg weggebrannt war, dann drückte ich den Stummel aus.

»Sieht ja enorm gefährlich aus, da auf deinem Kunstwerk.«

»Ja.«

»Komm mal her«, sagte ich, »du hast du Spucke.«

»Mmmm«, machte er.

»Lass das, hör auf.«

Ich wischte ihm die Spucke vom Kinn.

»Mmm …«

»So, jetzt is' weg.«

»Jetzt weiter!«

»Na gut. Also: Das ist der Rattendrache …«

»Der Drache!«

»… der Drache, schrecklich gefährlich, und die Kugel mit der anderen Kugel drauf ohne Beine, das bist du.«

»Und ich kann zaubern.«

»Und du kannst zaubern. Und auf was sitzt du da drauf? Das ist ja riesig. Ist das ein Eimer, oder was?«

»Das ist kein Eimer!«

»Kein Eimer. Gut. Kein Eimer … aber du klebst da dran an dem Ding, oder?«

»Nein! Ich werde getragen!«

»Das Ding trägt dich?«

»Ja. Und das kämpft.«

»Das Ding kämpft gegen den Drachen?«

Er nickte.

»Das ist aber kein Ding«, sagte er dann.

»Was soll'n das sein?

»Das bist du.«

T.H.

Ende Juni 1942 mussten Kalle und ich übers Wochenende seinem Vater einen Besuch abstatten. Die gut anderthalbstündige Reise nach Hessen fand ihre Notwendigkeit nicht nur darin, dass ich mich – nach Meinung meines Vaters – auf diesem Wege für die Vermittlung zum Gesundheitsdienst bedanken konnte, sondern vielmehr in der Tatsache, dass die Mitgliedschaft in ebenjenem uns dazu verpflichtete.

Ich war noch nicht einmal vierzehn Jahre alt. Was wusste ich schon über Volksgesundheit?

Mit Kalle musste ich im Rahmen unserer Ausbildung zum Feldscher nach der Schule Verbandsmaterial sortieren, danach verpackten wir Broschüren der Gesundheitsordnung für den Versand, mit Titeln wie: »Du hast die Pflicht gesund zu sein«, »Abhärtung durch Körperpflege« oder »Reif werden – rein bleiben«. Sowohl wir als angehende Feldschere als auch die Gesundheitsdienstmädels wurden im Gesundheitsdienst unter anderem als Helfer bei Reihenuntersuchungen und Impfungen eingesetzt, aber auch zur Unterstützung der oft ehrenamtlich tätigen Jungärzte.

Wesentlich mehr aber interessierte ich mich für Fahrräder, das Transistorradio meines Vaters, für die neue Cabriolet-Variante des Mercedes-Benz 170 V, für das leerstehende Haus der Witwe Quintern, in das ich mit Kalle nächtens durch das Fenster zum Kohlenkeller einstieg, ich interessierte mich für Fahrtenmesser, für unseren Wald mit seinen geheimen Wegen, für Boxkämpfe (die mit Max Schmeling) und, zunehmend, für Marthe Bornstedt.

Zu unseren ersten Aufgaben gehörte schon Mitte April das schriftliche Festhalten der Resultate von Vermessungen bei Reihenuntersuchungen. Messergebnisse von Augenabstand, Nasenbreite und Schädelumfang mussten wir in die Spalten vorgedruckter Formulare eintragen und die untersuchten Personen mit fortlaufenden Karteinummern versehen.

Dabei fiel mir ein Mädchen auf, das etwa im gleichen Alter war wie ich.

Unscheinbar schön. Ein scheues, zähes Wesen. Jemand für den zweiten Blick. Ihre Familie war erst kürzlich, Ende März, von Frankfurt in unseren Ort gezogen.

Marthe Bornstedt war knapp ein halbes Jahr älter und einen halben Kopf größer als ich. Nach dem Unterricht musste sie zunächst den Schalterdienst bei der Post unterstützen, war anschließend für den Briefmarkenverkauf und die Postzustellung eingesetzt worden, bis sie dann ebenfalls für den Gesundheitsdienst verpflichtet wurde. An frühen Nachmittagen assistierte sie dem im Ort zuständigen Amtsarzt Dr. Göhlen bei Reihenuntersuchungen, und wenn es die Zeit zuließ, ging sie im Rahmen der Jugendgesundheitssicherung ehrenamtlich arbeitenden HJ-Ärzten oder auch Studenten der Medizin zur Hand, etwa indem sie bei Vorträgen oder sonstigen Veranstaltungen Bild- und Textmaterial verteilte. Eine Aufgabe, die zu dieser Zeit als »kriegswichtig« eingestuft wurde.

Bei der Materialbereitstellung für diese Tätigkeit kamen ich und Kalle zum Einsatz: Die Bedienung des Matrizen-

druckers oblag unserer alleinigen Aufsicht und gestattete uns eine größtmögliche Nähe zu Marthe.

Spätestens hier teilte sich unser gemeinsamer Weg, und wir wurden vorübergehend zu Konkurrenten, die für ihr eigenes Fortkommen verantwortlich waren. Und auch auf diesem Gebiet hatte ich wie gewöhnlich die Nase vorn und konnte Erfolge verbuchen, zum Beispiel wenn es bei der Übergabe der ausgedruckten Texte an Marthe zu versehentlichen Berührungen von Fingerspitzen kam. Der ätherische Spiritusdunst, der aus den feuchten Matrizenabzügen aufstieg, unterstrich die Flüchtigkeit jener Augenblicke, und wenn Marthe mit dem Stapel Papier den Vorraum des Schulsekretariats wieder verlassen hatte, drehte ich mich sinnlich benebelt zu Kalle um, der gerade die Reste der blauen Wachsfarbe von der Trommel kratzte oder die gebrauchte Matrize aus dem Drucker zog.

Unsere Klassen waren nach Jungen und Mädchen getrennt, die Schulzimmer lagen jedoch auf derselben Etage. So ergab sich außerhalb des Unterrichts, zum Beispiel während der Pause, bisweilen die eine oder andere weitere Gelegenheit für den Austausch von Blicken, oder gar einen kurzen Wortwechsel.

Anfang April erfuhr ich während meines Aufenthalts im Oster-Zeltlager, dass sich Marthes Vater, ein Deutsch- und Geschichtslehrer an der Frankfurter Hermann-Göring-Schule (vorm. Schiller-Realgymnasium), gegen die Mitgliedschaft seiner Tochter im Jungmädelbund (für die Zehn- bis Vierzehnjährigen) zunächst erfolgreich gewehrt haben soll. Er sei jedoch dadurch und aufgrund seiner Weigerung, der NSDAP *beizutreten, zunehmend*

Schikanen ausgesetzt gewesen. Schließlich wurde er mitten im Schuljahr wegen »staatsabträglicher Äußerungen« von Frankfurt in die Provinz und damit an die Horst-Wessel-Grundschule in unseren Ort versetzt.

Nach Marthes – nunmehr erzwungenem – Eintritt in den Jungmädelbund, in dem die Mitgliedschaft bereits ab 1936 Pflicht war, hatte Herr Bornstedt schließlich nachgegeben, auch um den schulischen Werdegang seiner Tochter und das Auskommen der Familie nicht zu gefährden, und ist in die Partei eingetreten, freilich ohne irgendeine Funktion innerhalb der Organisation zu bekleiden – im Gegensatz zu den meisten seiner Lehrerkollegen. Jahre später erfuhr ich, dass Marthes Vater mit entlassenen und ins Exil vertriebenen Frankfurter Kollegen während des Krieges Kontakt hielt und ihnen sogar Unterstützung zukommen ließ.

Nur wenige Wochen nach ihrer Aufnahme in den Jungmädelbund war Marthe bereits zum Bund Deutscher Mädel aufgerückt und strebte die Führungsposition in der zwölfköpfigen Mädelschaft an.

Kalle und ich nahmen die Eisenbahn bis Eltville.

Dann liefen wir mit unseren Rucksäcken zu Fuß durch die Stadt bis hinunter zum Rhein, schlenderten am Ufer entlang, unter einer dreireihigen knorrigen Platanenallee hindurch, sammelten flache Steine und ließen sie übers Wasser hüpfen. Der Krieg hatte die beschauliche kleine Stadt – und uns – noch nicht erreicht. Wir blickten verstohlen durch die Gitterstäbe der Sektkellerei Matheus Müller und bogen irgendwann ab, ließen bald die verspielten

Fachwerkhäuser hinter uns, marschierten an Weinbergen entlang und durch einen kleinen Ort namens Kiedrich. Über den Weinbergen thronte eine alte Turmruine.

Kurz nach dem Ortsausgang, auf halbem Wege nach Kloster Erbach, sah man schon in der Ferne auf einer Anhöhe die Landesheilanstalt Eichberg. Die erhabenen Gebäude aus dem vorigen Jahrhundert waren majestätisch in einen Park gebettet, hoch über dem Rhein. Trotz der großen Distanz konnte ich eine Gestalt erkennen, die vor dem Eingangsportal stand und uns entgegenblickte.

»Mein Vater«, sagte Karl. Er hob die Hand und winkte. Ich tat es ihm gleich. Sein Vater erwiderte den Gruß nicht, aber als wir uns dem Anwesen näherten, machte sich auf seinem Gesicht ein Lächeln breit.

Dr. Richard Brüne war ein eleganter, hochgewachsener Mann mit tadellosen weißen Zähnen und wasserblauen Augen. Sein dunkles Haar, das sich am Hinterkopf lichtete, war kunstvoll sowohl nach hinten als auch von links nach rechts gekämmt, wohl in der Absicht, diesen einzigen kleinen Makel über einen unbestimmten Zeitraum hinweg zu kaschieren.

Er roch nach einem würzig-herben Rasierwasser, das mich an etwas erinnerte, aber bevor es mir einfiel, hatte er schon meine Hand ergriffen. Und hielt sie länger fest als nötig.

Eine Weile sah er mich mit durchdringendem Blick an.

Dann sagte er: »Erbacher Marcobrunn. Merken!«

Ich nickte höflich.

»Warum?«, fragte er.

»Ich weiß nicht, Herr Dr. Brüne.«

»Falsche Antwort.«

»Falsch?«

»Warum hättest du fragen müssen.«

»Ja, natürlich, Herr Dr. Brüne.«

»Warum?«

»Ich weiß nicht, Herr Dr. Brüne.«

Er lächelte mich freundlich an. »Weil du nicht weißt, was Erbacher Marcobrunn bedeutet.«

»Nein?«, fragte ich.

Er hob die Augenbrauen. »War das eine Replik?«

Ich überlegte einen Moment. Ich hatte noch einen Makel entdeckt: Seine rechte Pupille war nicht gänzlich rund, am unteren Rand war eine kleine Ausbuchtung zu erkennen. Somit hatte die schwarze Öffnung im Auge die Form eines auf dem Kopf stehenden Tropfens.

»Weißt du, was das ist? Eine Replik?«, fragte er.

»Noch nicht, Herr Dr. Brüne.«

Er ließ die Mundwinkel für einen kurzen Augenblick sinken, bevor er sich zu einem weiteren Lächeln entschloss.

»Was merken?«, fragte er.

»Erbacher Marcobrunn«, antwortete ich schnell.

Er nickte. Sah mich wieder eine Weile stumm an. Wie ein ungewöhnliches Insekt, das es zu studieren galt. Dann blickte er kurz hinter sich, als wollte er sich vergewissern, dass ihm niemand gefolgt war. Bevor er anheben konnte, etwas zu sagen, fragte ich »Warum?«

Eine Sekunde lang schien er irritiert. »Warum?«

»Warum ich mir das merken soll, Herr Dr. Brüne.«

Er schürzte kurz die Lippen, als hätte er eine bittere Pille zu schlucken.

»Ich spreche von einem etwa sieben Hektar großen Areal auf dem benachbarten Strahlenberg«, hob er nun an, »ein um fünf Grad nach Süden hin geneigtes Stück Land. Dort, und nur dort, auf dem tiefgründigen, kalkhaltigen und

obendrein tonigen Mergelboden wird das kultiviert, was dir als jungem deutschen Volksgenossen aufgrund deiner vernünftigen Lebensführung nur dem Namen nach ein Begriff sein sollte.«

»Ich trinke keinen Alkohol, Herr Dr. Brüne«, sagte ich.

Einen Augenblick lang musterte er mich wieder, und ich meinte, einen Anflug von Anerkennung in seiner Mimik wahrgenommen zu haben, dann wandte er sich an seinen Sohn: »Verum hoc quoque filio meo.«

Kalle nickte.

Dr. Brüne schenkte seinem Filius einen misstrauischen Blick, dann fragte er ihn: »Heißt was?«

Kalle wechselte einen verstohlenen Blick mit mir.

»Ich weiß nicht, Papa.«

Dr. Brüne wandte sich wieder mir zu. »Heißt was?«

»Dass das auch für Karl gilt«, sagte ich leise.

Nach einem Seitenblick zu seinem Sohn fragte er: »Wie sieht es mit Zigaretten aus?«

»Rauchen tu ich auch nicht, Herr Dr. Brüne«, log ich. Und hielt seinem prüfenden Blick stand.

»Leistungsabzeichen?«

»Silber, Herr Dr. Brüne.«

»Zufrieden damit?«

»Nein, Herr Dr. Brüne. In der Stufe A habe ich schon 7800 Punkte, in der Stufe B fehlen mir nur noch 300 zum Führer-Sportabzeichen.«

Dann sagte er, ohne mich aus den Augen zu lassen, zu seinem Sohn: »Karl, dein junger Kamerad gefällt mir. Nimm dir mal ein Beispiel an ihm.«

»Ja, Papa«, sagte Karl.

Dr. Brünes Tonfall wurde etwas milder. Eine Spur Pathos mischte sich zwischen die Worte, die er nun an uns richtete:

»Ihr beide seid nun Mitarbeiter im Kampf um die Volksgesundheit«, teilte er uns mit, »der Führer hat euch den Befehl erteilt, diesen Gedanken der Gesundheitspflicht von der Jugend aus in das Volk zu tragen.«

Er sah uns beide abwechselnd an.

»Ihr tragt eine große Verantwortung.«

Er machte eine kurze Pause, um seinen Worten genügend Raum zur Entfaltung zu bieten. Da eine eindeutige Reaktion unsererseits ausblieb, was eher tumber Ehrfurcht denn mangelndem Respekt geschuldet war, nickte er den Gedanken nach einer großzügig bemessenen Karenzzeit wieder weg.

»Walther zeigt euch euer Zimmer. Um Viertel nach vier sehen wir uns in meinem Behandlungsraum.«

»Papa«, fragte Kalle.

»Karl?«

»Was ist denn ein Erbacher Marcobrunn?«

Dr. Brüne blickte von seinem Sohn zu mir und wieder zurück.

»Ein saurer Wein«, antwortete er, lächelte, drehte sich um, zog die Tür zum Portal auf und verschwand im Gebäude.

Ein Geräusch reißt mich aus meinen Gedanken.

Ein dunkelhäutiger Krankenpfleger, den ich zuvor noch nicht gesehen habe, hat das Tablett mit dem Mittagessen auf das Krankentischchen gestellt und dreht dieses vor mich in den passenden Winkel. Dann betätigt er die Fernbedienung neben dem Bett, und die elektronisch gesteuerte Rückenlehne schiebt mich langsam in Sitzposition und vier quadratischen Schälchen kontrastarmen Inhalts entgegen. Der vertraute Kantinen-Einheitsdunst hat meine Geruchsrezeptoren gefunden, bevor der junge Mann sich wieder aufgerichtet hat.

»Geht das mit das Essen?«, fragt er und legt eine Serviette zwischen mich und das Tablett.

»Mal sehen«, murmele ich.

Er wartet einen Augenblick unschlüssig, dann sagt er »Guten Appetit« und wendet sich zum Gehen.

Ich nicke.

Solange bis er die Tür wieder zugezogen hat.

Ich starre auf das Tablett vor mir.

Wie klar die Erinnerungen an damals plötzlich sind.

Klarer als das Heute.

Als wollten sie mich aus der Gegenwart abziehen. Zurückholen.

Zäzilie
»Silly«

Beim dritten Versuch stimmt die Zahlenkombination. Das alte verbogene Vorhängeschloss schnappt in der Dunkelheit auf.

1 – 7 – 0 – 6. Siebzehnter Juni. Benis Geburtstag.

Ich öffne den Holzverschlag des Kellerabteils und taste nach dem Lichtschalter. Direkt über mir geht die verstaubte Glühbirne an, verteilt ihren matten Lichtschein über die aussortierten Dinge meines Lebens. Nun gut. Ich krempele die Ärmel meiner Bluse nach oben und schiebe mich an dem Kleiderständer vorbei, an dem die beiden gelben Öljacken hängen und die Lichterkette für den Weihnachtsbaum.

Ich bleibe stehen und sehe mich um. Allmählich gewöhnen sich meine alten Augen an die Düsternis hier unten.

Manfreds Faltboot. Zusammengeklappt und in einem blauen Seesack verstaut liegt es in der obersten Etage des Metallregals. Dahinter unsere beiden Holzpaddel. Er konnte sich nicht davon trennen. Selbst als er schon so krank war nicht. Die Schlittschuhe. Die beiden Eisstöcke. Meiner mit dem türkisfarbenen Streifen, den Manfred unterhalb des Griffes auf das Holz gemalt hatte. Damit man die Eisstöcke voneinander unterscheiden konnte, wenn der eine den anderen am hinteren Ende der Eisbahn antippte und ihn vom Puck wegschubste, oder etwas näher ran. Die Skier mit angeschraubten rostigen Stahlkanten. Die ganzen Koffer. Mein Gott, ob die alle noch voll sind? Mit was? Ich muss das mit Beni mal alles durchforsten. Bisschen Luft machen.

Aber er hat ja nie Zeit.

Ich finde die Holzkiste unter der alten *Triumph Gabriele.*

Nie konnte ich besser einschlafen als unter Manfreds nachmittäglichem Getippe auf dieser Schreibmaschine. Wenn er an seinen Lektoraten saß. An den Wochenenden. Staub liegt auf der Walze und den Tasten. Mein Sohnemann Beni ist schuld, dass der Deckel fehlt. Als Schiffchen zweckentfremdet hat er ihn mit seinen beiden Puppen auf den Weiher hinter dem Haus gesetzt und auf eine Vergnügungsreise geschickt. Bis irgendwann eine Windböe der kleinen Kreuzfahrt ein jähes Ende bereitete. Dass es damals keine Tracht Prügel gesetzt hatte, war meiner Auffassung nach dem Umstand geschuldet, dass bei dieser Schiffstragödie zwar der Schutzdeckel von Manfreds Schreibmaschine auf den Grund des Tümpels gesunken war, aber eben auch die beiden daran befestigten Barbiepuppen Angelique und Gloria, mit deren Anwesenheit in unserem Haushalt sich Manfred nie hatte anfreunden können, mit deren plötzlichen Abwesenheit aber durchaus.

Ich wuchte die Holzkiste auf die Zwischenablage des Küchenbuffets und entriegele den schwarzen metallenen Verschluss. Eine Munitionskiste mit der verblichenen Aufschrift: *Oben / Nicht werfen / luftdicht verpackt* aus Vaters Nachlass. Als er die Pacht aufgeben musste und man seine Gewehre konfisziert hatte, wurde die Kiste, weil sie durch den mit Metall ausgekleideten Innenraum stabil und dicht war, im Rahmen des Umzugs als Behälter für

Fotografien verwendet. Für diejenigen Exemplare, die nicht den Weg in die Fotoalben gefunden hatten. Ich öffne den Deckel und schiebe ihn beiseite.

Lauter Umschläge und einzelne ungeordnete Fotos. Justus hat mich gestern angerufen und nach Aufnahmen gefragt. Auch von Günther. Er und Svenja möchten für Helmuth ein Fotoalbum anlegen. Eile ist geboten. Nun gut.

Ich krame meine Lesebrille hervor, setze sie auf. Und ziehe eine Aufnahme aus dem ersten Stapel. Mutter und Vater. Das Verlobungsbild. Steif stehen sie in ihren Kostümen und starren artig in Richtung einer technischen Apparatur, die damals wohl noch keine Selbstverständlichkeit war. Für ein Lächeln war bei so einem Anlass offenbar noch kein Spielraum. Ich wende die Fotografie. *1923*. Nur das Datum. Fünf Jahre später kam Helmuth zur Welt. Zwei Jahre später Günther. Und ich wieder ein paar Jahre später, 1937. Ich schiebe die Aufnahme zurück und öffne einen der Umschläge. Bilder von Benis Konfirmation, August 1984. Mit seinem schulterlangen dunklen Haar.

Was würde er dafür geben, noch einmal so eine Haarpracht zu besitzen. Wie ein Mädchen blickt er in die Kamera. Eine Pose. Da war Manfred schon tot. Helmuth mit Amelie vor der Kirche. Und hier: Helmuth und Beni. Helmuth hat seinen Arm etwas linkisch auf Benis Schulter gelegt. Sicherlich hat sich mein Bruder einen anderen Patensohn gewünscht. Die Angelausrüstung, die er ihm anlässlich dieses Tages geschenkt hatte, wurde von meinem Sohn nie angerührt. Und nicht nur, weil er damals bereits Vegetarier war. An dem Tag, als er volljährig wurde, hat er im Hausanzeiger unter *Freizeitangebote* ein

Inserat aufgegeben, um sich von dem Erlös der Ausrüstung neue Schuhe zu kaufen und ein Kosmetikset von Elisabeth Arden.

Er war ein hübsches Kind. Das sage ich nicht nur als Mutter.

Ich lege die Aufnahme beiseite. Für mich. Und blättere mich weiter durch die Fotokiste. Als ich einen dicken Umschlag hervorziehe, fällt ein zusammengefaltetes Stück Papier zu Boden. Ich hebe es auf und will es schon zurückstecken, da lese ich auf der Rückseite das Datum *26. September 1942*. Mit Bleistift geschrieben. Sütterlin. Mutters Handschrift.

Ich lege den Umschlag beiseite und falte das Papier auseinander. Die Farben der Buntstifte sind schon verblichen. Die beiden porösen Faltkanten, die die Kinderzeichnung kreuzförmig in vier gleich große Rechtecke unterteilen, verraten, wie oft das Bild betrachtet worden sein muss.

In einfachen Strichen sind auf der linken Hälfte des Blattes zwei Kinder zu erkennen, ein kleines Mädchen mit Zöpfen und ein um einiges größerer Junge.

Ich muss mich setzen.

Wir halten unsere dünnen Arme nach oben ausgestreckt. Zwischen uns beiden, in der Luft, fliegt ein gelber Ball mit roten Punkten darauf.

Die rechte Hälfte des Bildes ist, bis auf den grünen Strich, der sich über die gesamte Breite der Zeichnung zieht und wohl eine Wiese darstellen soll, leer.

T.H.

Um Punkt Viertel nach vier klopfte ich an die Tür von Herrn Dr. Brünes Behandlungszimmer.

Ich sah zu Kalle neben mir. Er zog die Augenbrauen hoch.

Wir warteten. Ich strich mir die Haare zurecht, dann blickte ich an mir hinab und wischte jeweils mit dem Oberleder des einen Schuhs über die Hinterseite des anderen Hosenbeins, bis das Leder glänzte. Kalle tat es mir gleich.

Zu beiden Seiten erstreckte sich ein endloser Gang. Durch die bodentiefen Rundbogenfenster auf der gegenüberliegenden Seite fiel das Licht des Nachmittags. Ich wunderte mich, wie leer das Gebäude wirkte. Außer Walther, einem schmalen Mann in mittleren Jahren, der uns mit Hilfe seines Schlüsselbunds durch verschiedene Schleusen gelotst hatte, um uns zu unserem Zimmer zu bringen, waren wir nur drei Krankenschwestern auf dem Hof begegnet.

Ein Geräusch lenkte meine Aufmerksamkeit auf die Wanduhr hinter mir, die zwischen den Fenstern gegenüber der Tür angebracht war. Der Minutenzeiger war einen Strich weiter gerutscht.

Als ich mich wieder umdrehte, sah ich in Dr. Brünes Gesicht.

Er stand im Türrahmen, hielt die Tür hinter sich bis auf einen Spalt zu und sagte: »Deprivare?«

Kalle und ich tauschten einen kurzen Blick.

»Wegfahren!«, stieß Kalle hervor.

»Wegfahren?« Dr. Brüne runzelte die Stirn. »Falsch.«

Kalle senkte den Kopf.

»Departare wäre eine passende Vorlage für deine Übersetzung gewesen, Karl.«

»Das meinte ich ja auch.«

»Das Wort gibt es aber nicht. Zumindest nicht im Lateinischen. Ich habe es gerade eben erfunden.«

Sein Blick wanderte zu mir.

Ich musste passen. Bevor ich mir die Blöße gab wie Kalle, hielt ich mich lieber zurück.

»Ein ungebräuchliches Verb, ich weiß«, räumte Dr. Brüne ein, wobei er mich nachsichtig und zugleich etwas enttäuscht anlächelte, »aber für unser aktuelles Experiment von nicht unerheblicher Bedeutung.«

Er blickte an uns vorbei auf die Wanduhr. »Es hat eine kleine Verzögerung gegeben, ich bin hier aber gleich fertig.«

Er verschwand hinter der Tür, zog sie wiederum bis auf einen Spalt zu, zögerte kurz, schob sie wieder auf, sah uns abwechselnd an, und sagte: »Aber vielleicht könnt ihr ja etwas lernen.«

Er zog die Tür nun vollends auf. »Bitteschön. Hereinspaziert.«

Dr. Brüne ging voran. Wir folgten. Ein großer quadratischer Raum tat sich auf. Vor der Wand auf der gegenüberliegenden Seite stand ein riesiger dunkler Schreibtisch. Dahinter deckenhohe Regale mit unzähligen Büchern. Auf dem Schreibtisch standen diverse Glasbehälter mit undefinierbarem Inhalt.

Ich schloss die Tür hinter mir. Auf der rechten Seite des Raumes standen zwei Krankenschwestern vor einer Patientenliege. Darauf saß ein Mädchen von ungefähr sieben oder acht Jahren. Das Kind wirkte abgemagert und hatte einen geschorenen Kopf. Es trug einen weißen Kittel, unter dem seine nackten Füße hervorlugten. Auf den rechten Handrücken hatte jemand eine Zahl geschrieben. Daneben klebten zwei Pflaster. Das Mädchen hielt mit beiden Händen einen Gegenstand vor sich an die Brust gedrückt.

»Was wir hier vor uns sehen, ist unser Patient 736«, deklamierte Dr. Brüne, »er leidet an angeborenem Schwachsinn, kann uns also nicht folgen. Zusätzlich haben wir es hier mit einer ausgeprägten Form von Deprivatismus zu tun.« Er wandte sich kurz an uns. »Wir erinnern uns an das eingangs erwähnte Verbum deprivare aus dem Mittellateinischen, aus dem sich das Wort deprivieren ableiten lässt, was soviel bedeutet wie ›berauben‹. In Bezug auf Reize und Zuwendung.«

Er blickte auf seine Armbanduhr.

»Wir waren mit unserem Experiment eigentlich schon fast am Ende angelangt, wollen den Versuch jetzt aber noch einmal vorführen: Ich muss vorausschicken, dass dieses Geschöpf, nachdem bei ihm bei der Geburt Imbezillität diagnostiziert wurde, von der Mutter getrennt und weggesperrt worden ist und über Jahre völligem Reizentzug sowie mangelnder Versorgung und Pflege ausgesetzt war, was zu massiven Entwicklungsstörungen geführt hat, deren Symptome wir hier nun anhand unseres Experiments noch einmal demonstrieren wollen. Der Patient wirkt im Moment ausgeglichen.«

Er wandte sich an die Krankenschwester, die rechts vor der Liege stand: »Schwester Helene, darf ich bitten?«

Schwester Helene beugte sich zu dem Mädchen hinab, um ihm den Gegenstand abzunehmen, den es mit beiden Händen vor der Brust hielt. Als die Schwester versuchte, den Griff der Hände des Kindes zu lösen, begann es sich zu wehren und dabei unartikulierte Laute von sich zu geben und dann zu schreien.

Die zweite Schwester kam zu Hilfe und bog die Arme des Kindes nach hinten. Der Gegenstand fiel zu Boden.

Eine Stoffpuppe ohne Kopf.

Krankenschwester Helene hob die Puppe auf und versteckte sie hinter ihrem Rücken. Fast zeitgleich hörte das Mädchen auf zu schreien und begann langsam mit dem Kopf hin und her zu wippen, bis sich ein gewisser Rhythmus einstellte.

»Da«, sagte Dr. Brüne, »›Jactatio capitis‹ stellt sich unmittelbar nach Entzug dar. Ein ums andere Mal. Das sieht man hier wieder sehr deutlich. Franziska?«

Die andere Schwester machte sich sofort Notizen.»Der Patient stimuliert sich hier«, fuhr er fort, »die andauernde Jaktation stumpft ihn mit der Zeit ab, versetzt ihn in eine Art Trance. Er bewegt sich hin und her, um sich in einen Zustand der Entspannung zu versetzen.«

Er sah zu uns. »Wir kennen das, von der Schaukel, oder von der Hängematte, nicht wahr Karl, wie bei uns draußen am Hollersee.«

Kalle nickte.

»Die Puppe können wir hier als Mutterersatz definieren«, konstatierte Dr. Brüne, war aber schon auf eine neue Idee fixiert: »Wir wollen jetzt einem Umkehrversuch beiwohnen: Schwester Helene, darf ich Sie noch mal bitten?«

Die Krankenschwester hielt dem Mädchen die kopflose Puppe vor das Gesicht. Das Kind griff sofort nach ihr, drückte sie wieder mit beiden Armen vor die Brust. Augenblicklich hatte es das Schaukeln mit dem Kopf eingestellt.

»Und noch mal zurück«, sagte Dr. Brüne, der sich mittlerweile mit einem Arm auf seinen Schreibtisch gestützt hatte und uns einen Blick zuwarf, der uns zu Verschworenen dieser Darbietung machen sollte.

Mit Hilfestellung von Schwester Franziska wurde dem Mädchen die Puppe ein weiteres Mal entrissen. Wieder Schreie, wieder Protest, wildes Gestikulieren, gefolgt von – nach dem Entzug der Puppe – völlig apathischem Hin- und Herschwingen des Kopfes.

»Danke schön, ich glaube, wir haben genug gesehen. Geben Sie her.«

Schwester Helene reichte Dr. Brüne die kopflose Puppe, dann hoben sie und ihre Kollegin das Mädchen von der Patientenliege hinunter auf den Boden. Irritiert durch die veränderte Situation, begann es nun zu wimmern.

»Die gefällt mir nicht mehr. Bringen Sie sie runter in die C4«, sagte Dr. Brüne, »nein, warten Sie: Wann geht es los?«

»Um vier Uhr«, antwortete Schwester Helene.

»Gut«, überlegte Dr. Brüne, »dann 150 Milligramm Luminal. Nein, dann genügen 100 Milligramm. Und denken Sie bitte an die Encephalon-Präparate, die Exemplare auf dem Schreibtisch sind noch nicht etikettiert.«

»Sehr gern, Herr Dr. Brüne«, sagte Schwester Helene.

Er ging hinter seinen Schreibtisch, öffnete mit dem Fußpedal einen verchromten Abfalleimer, warf die Puppe hinein und trat dann ans Waschbecken, um die Hände zu desinfizieren, während die Schwestern das Mädchen aus dem Raum führten.

Kalle und ich starrten auf die Glasbehälter auf dem Schreibtisch. Bei genauerem Hinsehen erkannte man hellgraue organische Scheiben, die in einer klaren Flüssigkeit eingelegt waren.

Dr. Brüne bemerkte unseren Blick.

»Das sind wertvolle Präparate, die an die Heidelberger Universitätsnervenklinik geschickt werden.«

Er trocknete sich die Hände ab, hängte das Handtuch zurück an den Haken.

»Encephalon ist griechisch und steht für Gehirn. Die Obduktion verstorbener Patienten ist für die medizinische Wissenschaft von unschätzbarem Wert.«

»Papa, ich glaub, ich muss mich übergeben«, sagte Kalle und hielt sich die Hand vor den Mund.

»Aber bitte nicht hier. Raus und die dritte Tür rechts.«

Kalle lief aus dem Raum. Die Tür fiel hinter ihm ins Schloss.

Ich blieb mit Dr. Brüne allein zurück.

Sein Blick hing an der Tür. Irgendwann wandte er sich mir zu.

»Ist dir auch schlecht, Helmuth?«

Ich schüttelte wie benommen den Kopf.

»Was wir uns hier, im Auftrag des Führers, zum Ziel gesetzt haben, ist die Wiederherstellung des Naturgesetzes«, sagte Dr. Brüne, »nicht mehr, aber auch nicht weniger.«

Es hörte sich an wie ein Argument, das er seinem Sohn hinterherschickte.

Da ich zunächst nicht verstand, was er damit gemeint haben könnte, ließ ich diesen Satz – gemeinsam mit Dr. Brüne – eine Weile im Raum nachschwingen. Ein leichtes Nicken, meinte ich, würde die Situation in einem stabilen Ungefähr halten, zumindest so lange, bis mich Kalles Vater irgendwann wieder in die Profanität entließ.

Als wäre er aus einem kurzen Tagtraum erwacht, fragte er mich auf einmal unvermittelt: »Würdest du dich als wohlgeboren klassifizieren?«

Vielleicht war es die Imperfektion seiner rechten Pupille, vielleicht die überkämmte Kahlstelle auf seinem Hinterkopf oder das angedeutete Eingeständnis von Selbstzweifeln, das ich ständig zwischen seinen Worten auszumachen glaubte. Vielleicht war es auch nur der Vergleich mit seinem Sohn, dem ich mich zunehmend ausgesetzt sah: Ich fühlte auf einmal eine Ganzheitlichkeit in mir, eine Gradlinigkeit, Klarheit. Und Stärke.

»Obwohl mir das Wort nicht geläufig ist, würde ich mit Ja antworten, Herr Dr. Brüne«, gab ich zur Antwort.

Es war nicht zu übersehen, wie es in ihm arbeitete. Ich bewegte mich auf einem schmalen Grat, das wusste ich.

»Wie sieht es mit der Ausbildung aus?«, fragte er.

»Noch vierundfünfzig Tage, Herr Dr. Brüne. Dann ist es so weit. Dann bin ich Feldscher. Also wir, Kal– Karl und ich.«

»Zufrieden damit?«

»Bannfeldscher ist mein Ziel, Herr Dr. Brüne«, antwortete ich.

Ich wusste, dass ihm das gefiel.

»Nicht zunächst einmal ›Stab...‹, oder ›Gemein...‹? Nein?«, fragte er.

Ich schüttelte stumm den Kopf.

Er musterte mich einen Augenblick lang, dann klopfte er mir auf die Schulter und setzte sich vor mich auf die Kante seines Schreibtischs.

»Unsere Patientin eben befindet sich, was ihre geistige Entwicklung anbelangt, auf der Stufe eines Tieres. Oder darunter. Ein Defektmensch, geistig tot.«

Er hielt kurz inne, als erwarte er eine Reaktion, eine Zustimmung. Als diese ausblieb, fuhr er fort: »Weiß dieses Wesen, dass es leidet? Nein.«

Er schüttelte den Kopf, ohne mich aus den Augen zu lassen.

»Mitleid ist den geistig Toten gegenüber die an letzter Stelle angebrachte Gefühlsregung. Wo kein Leiden ist, ist auch kein Mitleiden. Aber wir können forschen, und unsere Erkenntnisse der Allgemeinheit zukommen lassen.«

Er ließ seinen Blick über die Gläser mit den Präparaten gleiten.

»Wir halten uns hier an ein Gesetz, welches der Natur zu ihrem Recht verhilft«, sagte er. »Die Natur hätte unsere Patientin 736 längst verhungern lassen, meinst du nicht?«

Ich überlegte kurz und nickte.

»Ein lebensunwürdiges Geschöpf, das qualvoll verhungert, das wäre das Ergebnis. Und hier dürfen wir eingreifen. Dürfen wir human sein. Wir dürfen dieser Existenz einen würdevollen Abgang ermöglichen.«

Er ließ eine kurze Pause entstehen.

Beobachtete mich.

»Das ist die einzige Humanität, die in solchen Fällen angebracht ist, nicht wahr? Und sie ist hundertmal edler, anständiger und menschlicher als die Feigheit, mit der man aus falsch verstandener Humanität diesen Kreaturen die Last ihres eigenen Daseins aufbürdet, ganz zu schweigen von den Belastungen, denen die Familie ausgeliefert ist. Ganz zu schweigen von den Unkosten. In diesen Zeiten.«

Ich nickte vorsichtig.

Er fuhr mit seinem Monolog fort, adressiert an einen – wie es mir vorkam – imaginären Kollegen auf Augenhöhe. Es schien ihn überhaupt nicht zu interessieren, dass ich ihm inhaltlich kaum noch folgen konnte.

»Das ist für uns eine immense Herausforderung«, meinte er schließlich, »aber wir alle in dieser Heilanstalt wissen,

dass wir hier Arbeit auf höchstem Niveau leisten. Im Dienste der Volksgesundheit. Natürlich fragt man sich bei einem Großteil dieser Ballastexistenzen, ob die Anwendung einer Krampfbehandlung noch sinnvoll ist. Schockverfahren mit Cardiazol oder Insulin sind zeit- und kostenaufwändig, das Gleiche gilt für die Elektroschocktherapie. Oder ob man diesen Geschöpfen besser ein schmerzloses Ende bereiten sollte.«

Dr. Brüne schüttelte unmerklich den Kopf, als hadere er mit diesem inneren Zwiespalt.

Dann drehte er sich auf einmal wieder kurz um, als wollte er sich vergewissern, dass niemand hinter ihm stand, und sagte:

»Zwei, im Höchstfall drei Stunden Schlaf, dann wache ich auf, es ist immer derselbe Traum, der mich verfolgt. Jede Nacht.«

»Was … träumen Sie denn, Herr Dr. Brüne?«, fragte ich.

Er verdrehte die Augen, als wäre das eine törichte Frage gewesen.

»Ich träume von den Kindern.«

Katja

23:37
Bist du das?
Der Mann auf dem Pferd?

23:40
wenn du es willst
wird es so sein asrai

23:41
Wie darf Asrai denn Dich nennen?

23:44
lanval
wenn du es willst

23:45
Cool. Lanval. Ich bin so gespannt,
wie die Geschichte weitergeht!

23:57
Ich hab meiner Mom gesagt,
ich schlaf morgen bei Yvette.

00:37
klopf klopf?

00:56
klopf klopf?

00:59
wenn du es willst

01:07
Ja.
Asrai wünscht Lanval eine gute Nacht.

01:09
oidhche mhath

01:10
☺

T. H.

Etwas hatte mich geweckt. Ein Geräusch. Das Vibrieren eines Fensters. Der Kitt musste sich im Laufe der Jahre von Glas und Rahmen gelöst haben. Ich legte mir das Kissen auf den Kopf und versuchte weiter zu schlafen. Das helle Vibrieren wurde nun von einem tiefen, warmen Grummeln abgelöst. Ich zog das Kissen vom Kopf und richtete mich auf. Der ganze Raum schien von diesem Brummen eingenommen. Ich schlüpfte aus dem Bett, trat ans Fenster heran und zog den Vorhang etwas zur Seite. Wir waren in der Villa der Anstaltsleitung untergebracht, die direkt neben der Klinik lag. Von unserem Schlafzimmer aus sah man auf den Seiteneingang. Es war noch Nacht.

Auf dem Vorplatz standen zwei dunkle Omnibusse.

Die Motorengeräusche erstarben, und es kehrte wieder Ruhe ein. Die Fensterscheiben der Fahrzeuge waren von innen verhängt.

Zwei Männer stiegen aus und gingen auf das Gebäude zu.

Am Seiteneingang erkannte ich Herrn Dr. Brüne im Gespräch mit zwei anderen Männern. Unterlagen wurden ausgetauscht. Gedämpft hörte ich ihre Stimmen. Auf einmal sah ich Kinder aus dem Gebäude kommen und auf die Busse zugehen. Sie wurden von einigen Krankenschwestern geführt. Die Männer verteilten die Kinder auf die beiden Busse. Einige wurden gestützt. Zwei Schwestern trugen eine Bahre, auf der jemand lag. Dann wurden zwei kleinere Gestalten im Rollstuhl zu den Bussen geschoben. Es war schwer auszumachen, ob es sich um Jungen oder Mädchen handelte, da alle geschorene Köpfe hatten. Einige der Kinder und Jugendlichen hatten eine Gehhilfe, andere wurden getragen. Ich zählte mindestens dreißig Jungen und Mädchen. Sie hatten kein Gepäck dabei, keine Taschen. Plötzlich stutzte ich. Ich war mir nicht sicher, aber ich meinte, in der Dunkelheit das Mädchen aus Dr. Brünes Arbeitszimmer erkannt zu haben. Barfuß lief es auf den Wagen zu. Eine Krankenschwester schob es die Stufen hinauf in den Bus. Einer der Männer löste sich von Dr. Brüne, ging auf einen der beiden Omnibusse zu, öffnete die Fahrertür, holte einige Formulare heraus und brachte sie ihm.

Dr. Brüne überflog sie kurz und unterzeichnete.

»Du bist ja schon auf.«

Ich fuhr herum: Kalle stand verschlafen hinter mir.

»Was passiert denn mit denen?«, fragte ich ihn, »warum fahren die alle weg?«

»Die werden verlegt«, antwortete er.

»Verlegt? Wohin?«

Er kratzte sich am Kopf und zuckte mit den Schultern.

»Wohin werden die verlegt?«, fragte ich noch mal.

»Das weiß ich nicht«, sagte Kalle.

Wir standen am Fenster und beobachteten, wie die letzten Kinder in die Busse einstiegen. Dr. Brüne war bereits zurück ins Gebäude gegangen. Auch die Krankenschwestern waren nicht mehr zu sehen. Die Männer schlossen die Türen und stiegen ein.

Dann wurden die Motoren angelassen. Wegen der verhängten Scheiben war niemand zu erkennen im Wageninnern, als die beiden Omnibusse vor der Klinik wendeten, langsam vom Vorplatz fuhren und in der Dunkelheit verschwanden.

Ich lag wach im Bett, die Hände unter dem Kopf verschränkt, und starrte an die Decke.

»Kannst du auch nicht schlafen?«, fragte Kalle.
»Nein«, sagte ich.

Draußen begann es allmählich zu dämmern. Die ersten Vögel fingen an zu zwitschern.

»Ich glaub, mein Papa hätte gern, dass ich so wär wie du«, sagte Kalle irgendwann.
»Quatsch.«
»Doch. Ich glaub schon.«

Ich konnte unmöglich einschlafen. Was ich gesehen hatte, ging mir nicht aus dem Kopf.

Und dann erzählte ich Kalle von meinem Bruder Günther. Und wie wir uns mit den Seydelitz-Burschen geprügelt hatten.

Justus

Immer wenn ich nachts nicht schlafen kann, stehe ich auf und tigere durch den Garten. So wie heute.

Bald wird es hell. Die Gartenleuchten sind noch an, warten auf das Kommando der Zeitschaltuhr, die sie in den Feierabend schicken wird.

Eine Brise kommt auf und die Kanadische Pappel raschelt leise. Pflichtgetreu. Wissend, dass ihr Standort vor unserem Schlafzimmerfenster nicht willkürlich gewählt wurde, sondern einem höheren Zweck dient: Nämlich Svenja und mich mit ihren – für Pappeln typischen – Blattbewegungen in den Schlaf zu rascheln. Von irgendwoher der Duft von Kaminholz. Die riesigen Halme des Schwarzrohrbambus wiegen sich im Licht der Bodenstrahler, werfen unheimliche Schatten auf die dahinterstehenden Bäume.

Ich befinde mich nun mitten im Garten.

An der Eibe bleibe ich stehen.

Berühre ihren Stamm.

Die Rinde ist rau und warm.

Mein Blick wandert nach oben in die dunkle Struktur der Astgabelungen.

Dieser Baum ist laut Angabe des Vorbesitzers unseres Hauses und Gartens achtundneunzig Jahre alt. Ein Schmuckstück. Ein Kunstwerk. *Taxus baccata.* Eine Gemeine Eibe. Ein stattlicher Baum. Stammquerschnitt fast fünfzig Zentimeter. »Erhaben« hatte ihn T.H. genannt. Über fünfzehn Meter. Hochgeastet auf einen Meter und neunzig, *um dem jeweiligen Hausherrn* – so unterrichtete uns der betagte Vorbesitzer damals – in *aufrechter Haltung Zugang zum angrenzenden Rhododendrongarten zu gewähren*, und: *Dieser Baum gibt dem ganzen Anwesen Kontur.* Ich nicke seinen Worten von damals zur Bestätigung hinterher.

Als der greise Witwer mir, vor nunmehr siebzehn Jahren, im Notariat nach geleisteter Signatur und mit zittriger Hand den Füllfederhalter entgegenhielt, war mir auf einmal bewusst geworden, welche Erwartungen er in mich setzte, was für eine Verantwortung ich mit meiner Unterschrift auf mich nehmen würde. Er hatte das Haus ein halbes Jahrhundert zuvor von seinem Vater geerbt, einem Kurzwarenfabrikanten, der seine knapp bemessene Freizeit gänzlich der Gestaltung und Pflege seines Gartens gewidmet hatte, um diesen eines Tages in die Obhut seiner Nachkommen zu übergeben. Die Eibe, vor der ich stehe, hatte der Vater im späten Herbst 1916 anlässlich des Todes seines Erstgeborenen, dem älteren Bruder unseres Vorbesitzers, setzen lassen. *Bei der Schlacht an der Somme im selbst geschaufelten Schützengraben verreckt, im kalten Schlamm,* erfuhren wir von dem alten Herrn Tage später bei unserer zweiten Besichtigung. *Im Dienste des Vaterlands.*

Bei den Kelten galt die Eibe als Baum des Todes, erklärte er uns damals, *aber sie fürchteten sich nicht vor ihr, sie galt ihnen als Gottheit. Wussten Sie das? Als Symbol der Ewigkeit, der Überwindung des Todes durch die Weisheit. Als Tor in eine andere Welt. Ein Aberglaube sagt, dass die Eibe böse Dämonen vertreibt und die Ausläufer ihrer Wurzeln bis in die Münder der Toten wachsen. Hier sehen Sie.* Er strich mit der Hand über die Rinde. *Der Stamm ist bei genauerer Betrachtung mehrstämmig. Im Alter, wenn dieser Baum einige hundert Jahre alt ist, löst sich das Innere des Stamms allmählich auf und verfällt, bis er vollständig ausgehöhlt ist. Dann senkt die Eibe einen ihrer unteren Äste, bis dieser den Boden berührt und dort neue Wurzeln treibt. Deshalb gilt die Eibe als unsterblich. Sie existiert in zwei Welten. Eine Hälfte lebt in dieser, eine Hälfte in einer anderen Welt.*

Er zwinkerte uns spitzbübisch zu.

Aber tun wir das nicht alle?

Er hielt einen Augenblick inne, als erwarte er an dieser Stelle Zustimmung, oder überhaupt eine Antwort. Im Nachhinein meine ich ein Bedauern in seinem Gesichtsausdruck bemerkt zu haben, vielleicht, weil ich nicht näher auf das Thema eingegangen war. Er wischte den Gedanken mit einem Lächeln weg und wandte sich wieder irdischeren Dingen zu. »Sehen Sie«, hob er an, »der Baum ist exakt ausgerichtet auf das Herrenzimmer und …«, wir folgten seinem Blick nach rechts gen Haus – »und den Pavillon der Dame«. Nach links gewandt, fing er meinen Blick mit einem kurzen Lächeln auf. »Aber wer bin ich, einen Akademiker mit dem Thema Punktspiegelung beeindrucken zu wollen.«

Er klopfte mir auf die Schulter, und wir folgten ihm in den hinteren Teil des Gartens, den, damals wie heute, ein kleiner, von einem runden Teich umgebener Jugendstilpavillon bewacht.

Mein Blick löst sich von den filigranen Umrissen des Rundbaus und wandert auf meine Armbanduhr. Viertel vor vier.

Ich tätschele der Eibe über den Stamm, dann schlendere ich über die Wiese zurück zum Haus, schiebe die Terrassentür hinter mir zu.

Und gehe noch mal ins Bett.

Neele

Meine Schädeldecke stößt rhythmisch gegen die Verschalung unseres Bettkastens.

Ich tippe auf seine neue Mitarbeiterin, mit der er bis vor Kurzem durch die neuen Bundesländer getingelt ist, um seine Buch-Abos an den Mann zu bringen. Oder irgendeine Barkellnerin, wenn er solo reist. Irgendeine Hotelbekanntschaft. Eine Reminiszenz an irgendeine Jugendliebe. Irgendeine Aufzugbekanntschaft. Irgendeine Frau.

Auf jeden Fall denkt er nicht an mich.

Seine Augen sind geschlossen, um nicht durch meinen Anblick abgelenkt zu werden. Es dauert heute länger als sonst. Ich merke, wie er sich konzentrieren muss. Wie er sich abmüht.

Ich gebe einen Laut von mir. Und dann noch ein paar ausgedehnte Stöhner und ziehe ihn dadurch langsam von seiner Wunschpartnerin ab, zurück in die Wirklichkeit.

Als Thomas die Augen öffnet und mein Gesicht unter sich erblickt, ist er schon so weit erschlafft, dass er rausrutscht.

»Alles okay?«, frage ich.

»Geht nicht heute.«

»Was ist denn los?«

»Nichts.« Er dreht sich zur Seite. »Alles gut.«

»Hab ich was falsch gemacht?«, frage ich.

»Nein«, murmelt er, »ich bin einfach nur müde.«

»Okay«, sage ich, »ist ja auch nicht schlimm.«

Schweigen.

Ich ziehe die Decke über seine Schulter und flüstere »Schlaf gut.«

»Ja.«

Zäzilie

Ich schalte die Nachttischlampe an und blicke auf den Wecker. 3.54 Uhr. Im Lichtschein erkenne ich auf der Ottomane den aufgeklappten Koffer. Alles gepackt für die Reise.

Ich habe nichts vergessen.

Irgendwann war die Zimmertür meiner Brüder verschlossen. Für den Rest meiner Kindheit. Niemand durfte die Schlafkammer betreten.

Ich erinnere mich an eine Situation. Es war kurz nach meinem fünften Geburtstag. Ich konnte nicht schlafen und wollte mir in der Küche ein Glas Wasser holen. Draußen dämmerte es schon, und der Novembernebel hing zwischen den Bäumen. Ich schlich barfuß über den Gang. Da bemerkte ich die offene Tür. Vater stand, mir den Rücken zugewandt, im Türrahmen. Ich lugte an seinen Beinen vorbei oder dazwischen hindurch. Er blickte bewegungslos in das leere Zimmer seiner Söhne. Eine Ewigkeit lang. Auf Günthers Bett lag ein kleiner Koffer. Nicht viel größer als eine Aktentasche. Auch Helmuths Bett gegenüber war unbenutzt. Über dem Kopfende an der Wand hing die Zeichnung.

Als Vater mich bemerkte, schob er mich weg und zog die Tür wieder zu.

Beim Hinabsteigen der Stufen hörte ich, wie er den Schlüssel im Schloss umdrehte.

Beni

Langsam lasse ich den Kopf nach rechts gleiten, bis er an dem Mauervorsprung Halt findet.

Ich sitze auf dem Klo und bin noch nicht abgeschminkt.

Mist. Ich stelle mir mit geschlossenen Augen einen breiten braunen Längsstreifen auf meiner mauvefarbenen Wand vor.

Noch dreht sich nichts. Zwei Crémant aus Höflichkeit – echt mehr aus Höflichkeit, dann, mmm, dann den Weißwein, viermal, und den Roten. Und das war's. Und diese … diese Gin-Dinger, Dings mit Gurke, glaub ich. Jedenfalls stoße ich das seit dem Taxi ständig … oder zwei Rote … und die zwei Lines auf dem Damenklo, von … mmm, von dem Dings, fuck, ich muss Mam anrufen, sie is' sauer, dass ich heute nicht mitfahre zu T.H.

Mein Ohr klebt an der Wand. Geräusche aus der Wohnung über mir. Er ist schon zu Hause. Hat schon Abrechnung gemacht. Tellerscherben zusammengekehrt. Wie jeden Abend. Christossssssss … oben rauscht die Wasserleitung, sssssss. Sssssssooo bleibe ich jetzt sitzen. Die Augen fallen mir zu, hmm, er putzt sich die Zähne. Vielleicht. Dreht den Hahn zu. Still. Nichts. Wahrscheinlich ist er barfuß. Hundert pro. Nur Unterhose, nur …er klappt den Deckel hoch. Dann die Brille.

Er pisst im Stehen. Die Sau. Das Plätschern geht durch alle Wände, durch alle Wände. Er drückt die Spülung. Dann rauscht sein Abwasser an meinem Ohr vorbei in die Tiefe, fließt irgendwo aus einem alten Tonrohr in die Kanalisation, vermischt sich mit den Ausscheidungen der Nachbarhäuser und fließt … weg …

Marco

Ein kurzer dumpfer Schlag, und ich bin wach. Irgendetwas ist irgendwo dagegen geknallt. Was war das?

Ich lasse die Augen geschlossen. Etwas Aufschub noch. Helligkeit und Wärme von links. Meine Brust fühlt sich eingeengt an, und das Atmen hat etwas Automatisches, etwas Fremdbestimmtes. Etwas atmet mich. Meine Nase juckt. Fremdes langes Haar. Und irgendwas duftet nach Vanille.

Ich beschließe, die Augen zu öffnen. Nacheinander lösen sich die verklebten Oberlider von den unteren.

Es dauert einen Augenblick, bis ich mich an das Sonnenlicht gewöhnt habe. Über mir an der Decke kreist langsam ein weißer Ventilator vor sich hin. An einem der Rotorblätter hängt etwas an einem Faden. Ich konzentriere mich auf das Flugobjekt, versuche, seinen Bahnen zu folgen: eine kleine Kuh. Schwarz-Weiß gefleckt. Mit Flügeln. Mir wird schwindelig. Ich atme mühsam ein und jemand anderes gleichzeitig aus.

Jemand liegt auf mir.

Ich halte die Luft an, um diese Atemsymbiose zu unterbrechen, die ich irgendwann heute Nacht mit der Person eingegangen sein muss, die auf mir schläft.

Ein leises Stöhnen, ganz nah an meinem Kopf. Jetzt erst bemerke ich, dass mein Schädel brummt.

I…sabell? Isabell…*a*? Oh Mann …

Bushaltestelle. Und dann … Sauvignon. Viel Sauvignon und danach noch woandershin. Dann Rotwein. Schwer. Spanien vielleicht. Und einen durchgezogen. Vor der Tür. Als der Kellner uns um 23.00 Uhr bat reinzugehen, kannten wir uns ziemlich genau fünf Stunden:

Ich stand an der Ampel, so um 18.00 Uhr, das weiß ich noch … mit meinem Wagen. Offen. Und war am Telefon, mit …

Die Ampel schaltete auf Gelb, und da trafen sich unsere Blicke. Sie stand an der Bushaltestelle. Direkt neben meinem Seitenfenster. Dann Grün, und jemand hupte hinter mir. Ich fuhr los und sah im Rückspiegel, wie sie meinem Wagen hinterherblickte. Immer kleiner wurde. Gleich war sie verschwunden. Und dann hob sie auf einmal beide Arme und winkte. Und winkte und winkte!

Sie macht einen kleinen Seufzer und gleitet von mir herunter.

Ich atme wie befreit einmal tief ein und aus. Dann richte ich mich auf und setze mich auf die Bettkante. Sie liegt nun, von mir abgewandt, auf der Seite und schläft. Die kleinen Erhebungen ihrer Wirbelsäule bilden eine weiche Kette, die unter der Decke verschwindet. Schlank war die Nacht. Irgendwo muss meine Unterhose sein. Ich steige aus dem Bett … und da sehe ich ihn, durch die Fensterscheibe, auf dem Balkon liegen. Ein kleiner Vogel. Er muss gegen die Scheibe geflogen sein. Und das hat mich aufgeweckt. Ich trete durch die offene Tür hinaus ins Freie. Reglos liegt er vor mir auf dem Betonboden. Ich beuge mich zu ihm hinab und hebe ihn vorsichtig hoch. Und betrachte ihn. Er liegt auf meiner Handfläche und ist ganz warm. Ein Grünfink. Seine Augen sind geschlossen. Er hat den typischen hellen, kräftigen Schnabel und grüne Linien über beiden Augen, die an der Seite seines Köpfchens nach unten führen und auf der Vorderseite zusammenlaufen. Die gesamte Brust hat dasselbe Grün. Langsam nähert sich mein Zeigefinger dem Flaum.

In dem Moment, als mein Finger den Vogel berührt, öffnet er die Augen. Für den Bruchteil einer Sekunde starrt er mich an, dann fliegt er plötzlich los. Ganz durcheinander. Hin und her auf dem Balkon. Ich befürchte, dass er wieder gegen die Scheibe knallen könnte, da dreht er auf einmal ab und landet nach einigen vergeblichen Anläufen auf einem der äußeren Äste in der Baumkrone vor dem Balkon.

Er flattert ein paar Mal mit seinen zerzausten Flügeln, versucht sich auszubalancieren. Die Beine sind so dürr wie der Zweig, auf dem sie stehen. Benommen sitzt er da. Ich ärgere mich, dass ich die Kamera im Wagen gelassen habe.

Gerade als ich wieder reingehen will, bemerke ich, wie der Vogel ganz langsam nach vorne kippt. Immer weiter. Bis er schließlich kopfüber an dem Zweig hängt.

Ich trete an die Brüstung heran, beuge mich so weit es geht übers Geländer, um meine Hand unter ihn zu halten. Da lässt er los. Verpasst meine Hand. Er fällt an den Balkonen vorbei in die Tiefe. Plötzlich – im Fall – beginnt er zu flattern, er fängt sich, und fliegt davon.

Ich sehe ihm hinterher, verliere ihn. Irgendwo in der Baumkrone steckt er jetzt. Ich höre ein *jüpp*, dann ein *djürp – rüp – rüp*.

Dann ist er weg.

Ich finde meine Unterhose im Bad und setze mich zum Pinkeln hin. Da fällt mir ein, dass ich heute um 14.00 Uhr noch ein Fotoshooting habe. Im Atelier. Headshots für irgendeine Moderatorin irgendeines Shoppingsenders. Ich betätige ganz kurz die Spülung, um keinen Lärm zu machen, und trete ans Waschbecken. Auf meiner rechten Schulter, auf der ihr Kopf ruhte, entdecke ich im Spiegelbild den Abdruck ihres Ohrs. Und Ohrrings. Ein winziger Elefant.

Ich finde ein Stück Seife und schreibe damit auf den Spiegel:

Isabell, ich geh ganz schnell. Ist nichts von Dauer, sei nicht sauer.

Ich lege die Seife zurück in die Schale und da steht sie plötzlich hinter mir, in ihre Decke gehüllt.

»Anabel«, sagt Isabell verschlafen und nimmt ihre Ohrringe ab, »... und du noch mal?«

»Äh ... Marco«, antworte ich und versuche die kleine Empörung über ihre Frage in einem anschließenden Huster zu versenken.

»Ach nee«, sagt sie und lächelt mich an. »Dein Handy hat gerade geklingelt ...«

»Oh.«

»Morgen.«

»Was?«

»Guten Morgen.«

»Guten Morgen«, sage ich, »... sorry...ja klar, guten Morgen!«

»Hier.« Sie reicht mir das Handy und schlurft zurück Richtung Schlafzimmer.

Ich blicke aufs Display. Meine Mutter hat angerufen. Ich hab T.H. vergessen. Mist. Ich drücke auf *Home* und schäme mich ein weiteres Mal, dass ich die Nummer meiner Eltern nicht weiter vorn eingespeichert habe. In der Rangfolge der Favoriten in meinem Smartphone nehmen sie Platz 4 ein, nach meiner Agentur und nach Kim, obwohl ich die Position 2 seit über einem halben

Jahr nicht mehr angewählt habe (die gespeicherte Nummer aber niemals löschen werde) und nach der 3, die ich gestern Abend beim dritten Rotwein mit Anabels Rufnummer belegt habe, und damit Frankas gelöscht.

Es tutet nur anderthalb Mal, dann höre ich meine Mutter unseren Familiennamen sagen. Er klingt bei ihr immer gleich. Egal, in welcher Stimmung sie sich gerade beim Abheben befindet. Jeden Anrufer erwartet in jeder nur erdenklichen Situation und zu jeder Tageszeit dieselbe Begrüßung. Sie besteht lediglich aus unserem Nachnamen, aber in der Art, wie meine Mutter ihn ausspricht, schwingt immer noch etwas anderes mit als nur die fernmündliche Bestätigung, dass man richtig gewählt hat. Seit ich denken kann, ist meine Mutter – wenn ein Anruf kommt – vor dem Wandtelefon in unserer Diele stehen geblieben und hat sich kurz gesammelt, bevor sie zum Hörer griff, um unseren Familiennamen auszusprechen, nicht ohne ihm dabei eine ausgewogene Melange aus Höflichkeit, Respekt und Skepsis mit auf den Weg zu geben. Ich glaube, das entspricht seit jeher ihrem tief verwurzelten Verständnis von Demokratie: Jeden Menschen gleich zu behandeln. Eine Einstellung, die die unendliche Geduld meines Vaters seiner Frau gegenüber bisweilen auf den Prüfstand stellen kann, vor allem, wenn das Thema *Gerechtigkeit* auf dem Plan steht. In der Familie wird gemutmaßt, dass sie mit der Namensgebung meines älteren Bruders Justus die Richtlinien hierfür schon früh gesetzt hat.

»Hallo, Mamuschka«, sage ich, »Du hast angerufen?«

»Mein Engel, kannst du deiner Mutter einen Gefallen tun?«

»Was…?«

»… Wo bist du denn jetzt?«

»Kennst du nicht.«

Anabel erscheint hinter mir. Sie ist jetzt nackt. Ich sehe im Badezimmerspiegel, wie sie am Türrahmen lehnt und mich ansieht.

»*Wo bist du?*«, fragt meine Mutter.

»Was brauchst du denn?«

»*Kannst du für mich zum Bahnhof fahren? Ich muss mich hinlegen, mir geht es heute nicht so gut und … ehm … und … Olga …*«

»Was ist mit Olga?«

»*… Olga?*«

»Was mit Olga ist?«

»*Was ist mit Olga?*«

»Mamuschka. Was ist mit Olga? Ist sie da?«

»*Olga?*«

»Was soll ich denn am Bahnhof?«

»*Um 18.37 Uhr kommt Zäzilie an. Auf Gleis 17.*«

Mir gelingt ein geräuschloses Stöhnen.

»*Ich weiß, mein Engel. Mach's für deine Mutter.*«

»Wie spät ist es denn jetzt?«, frage ich.

Anabel hat sich mittlerweile von hinten an mich geschmiegt. »Gleich elf«, flüstert sie mir ins Ohr und lässt ihre Hand in meine Unterhose gleiten.

»*Hallo?*«, fragt meine Mutter, »*bist du nicht allein?*«

»… was?«

»*Hast du deinen Vater heute schon angerufen? Er fragt doch ständig nach dir.*«

»Mach ich. Mach ich heute. Versprochen.«

»*18.37 Uhr. Gleis … Gleis …*«

»17. Mach ich auch. Mach ich. Tschüss.«

»*Ich danke dir. Bis später, mein Eng–*«

T.H.

Während der dritten und vierten Schwangerschaftswoche verschließen sich bei einem Fötus normalerweise die Wirbelsäule und das Rückenmark, das sogenannte Neuralohr. Geschieht dies nicht, bleiben Wirbelkörper offen und es entsteht eine Spina bifida, auch Neuralohrdefekt genannt. Die Beschwerden sind sehr unterschiedlich und reichen, je nach Schädigung des Rückenmarks, von einer leichten Gehbehinderung oder verminderten Intelligenz bis hin zu einer Querschnittslähmung und Symptomen wie gestörter Blasen- und Darmfunktion.

Mein zwei Jahre jüngerer Bruder Günther litt, wie ich viele Jahre später herausfand – vermutlich aufgrund eines genetischen Defekts oder eines Folsäuremangels während der Schwangerschaft –, unter einer mittelschweren Form dieser Krankheit, der Spina bifida occulta, die eine Fußfehlstellung, den sogenannten Hackenfuß, sowie eine leichte Hüftluxation und Lähmungen der Blase und des Darmtraktes nach sich zog. Die Entwicklung eines Hydrocephalus, eines Wasserkopfes, blieb ihm und der Familie erspart, nicht aber leichte kognitive Einschränkungen sowie eine Beeinträchtigung des Sprachzentrums.

Für mich war mein kleiner Bruder Günther so normal wie jeder andere Mensch. Er war fester Bestandteil meines Lebens, wie meine Mutter und mein Vater sowie – zu Lebzeiten – meine Großmutter Ana, unsere Hunde Senta und dann Bruno, wie unser Haus, die Scheune, unser Brunnen, unsere Magd Else bis 1938 und Schnurri unser Kater. Günther hinkte körperlich wie sprachlich hinterher und machte ins Bett und in die Hose. Dass er schon für die ersten Gehversuche technische Hilfsmittel benötigte (einen winzigen, einachsigen halben Leiterwagen mit Ledergeschirr als Haltevorrichtung, den mein Vater zusammen mit mir in der Scheune zusammengeschustert hatte) und alsbald für jeden weiteren seiner jungen Schritte eine Krücke, war für mich eine Selbstverständlichkeit. Genauso wie die Tatsache, dass Günther nicht eingeschult wurde, als er das sechste Lebensjahr erreicht hatte und auch in den darauffolgenden Jahren nicht.

Um diesbezügliche Scherereien mit den Behörden zu umgehen, sorgten meine Eltern dafür, dass mein Bruder sich die meiste Zeit im Haus aufhielt, oder im Garten.

Zu Beginn des Krieges war mein Vater siebenundvierzig Jahre alt und wurde aufgrund seines Alters u.k. gestellt. Auch wenn im Verlauf des Krieges durchaus Jahrgänge eingezogen wurden, die vor 1910 geboren waren, ist er in dieser Hinsicht verschont geblieben. Er arbeitete, wie schon mein Großvater, als Jagdpächter. Seine Aufgabe war es, sich um den Wildbestand des angrenzenden Staatswaldes zu kümmern und das Gebiet zu hegen. Zu der Pacht gehörte das kleine Jagdhaus, in dem wir wohnten. Es lag etwas abseits am Waldrand und ermöglichte der Familie ein zurückgezogenes Leben, weitestgehend unbehelligt von der Außenwelt.

Einmal aber, im Juni 1942, ich war bereits beim Gesundheitsdienst der HJ, erwischte ich die beiden Burschen von Bauer Seydelitz, Ernst und Paul, in der Senke vor dem Auerbach dabei, wie sie sich Günthers Holzkrücke über dessen Kopf hinweg gegenseitig zuwarfen. Mein kleiner Bruder stand, auf einem Bein hüpfend, in deren Mitte und lachte dämlich.

Ich weiß noch, dass ich Ernst im Schwitzkasten hatte, dass ich ihn auf dem Boden hatte, seine Bauernnase im

Dreck, und wie mich der erste Schlag der Krücke traf und der zweite. Und wie ich dann losließ und wie Günther vergeblich versuchte, Paul die Krücke zu entreißen und ihn in die Hand biss, und wie Paul aufschrie, meinen Bruder wegstieß und dann die Krücke an einen Baumstumpf lehnte und mit einem Quertritt zerbrach. Und wie Pauls Hand von dem Biss blutete. Und mein Hinterkopf von den Schlägen mit der Krücke. Und wie die beiden Burschen uns hinterhergrölten, als Günther neben mir her nach Hause humpelte.

Und wie Vater dann auf mich einschlug.

Und wie Günther heulte, weil er das alles nicht kapierte.

»Ups!«

Ich schrecke aus meinen Gedanken auf.

Ein Clown steht in der Tür. Mit einem Luftballon in der Hand.

»Entschuldigung, falsche Tür«, sagt eine weibliche Stimme hinter der Maskerade und zieht die Tür wieder zu.

Mein Blick wandert zurück zum Fenster.

Es riecht auf einmal nach diesem Räucherstäbchenzeug. Hat der weibliche Clown vermutlich hinterlassen, den Mief.

Der Himmel ist bedeckt. Ich zähle vier Schattierungen von Grau, die sich nicht vermengen wollen.

Es klopft.

»Jetzt bin ich's noch mal. Tschuldigen Sie: das ist doch 173?«

»Wenn's an der Tür steht.«

Die Frau in der Clownsverkleidung macht einen halben Schritt zurück, blickt auf das Kärtchen im Gang neben der Tür an der Wand.

»Ja. Doch. 173.«

»Na bitte.« Ich huste.

Sie steht in der Tür und sieht mich an. Irgendwo in ihrem Kostüm klingelt leise eine Schelle. Dann lächelt sie auf einmal und zieht dabei die Mundwinkel bis zu den Ohren: »Ich hatte ein Kind erwartet.«

»Falsche Abteilung«, sage ich und räuspere mich.

»Mmh.« Der Clown blickt auf seine riesige grüne Armbanduhr, dann zieht er einen Zettel aus der karierten Hose.

»Helmuth Bethmann«, liest sie vor.

»Das bin ich.«

»Mmh.« Sie kratzt sich am Kopf. »Das ist jetzt blöd«, murmelt sie, »da muss irgendwo ein Zahlendreher beim Geburtstag reingekommen sein.«

»Der Verdacht drängt sich auf«, sage ich. »Könnten Sie bitte die Tür zumachen, hier wird es langsam kalt.«

Wieder blickt die Clownfrau auf die Uhr. »Hätten Sie denn Zeit?«

»Wofür?«

»Bisschen reden?«

»Über was denn?«

»Egal.« Sie zuckt mit den Schultern. »Den nächsten Termin hab ich jetzt erst in einer Stunde. Sonst häng ich hier nur rum.«

Sie steckt den Zettel zurück in die Hose und sieht mich fragend an.

Einen Moment lang überlege ich.

»Meinetwegen«, sage ich dann, »kommen Sie rein, aber machen Sie endlich die Tür zu.«

Der Clown betritt das Zimmer und schiebt die Tür ins Schloss.

»Darf ich?«, fragt sie und hält die Hände an die Perücke.

»Ich bitte darum.«

Sie zieht die rote Kunstlockenpracht samt Hut vom Kopf. Dunkles Haar kommt darunter zum Vorschein, dann greift sie fragend nach der Nase.

»Die auch«, sage ich.

Sie legt die Sachen aufs Nachbarbett und bindet den Luftballon am Haltegriff meines Nachttischschränkchens fest. Dann schiebt sie den Stuhl ans Bett und setzt sich.

Sie ist nicht mehr ganz jung und noch nicht richtig alt. Ein paar graue Strähnen ziehen sich durch ihr dunkles glattes Haar, das mit einem Gummi nach hinten gebunden ist.

»Nach was riechen Sie denn?«, frage ich.

»Patchouli«, antwortet sie, »die Kinder mögen das.«

»So.«

Sie schlägt die Beine übereinander. Nur mit der weißen Schminke und den schwarz bemalten Augen sieht sie gar nicht mehr so lustig aus.

»Was haben Sie denn gemacht, als ich gekommen bin?«, fragt sie.

»Hier gelegen.«

»Hab ich Sie geweckt?«

»Nein. Ich hab hier nur gelegen.«

»Und haben nichts gemacht?«

»Was soll ich denn gemacht haben?«

»Oder gedacht?«

Ein Hustenanfall überkommt mich. Ich ziehe das Taschentuch unter der Decke hervor. Tupfe mir den Mund ab und falte das Papier zusammen, um den rotgefärbten Auswurf zu verbergen.

»Ich habe aus dem Fenster gesehen, damit Sie's genau wissen.« Ich wende den Kopf von ihr ab und blicke hinaus. Die Palette von Himmelgrau hält sich standhaft, mischt sich nicht. »Sind das die Fragen, die Sie in Ihrem Kinderprogramm runterspulen?«, frage ich.

»Haben Sie Kinder?«

»Ja«, sage ich, »drei.«

»Schon erwachsen bestimmt.«

»Ich hab sogar schon Enkel. Stellen Sie sich vor.«

»Aha.«

Dann fragt sie: »Müssen Sie sterben?«

Mein Blick wandert zurück zu ihr.

Sie sieht mich an. Ihre schwarz umrandeten Augen. Die runden roten Wangen in dem weißen Gesicht.

»Ja«, sage ich, »davon gehe ich aus.«

Sie nickt zweimal kurz. Hält den Blick.

»Wie können Sie so etwas fragen?«

»Das frage ich jedes Kind«, sagt sie.

»Und … was antworten die?«

»Dasselbe wie Sie.«

Es klopft, und die dicke Krankenschwester steckt den Kopf durch die Tür.

»Jetzt nicht!«, sage ich, bevor sie den Mund aufmachen kann. Leise wird die Tür wieder zugezogen.

»Sie hätten mir dieselbe Antwort gegeben, als Sie noch ein kleiner Junge waren«, fährt sie fort. »Dass es irgendwann vorbei ist, wissen wir alle, spätestens wenn wir das erste Mal mit dem Tod in Berührung kommen. Darf ich?« Sie zeigt auf die Kleenex-Schachtel auf dem Nachttisch.

»Bitte.«

Sie zupft ein paar Tücher heraus, wartet offenbar auf eine Reaktion. »Wie war das bei Ihnen? Das erste Mal?«

Sie hält die Tücher einsatzbereit vor die Nase.

»Beim Tod meines … im Krieg.«

Sie nickt. »Ich glaub, ich krieg 'ne Erkältung«, sagt sie und schnäuzt sich. »Mit dem ewigen Leben braucht man heutzutage keinem mehr zu kommen«, fährt sie fort. »Leiden für die Wiedergeburt und so.«

Sie verstaut das gebrauchte Kleenex irgendwo in ihrem Kostüm. »Sich rechtzeitig in die eigene Endlichkeit einzuüben, *das* versuche ich den Kindern beizubringen.«

»Und die, denen dafür keine Zeit mehr bleibt?«

»Von denen versuche ich zu erfahren, was ihr Leben bisher ausgemacht hat.«

»Wie soll ein Kind denn so was wissen?«, frage ich, während ich überlege, ob ich es bereuen soll, den Clown in mein Zimmer gelassen zu haben.

»Wir reden über Momente«, fährt sie fort, »Erlebnisse, die unser Leben beeinflusst haben. Menschen, die eine wichtige Rolle in unserem Leben spielen. Und dass wir diese Menschen nie verlieren. Und sie uns auch nicht.«

Die Clownsfrau zieht ihre weißen Handschuhe aus, hält sie in der Hand, betrachtet sie. »Ich versuche ihnen die Angst zu nehmen. Ich sage ihnen, sie sollen sich vorstellen, sie fahren weg. In den Urlaub. Sie ziehen die Haustür zu und verreisen. Mit dem Zug. Mit dem Flugzeug. Mit dem Schiff. Und dann nehme ich sie bei der Hand und wir stellen uns vor, wie wir durchs Schlüsselloch noch mal zurück ins Haus schleichen, in die Wohnung. Unsichtbar. Wir gehen durch jedes Zimmer, auch das eigene. Betrachten die Spielsachen, die Bilder, die Fotos auf den Regalen. Dann denken wir an alle, die da wohnen. Die Eltern und Geschwister. Wir stellen uns vor, wir sitzen mit ihnen am Tisch und legen uns neben sie, wenn sie schlafen. Wir sind bei ihnen, wenn sie aus dem Fenster sehen. Wir wandern durch ihre Gedanken. Überall sind Erinnerungen. Nichts ist vergessen. Niemand ist vergessen. Auch bei den Verwandten entdecken wir so viele Erinnerungen an uns. Auch bei den Freunden, wir gehen auch zu den Nachbarn. Wir stellen uns vor, wie sie gerade an uns denken. In diesem Augenblick. Wir denken auch an diejenigen, die schon früher verreist sind. An ihre Erinnerungen. Wir sind bei ihnen und sie bei uns. Bevor wir auf die Reise gehen, denken wir an die wichtigsten gemeinsamen Momente. Die schönen Momente. Und auch an diejenigen, die uns bedrücken. Nichts ist vergessen. Nichts ist verloren. Und diese Momente halten wir fest.«

»Die halten Sie fest? Wie wollen Sie die denn festhalten?«, frage ich.

»Wir malen sie.«

Ich schüttele den Kopf. Es soll wie Empörung wirken, aber ich bin nicht empört.

»Sie erwarten doch nicht ernsthaft, dass ich jetzt anfange zu malen?«, sage ich.

»Gäbe es denn etwas?«

Ich sehe sie stumm an.

Eine ganze Weile.

»Sie könnten es auch jemandem erzählen«, sagt sie in die Stille hinein, »vielleicht jemandem, der Ihnen wichtig ist.«

Mein Blick hängt in dem Clownsgesicht.

»Sie müssen aber nicht«, sagt sie nach einer Weile, »Sie können es auch … mitnehmen.«

Justus

»Ich hab mich vorgestern verschluckt. Also, besser gesagt: Ich hatte ein Stück Brathering quer im Hals stecken. Beim Mittagessen mit Olaf. Das hätte böse enden können.«

»Deine Mutter hat angerufen. Du sollst zurückrufen. Irgendwas wegen T. H. und Fernseher und Stadtwerken. Das oder das?« Svenja hält zwei Aufnahmen hoch, die mich und Marco im Alter von sieben und fünf Jahren zeigen. Wir stehen unten am Steg und kämpfen fürs Foto. Marco im Winnetoukostüm, das eigentlich ich anziehen wollte, aber nicht durfte. Und daneben ich als Old Shatterhand. Auf dem zweiten Bild steht T. H. zwischen uns. Man sieht ihm an, dass er in die Aufnahme geschubst wurde. Dass es ihm unangenehm war. Dass er es hasste, fotografiert zu werden. Marco zielt mit Pfeil und Bogen auf den Fotografen, wohl Mamuschka. Ich habe meinen rechten Arm um T. H.s Hüfte geschlungen. Mein Kopf lehnt an seiner Seite.

»Das«, sage ich.

»Weiß nich«, überlegt Svenja. Sie hält die beiden Aufnahmen abwechselnd hoch und nimmt das andere Bild. Sie fährt mit dem Klebestift über die Rückseite der Fotografie und klebt sie auf eine freie Stelle in dem Fotoalbum für T. H., das vor ihr auf dem Küchentisch liegt.

»Wie weit bist du denn?«, frage ich, um die kleine Schmach zu überspielen. Die Idee mit dem Fotoalbum stammt von Svenja, und es ist eine sehr gute Idee.

»Es geht hier ausnahmsweise mal nicht um dich«, sagt Svenja. Und sie sagt es ganz zärtlich, wie zu einem Kind.

Ich beschließe, darauf nicht zu reagieren.

Um meinen Entschluss gleich darauf wieder zu revidieren: »Ich versteh jetzt nicht, was du meinst.«

»Alles wieder gut?«, fragt sie.

Ich runzele die Stirn. »Mit was?«

»Mit deinem Brathering?«

Einen Moment sehen wir uns stumm an.

»Ich wär beinah erstickt. Das war nicht lustig.«

»Das kann ich mir vorstellen.«

»Ich will das andere Bild.«

»Zu spät.« Sie wendet sich wieder den Fotos zu.

»Du solltest dich beeilen damit«, sage ich und gehe.

»Wieso das denn?«, fragt sie.

»Damit er noch was davon hat!«

In der Diele kommt Monty um die Ecke. Als er mich sieht, bleibt er stehen und beginnt zu kläffen.

»Schnauze«, sage ich.

Er knurrt mich an und fletscht die Zähne.

Ich traue mich nun nicht mehr an ihm vorbei.

»Kann jemand mal dieses Vieh erschießen?«, rufe ich.

Wie aus Protest wird das Gekläffe immer lauter.

»Schatz?«, ruft Svenja.

»Was?!« Ich gehe zurück, bleibe im Türrahmen zur Küche stehen.

»Ist gut?«, fragt sie.

»Wenn die Töle wieder im Tierheim ist: Ja!«

»Das hab ich nicht gemeint«, sagt Svenja und schiebt das Album beiseite.

»Ich wär beinah verreckt wegen dem Fisch, und du machst einfach weiter mit den Fotos rum.«

Sie sieht mich an. »*Ich* mach mit den Fotos rum?«, zischt sie leise und schiebt die aussortierten Fotos zu einem kleinen Stapel zusammen.

Hier wäre es an der Zeit, unser Deeskalationsprogramm zu starten. Vor geraumer Zeit, nach einer unserer diversen Auseinandersetzungen, die drohte, handgreiflich zu werden, hatten wir uns darauf geeinigt, das gegenseitige Hochschaukeln in Richtung Streit, bei dem wir eine gewisse Routine eingeübt hatten, rechtzeitig einzubremsen.

»Ist gut?«, fragt Svenja.

Ich nicke.

Der Hund erscheint in der Küche, schleicht knurrend an mir vorbei und verschwindet unter dem Küchentisch.

»Warum sagst du mir das erst heute?«, fragt sie.

»Was?«

»Dass du dich vorgestern verschluckt hast.«

»Weil es mir heute wichtiger vorkommt als vorgestern.«

Sie sieht mich an, wie jemanden, der gerade noch so die Prüfung bestanden hat. Dann schüttelt sie fast unmerklich den Kopf. »Schenkst du mir was nach?«

»Ich wollte dir keinen Schrecken einjagen«, sage ich, »deswegen hatte ich dir nichts gesagt.«

Sie sieht mich einen Augenblick lang ernst an. »Okay.«

Ich gehe an den Kühlschrank, öffne ihn und stutze: »Wo ist denn der *Viognier*?«, frage ich.

»Hab ich vergessen kaltzustellen.«

»Und was trinkst du da jetzt?«

»Silvaner.«

Mein Blick fällt auf einen offenen Bocksbeutel in Magnumgröße, der in der Seitentür klemmt.

»Oh, Gott«, murmele ich, »wo ist der denn her?«

»Keine Ahnung«, sagt Svenja, »Geschenk.«

Ich wuchte die Flasche aus dem Kühlschrank und schenke ihr nach. Und dann mir ein frisches Glas ein.

»Wo ist eigentlich Katja?«, frage ich.

»*Asrai* schläft heute bei Yvette.«

»Schon wieder?«

Ich nehme einen Schluck und blicke aufs Etikett.

Zäzilie

Faber – Sekt/Blanc de Blancs – halbtrocken. Nun gut. Ich setze den Schraubverschluss wieder auf das Piccolo-Fläschchen und drehe ihn fest zu, dann stelle ich die halb volle Flasche auf der kleinen Serviette ab, die mir auf dem Kunststoffklapptischchen als Unterlage dient. Nur für das Glas habe ich nichts. Einen Moment lang überlege ich, ob ich den Schaffner um eine zweite Serviette bitten soll, dann hebe ich das Piccolo-Fläschchen wieder hoch, falte die kleine Serviette auseinander und stelle die Flasche und das Glas nebeneinander darauf. So kann nichts passieren bei dem Geruckel. Noch eine Stunde vierunddreißig Minuten. Das wird ja heute alles in Leuchtschrift angezeigt in diesen Waggons. Nun gut. Ich blicke aus dem Fenster. Eine Kleingartenanlage zieht vorbei. Dann Häuser, direkt an den Gleisen.

Den Glockenhut behalte ich auf. Wenn ich ihn jetzt absetze, und später wieder auf, habe ich ihn insgesamt zweimal aufgesetzt und dann ist die ganze Frisur verdrückt. Da spreche ich aus Erfahrung. Ich nehme ihn erst ab, wenn ich oben bin. Im Zimmer. Hoffentlich hat mir Amelie genügend Handtücher rauslegen lassen. Und bitte: Einmal eine große Fußmatte, ohne dass ich nachfragen muss!

Ich nehme einen Schluck. Und hoffentlich ist der Flügel gestimmt.

Dieser Geschäftsmann sieht jetzt bestimmt zum fünften Mal zu mir herüber, hinter seinem Computer. Wahrscheinlich fragt er sich, wie man in einem derart stickigen Abteil einen Hut tragen kann. Und ich frage mich, wie man bei dem Gewackel konzentriert arbeiten will. Ein Klacken aus dem Lautsprecher über mir kündigt die nächste Tortur an, die wir Fahrgäste über uns ergehen lassen müssen. Der Zugführer hat einen schrecklich starken fränkischen Akzent, der nicht zuletzt durch das trotzig gerollte »r« seine volle Entfaltung findet. Fränkisch hat für mich irgendwann dem Schwäbischen den Rang abgelaufen. Als schlimmster Dialekt. Obwohl beide rein akustisch eine Zumutung sind, versucht das Schwäbische immerhin noch, sich mit seinem tranigen Stolz irgendwie zu behaupten, während das Fränkische mit seiner schmollenden Klangfärbung längst aufgegeben und sich den ersten Platz gesichert hat: Diese Mundart impliziert seit jeher etwas latent Beleidigtes, zu kurz Gekommenes.

Nachdem der Zugführer alle Umsteigemöglichkeiten und Anschlussverbindungen aufgezählt hat, die uns am nächsten Bahnhof erwarten, werden wir über die Vorzüge einer Bahncard unterrichtet. Ich verdrehe die Augen, und das sieht ausgerechnet der Geschäftsmann und lächelt herüber.

Ich reagiere darauf gar nicht und blicke wieder aus dem Fenster, um dem zweiten Teil der Ansage zu lauschen. Jetzt auf Englisch mit fränkischem Akzent.

Ich ziehe den Umschlag mit den ausgesuchten Fotografien aus der Handtasche und setze meine Brille auf. Dann betrachte ich die abgestoßenen Schwarz-Weiß-Aufnahmen. Im letzten Kuvert habe ich sie entdeckt. Mutter im Garten mit Kinderwagen und unserem Basset Senta. Vater vor seinem Gewehrschrank. Und dann wir drei, wie die Orgelpfeifen in Sonntagskleidung. Helmuth, Günther und ich. Das muss unmittelbar davor gewesen sein. Bevor sie Günther abgeholt haben. Und kurz darauf Helmuth. Ich fahre mit dem Zeigefinger über die drei Kindergesichter.

Seit fast einem Jahr habe ich Helmuth nicht mehr gesehen. Seit seinem Geburtstag. Da war alles noch wie immer. Wie schnell das geht. Wie schnell alles ganz anders ist, wenn man krank wird.

Wie geht er mit so etwas um, frage ich mich. Ob er kämpft? Ob er heimlich weint? Irgendwann resigniert? Loslässt? Aber dann wäre er nicht mehr T.H.

Ich leere den Rest der Flasche in mein Glas. Und trinke einen Schluck. Draußen zieht ein verlassener Bahnhof vorbei. Obwohl wir schon wieder im Westen sind. Leere Fenster. Gras auf dem Bahnsteig.

Ich könnte Beni erwürgen, dass er nicht mitgekommen ist. Er hätte seine Mutter wirklich begleiten können. Helmuth ist immerhin sein Patenonkel. Auf der anderen Seite verstehe ich ihn ja auch wieder. So wie Helmuth ihn angegangen ist bei unserem letzten Besuch. Das war eindeutig unter der Gürtellinie.

Noch dazu vor allen Leuten.

Egal. Ziehe ich das eben allein durch.

Was viel schlimmer ist: Ich fühle nichts! Ich höre die Anteilnahme in meiner Stimme, wenn ich meinen großen Bruder in der Klinik anrufe, wenn ich mit ihm spreche. Aber ich fühle nichts dabei. Kein Mitleid. Keine Trauer. Nichts. Ich spiele es. Ich versuche am Telefon so zu klingen, wie ich glaube, dass er es von mir erwartet.

Ich werfe einen letzten Blick auf die alte, abgegriffene Fotografie mit uns drei Geschwistern und schiebe sie samt der anderen anschließend wieder zurück in den Umschlag. Zu der Zeichnung.

Dann hole ich mein Taschentuch aus der Handtasche und schnäuze mich dezent, ohne – wie immer – meine Initialen *Z.S.* in Mitleidenschaft zu ziehen. Aber laut genug, um den Geschäftsmann aufblicken zu lassen. Ich starre ihn so lange an, bis seine Augen hinter dem Bildschirm seines Computers verschwunden sind. Dann verstaue ich das Taschentuch in meiner Handtasche und sehe wieder aus dem Fenster.

Ich glaube, es wird heute noch regnen.

Neele

»Und was soll das heißen?«

»Dass wir uns leider trennen müssen.«

»Wie trennen?!«

»Das ist der eigentliche Grund meines Anrufs. Für die Gruppe ist ein harmonisches Miteinander unerlässlich, und das sehen …«

»Wollen Sie etwa …«

»Lassen Sie mich doch bitte ausreden, Frau Sandweg: Das sehen wir nicht mehr, das Miteinander. Und wenn Sie ehrlich sind …«

»Was soll denn *das* jetzt heißen?!«

»Wenn Sie …«

»Wollen Sie etwa behaupten, ich lüge irgendwie?! Oder ich mach mir was … Was soll das heißen: Wenn ich ehrlich bin?!«

»Niemand will Ihnen irgendetwas Böses, Frau Sandweg, aber …«

»Aber?!«

»Es ist ein Mitglied aus der Gruppe verletzt worden.«

»Verletzt?! ›Ein Mitglied aus der Gruppe‹?! Dass ich nicht lache, das ist doch lächerlich! Ein Schuh – ein Schühchen! Ein Kinderschühchen!«

»Ein Ballettschuh. An den Kopf. Das ist eine richtige Beule jetzt. Deutlich zu sehen. Ganz knapp über dem Auge.«

»Aber das war doch keine Absicht, das sind Kinder, die …«

»Doch, Frau Sandweg. Das war Absicht. Tiffany hatte es schon vor der Stunde angekündigt. Weil sie wieder keine Lust hatte. Der erste Schuh ging daneben. Der zweite war der Treffer. Es war Absicht.«

»Das … das …«

»Man kann doch ein Kind nicht zu etwas zwingen, Frau Sandweg.«

»Was heißt hier …«

»Ich spüre so etwas. Tut mir leid, wenn …«

»Also …«

»Tut mir leid, Frau Sandweg.«

Schweigen.

»Und jetzt? Was jetzt?«

»Es liegt bereits ein medizinisches Gutachten vor.«

»Ein medizinisches …das ist doch lachhaft, das ist das Dümmste, was ich je gehört habe! Ein Gutachten? Für was denn? Für eine Beule?! Ein medizinisches Gutachten?!«

»Ganz richtig: für eine Beule, Frau Sandweg. Nur für eine Beule. Und trotzdem habe ich rasende Kopfschmerzen! Guten Tag!«

Das Gespräch wird unterbrochen.

Ich stehe noch einen Moment lang da, das Telefon in der Hand. Die Gläser im Küchenschrank beginnen leise zu klimpern. Dann zischt der Intercity 743 vorbei. Aus Berlin. Irgendwo im Haus knallt eine Tür zu. Und wieder Stille. Aus dem Garten höre ich Stimmen. Ich stelle das Telefon zurück in die Station.

Durch die Fensterscheibe sehe ich Finlay im Garten stehen. Zwischen zwei Bambusstäben, die rechts und links von ihm im Rasen stecken. Er verharrt regungslos, in Habachtstellung, die Knie leicht angewinkelt, die Arme vor sich ausgebreitet. Die Hände stecken in meinen Gartenhandschuhen, alle Finger sind weit auseinandergespreizt. Plötzlich donnert ein Ball auf ihn zu, aus dem linken Teil des Gartens, den ich von hier aus nicht einsehen kann. Finlay hechtet nach rechts, in die falsche Richtung.

Der Ball zischt zwischen den beiden Bambusstäben hindurch und landet mit einem lauten Scheppern im Nachbargarten. Irgendetwas ist dort zu Bruch gegangen. Der Hund von Kaisers schlägt sofort an.

Bevor Finlay sich wieder aufgerappelt hat, höre ich lautes Gegröle, und von links kommt Tiffany in die Mitte unseres Gartens gehüpft. Sie tänzelt um Finlay herum und reißt dabei die Arme in die Höhe.

Meine Tochter hat ein Tor geschossen.

Marco

»Nur den Koffer! Nur den Koffer! Die Tasche behalte ich, die gebe ich nicht aus der Hand, weil … So! Danke dir, das geht schon. Wo müssen wir lang? Ah! In Italien war das, in Siena, ihr wart doch auch mal in Siena, mit – nein, das war Luise mit ihrem – mit ihrem zweiten Mann, egal. Wo war ich? Die Tasche! Ich stell das Ding eine Minute auf den Boden, um dieser Familie – aus Osnabrück, glaub ich, kamen die –, um die jedenfalls netterweise zu fotografieren, sie hatten mich darum gebeten, vor diesem bezaubernden Hintergrund, diesem Tal, gleich unterhalb der Piazza del Campo, zweite Reihe, da … da stell ich die Tasche ab und – du weißt schon … diese schöne Kalbsledertasche, die kennst du, die mir dein Vater zum Fünfundsechzigsten geschenkt hat, die mit den Messingbeschlägen. Also, auf jeden Fall: Das alles war, wie gesagt, in Italien, in …«

»Siena.«

»Siena! Genau! Und ich fotografiere diese Familie aus …«

»Osnabrück.«

»… ja! Richtig! Und dann … mein Gott: ganz komplizierte Kamera. Mit fürchterlich vielen Knöpfen, bis ich das alles begriffen habe, wo man da draufdrücken muss. Nun gut: Und dann ist die Tasche weg! Weg!! Eine Minute oder zwei, drei nicht hingeguckt: weg! Alles weg! Pass, Bahntickets, die Brieftasche mit dem ganzen Geld, damals waren das ja noch Lire oder waren das schon Euro? Egal: alles weg. Und seitdem geb ich … Du siehst ein bisschen müde aus, mein Schatz! Komm, lass dich mal drücken. So viel Zeit muss sein! Lass dich mal drücken! Komm mal her. Komm mal. Gott! Gott, du bist ein richtiger Mann geworden, weißt du das? Das bisschen Grau steht dir gut. Ein *schöner* Mann! Auf jeden Fall: Seit der Geschichte mit der Tasche … Doch! Doch! Doch! Da musst du gar nicht so gucken: Du bist ein sehr gut aussehend… machst du immer noch so viel Sport? Wo müssen wir denn hin? Ist das dein Wagen?«

»Nein, das …«

»Du machst keinen Sport mehr?!«

»Doch, schon. Aber das ist nicht mein Wagen.«

»Der würde dir aber gut stehen, das ist doch ein …«

»Um die Ecke noch …«

»Um die Ecke noch, nun gut. Mein lieber Herr Gesangsverein! Du hast ja einen ganz schönen Zahn drauf! Nicht so schnell! Deine alte Tante kippt ja gleich um.«

»Entschuldige, ich …«

»Ein Adonis bist du, ein richtiger Adonis. Weißt du … geht das mit dem Koffer? Warum trägst du den denn eigentlich? Da sind doch unten Rollen dran, und den Griff kannst du so rausziehen, dann …«

»Das …«

»Weißt du, woher der Name kommt? Adonis?«

»Das …«

»Im Alten Testament kommt der vor. Adonis war ein Sohn von diesem sagenhaften, diesem israelischen König David. Der zweitgeborene Sohn, wohlgemerkt! Und dieser Adonia, so hieß der damals, dieser Adonia – oder heute eben Adon*is* – soll ein sehr schöner Mann gewesen sein. Und was macht der? Die Schönheit war ihm offensichtlich nicht genug, nein, er hat tatsächlich versucht, Davids Thron an sich zu bringen, anstelle seines älteren Bruders Salomo, dem der eigentlich zustand. Ich weiß gar nicht, wie das Ganze ausgegangen ist, auf jeden Fall …«

»Der Rote.«

»Auf jeden Fall waren die beiden Brüder dann …der Rote? Das ist dein Wagen? Hast du den neu? Das – das ist ja, ein Sport … ein Coupé ist das, ja? Das ist ja schon … könnten wir vielleicht das Dach zumach–«

»Cabriolet, also Spider, um ganz genau zu sein.«

»Spider, aha, toll. Weißt du, die Klimaanlage in diesem Zug …«

»Wir machen das Dach zu – kein Problem.«

»Aber nur, wenn es dir nichts …«

»Überhaupt nicht schlimm. Echt.«

»Ich glaube, es wird heute sowieso noch regnen. Geht das automatisch?«

»Nein, per Hand noch.«

»Das ist ja unglaub– Ach so: Das geht noch per Hand! Soll ich «

»Nein, nein. Geht schon. So. Die Tasche, tun wir die auch hinten rein?«

»Auf den Schoß, die nehm ich auf den Schoß. Wie öffnet man die Tü–? Ah, danke. Danke dir.«

»Geht das mit dem Hut?«

»Warum soll das denn *nicht* gehen? Uff … Mein Gott sitzt man da tief! Aber eine schöne, so eine schöne Farbe. Rot. Dein Vater hatte mal einen roten Sportwagen. Damals war das ja noch etwas ganz … das war ein …«

»356er Porsche.«

»Ja, bestimmt. Das war ein so …«

»Schnallst du dich an?«

»Ach so. Nun gut, wenn … wie geht das denn, ich bin so ungeschickt.«

»Hier. Einfach da rein.«

»So. Danke. Das gefällt den Frauen sicher, so ein Auto.

So ein Mann in so einem Auto. Ist das ein italienisches Fabrikat?«

»Nein.«

Ich lenke den Wagen vom Parkplatz und drehe das Seitenfenster etwas herunter. Silly hat immer denselben Duft drauf. Ich hab das Parfum noch nie bei jemand anderem gerochen. Nur bei ihr. Vermutlich ist sie die einzige Abnehmerin von dem Zeug. Vermutlich kann der Hersteller nur ihretwegen nicht endlich pleitegehen.

Sie streicht den Rock glatt und versucht kurz, die Beine übereinander zu schlagen, dann gibt sie es wieder auf.

Einen Moment lang knetet sie ihre Hände, um sie schließlich parallel nebeneinander auf den Knien abzulegen.

»Wie geht's ihm?«, fragt sie nach einer Weile.

»Nicht gut.«

Sie blickt stumm aus dem Fenster.

»Und Amelie?«

»Auch nicht. Sie weiß, dass er nicht zurückkommt.«

»Woher will sie denn …«

»Wir alle wissen das.«

»Und er?«

»Er auch.«

»Das … du sagst das so …«

Sie sucht das Wort am Straßenrand …

»So …«

Ich helfe ihr nicht.

Justus

Meine rechte Hand umfasst den Hochstamm der *Albizia julibrissin ombrella*. Die Kuppe meines Daumens berührt die Kuppe meines Mittelfingers. Stammquerschnitt (laut *Pflanzenparadies Demmel*) 7,5 cm. Dünn noch. Aber wir kommen. Wir wurzeln durch. Weiter! Wir schaffen den nächsten Winter. Ich bin da. Auch an trockenen Tagen. Auch an den kalten. Ich bin immer für dich da.

Mit der anderen Hand hebe ich das Glas in die Höhe, lasse die mir suspekte Flüssigkeit darin im Schein des LED-Strahlers hin- und herschwenken. Wahrscheinlich das Mitbringsel eines Gastes. Wahrscheinlich weitergeschenkt. Ein Wanderpokal. In der soundsovielten Generation. Wie kann man nur? Wie kann man einen Wein weiterverschenken, dem man nicht traut? Den man selbst niemals trinken würde? Wie kann man das seinen Freunden oder Bekannten antun? Wie konnte Svenja diese Flasche öffnen? Anstatt sie einfach weiter zu verschenken?

Aufgrund des vorangegangenen diesbezüglichen Disputs, und wegen einiger kritischer Äußerungen Katjas/*Asrais* Aushäusigkeit betreffend, muss ich den allabendlichen Gang durch den Garten heute zur Strafe allein bestreiten. Nun stehe ich da. Mit meinem Baum. Der Dampf ist mittlerweile verflogen. Ich schiele Richtung Haus. In Begleitung, und zwar in Svenjas, fühle ich mich einfach wohler. Auch in meinem Garten. Meine Hand gleitet über den glatten Stamm der Albizia. Der Seidenbaum hat seine Blätter bereits zusammengefaltet.

Er hat sich nach den Mühen des Tages zur Nachtruhe begeben, mein Schlafbaum. Empfindsam wie er ist.

Ich spüre, dass er mich spürt. Dass er weiß, dass wir uns – *entre nous* – der Unterfamilie der Mimosengewächse zugehörig fühlen.

Ich löse den Griff, hinterlasse dem Stamm die Wärme meines Handdrucks und wanke weiter. Ein leichtes saures Aufstoßen erinnert mich daran, dass ich nicht vergessen darf, vor dem Zubettgehen einen Protonenpumpenhemmer einzunehmen, wenn noch was da ist, zumindest irgendwas mit Natron, um den Fusel rechtzeitig zu neutralisieren, bevor er meine Magenwände verätzt.

Im Lichtstrahl der LED-Leuchten versammeln sich die ersten Nachtfalter des Abends. Sie tanzen um ihren Heiligen Gral, als ob sie wüssten, dass er sie – dank der energetischen Fortentwicklung – nicht mehr verbrennen, sondern bestenfalls blenden kann. Solange, bis sie …

Ich blicke zum Haus. Nur ein Fenster ist hell.

»Schatz?!«

Keine Antwort. Ich trete auf eine Schnecke. Und es tut mir leid, obwohl ich im Fach »Schneckenkorn« promovieren könnte.

Ohne Gehäuse. Immerhin. Ich streife den Rest des Schuldgefühls an der Sandsteinmähkante ab und verliere beinahe das Gleichgewicht. Der Inhalt meines Glases neigt sich dem Ende zu. Ich kippe den Rest der fränkischen Plörre hinunter und stelle das leere Glas auf dem Rasen ab.

Die *Gunnera manicata* ist in diesem Jahr explodiert und ihre riesigen, rhabarberartigen Mammutblätter wirken in der Dunkelheit fast bedrohlich. Ich streiche mit der Hand über ihre immer wieder überraschend harte, raue Oberfläche.

Im späten Herbst, wenn deine grimmige Kraft vor den Unbilden des Wetters kapitulieren wird, packe ich dich ein, reche ich an einem kühlen, feuchten Novembertag das modrig duftende Laub auf dem Rasen zusammen und türme es über deinen verwelkten, am Boden liegenden Blättern zu einem Haufen auf, damit dein Stamm, deine Wurzel, *du* überwintern wirst. Ende März dann werde ich vorsichtig in dem blassen Laubhaufen scharren. Mit bloßen Händen lege ich Schicht um Schicht des Vorjahreskomposts frei, bis ich deine frischen zartgrünen Triebe ertaste, die, einer geballten Faust nicht unähnlich, darauf warten, sich an einem der ersten wärmeren Tage zu öffnen.

Ein plätscherndes Geräusch lässt mich herumfahren.

»Aber dann ist gut«, sagt meine Frau und reicht mir das aufgefüllte Glas.

»Wo warst du denn?«, frage ich.

»Ich hab an dem Album für T.H. gesessen«, sagt sie, und mit einem leichten Unterton, »damit er noch was davon hat.«

Ich nicke.

»Ach ja, Silly hat angerufen«, fügt sie hinzu, »sie hat Fotos mitgebracht. Sie hat noch welche im Keller gefunden. Auf einem sind alle drei drauf. T.H., Silly und Günther.«

»Gut«, sage ich, »das ist gut.«

Eine kleine Pause entsteht.

»Kleb's mit rein.«

»Mach ich«, antwortet Svenja.

»Gut.«

»Holst du sie?«

»Hol ich was?«

»Die Fotos?«

Ich stöhne. »Oh, Gott, ja.«

»Wir haben ja Vollmond«, staunt sie.

Ich drehe mich zu ihr um und betrachte Svenjas dunkle Silhouette vor dem flimmernden Himmel.

»Warum sitzt du auf dem Boden?«, fragt sie.

»Komm her«, sage ich, »setz dich zu mir.«

»Ich geh ins Bett. Ich muss um acht im Laden sein, wir kriegen ganz früh eine Lieferung.«

»Nur kurz. Für den Schluck.«

Einen Moment steht sie unschlüssig da. Dann setzt sie sich hinter mich ins Gras, umschließt mich mit ihren Beinen und Armen.

Ich nippe am Glas.

»Ich liebe dich«, sage ich.

»Ich weiß«, höre ich hinter mir.

Eine Zeit lang sitzen wir so da. Sagen nichts. Ich spüre ihren warmen Atem in meinem Nacken. Durch die Äste kann ich sehen, wie der Mond wandert. Oder wie uns die Erde langsam von ihm wegdreht.

»Wenn wir gehen, dann gehen wir ganz. Für immer. Das war's dann. Da gibt's keinen Zyklus«, meine ich.

»Zyklus? Wer will das denn?«, fragt Svenja und schmiegt ihre Wange an meine.

»Der, der das Ende kommen sieht. Der will das doch. Dass es nie aufhört. Oder dass es wieder von vorn losgeht.

Wie bei der *Gunnera* hier, bei meinem Mammutblatt.«

»Vielleicht will dein Mammutblatt ja gar nicht wiederkommen«, meint Svenja, »aber es muss.«

Finlay

»Ich hab gesagt: Hör auf! Das ist ein Lebewesen. Wie wir auch! Hör auf! Bitte! Das hab ich gesagt. Nicht nur einmal. Und das war nur ein Frosch, irgend so ein kleiner …«

»Aber Papa, ein Frosch ist doch auch vom lieben Gott gemacht.«

»Das … ja … wenn du willst, das schon, aber … das war halt trotzdem nur ein … nein, natürlich war das ein … natürlich ist auch ein Frosch ein …«

»Hast du ihn angezeigt? Den Freund von dir?«

»Ich hab, also angezeigt, das wär jetzt …«

»Hast du?«

»Das war ja damals …«

»Hast du?«

»Ich hätte! Gern! Sofort! Aber das war ja damals alles …«

»Da gab's doch schon Polizei, wo du klein warst, oder?«

»Da gab's … ja klar gab's da Polizei! Und wie! Die hatten …«

»Hast du ihn angezeigt?«

»Das hab…«

»Hast du?«

»Nein, ich hab … Nein! Und zwar aus einem Grund! Das war damals alles … das war sehr anders als heute, da konnte jeder … also viel mehr machen, ohne dass da gleich Polizei gekommen ist.«

Papa zieht eine Zigarette aus dem Etui.

»Ich kann Tiffy nicht ausstehen. Ich hasse sie.«

»So was darfst du nicht sagen! Hast du verstanden? Das möchte ich nicht noch mal hören!«

»Die Mama hat gesagt, dass Tiffy super Fußball spielt.«

»Die Mama sagt viel, wenn der Tag lang ...also ... das ist ja auch sehr schwierig, wenn ein Mädchen da jetzt ... also Fußball, das ist schon eher was für Jungs, da geb ich dir recht.«

»Habt ihr euch noch lieb, die Mama und du?«

»Die Mama und ich, wir haben uns ... die haben sich total lieb, die Mama und ich! Wieso? Wieso fragst du das jetzt?«

»Weil die Mama so oft weint.«

»Schau mich mal an, schau ... nee, nicht so! Richtig! Schau mich ...«

»...«

»Wenn du so, wenn du so weg ... dann ...«

»Lass mich!«

»Wenn du ... schau mich bitte mal an! Du sollst mich ...«

»Aua! Ich will jetzt nicht, aua!«

»Wenn ... das ... gut. Gut! Ist gut! Dann ist gut. Ich wollte dir nicht, entschuld-«

»Lass mich!«

»Ich lass dich ja – ich lass dich! Ich will nur nicht, dass du über deine kleine Schwester so redest, das war nur ein Spiel! Fußball! Mehr ist das nicht und ... hey, wir beide sind doch ein Team, oder?«

»Hast du die Mama noch lieb?«

»Sag mal ...«

»Hast du?«

»Das sind jetzt ganz ...«

»Aber wenn du immer so laut …«

»Ganz schlechte Gedanken sind das, die total wehtun.«

»Aber wenn du immer …«

»Lässt du mich mal ausreden? Ja? Geht das? Danke! So schlechte Gedanken, die machen alles kaputt, und die machen alle ganz traurig, wenn man … eh schon … sieh mich mal an … sieh mich an! Du sollst mich ansehen! Du hast da ganz schlechte Gedanken … in deinem kleinen Kopf. Und die sind nicht gut. Die können alles kaputt machen. Da musst du total aufpassen … total! Sonst sind alle traurig. Und unglücklich, weil … nur weil einer so schlechte Gedanken hat. Das geht dann auf alle über. Total! Und dann sind alle traurig. Nur weil du so was denkst.«

»Wenn …«

»*Wenn* gar nichts, junger Mann! Du gehst jetzt in dein Heiabettchen und bist mal … gar nichts.«

»Ich wollt ja nur, dass …«

»Gar nichts! Gar nichts, okay? Und? Uuuuuuund. Ganz schnell wandert der? Wandert der? Kleine?«

»Häwelman ins Bettchen.«

»Ins Bettchen. Ganz genau. Komm mal her.«

»Gute Nacht, Papa.«

»Du sollst mal herkommen, komm her hab ich gesagt! Gute Nacht, mein kleiner Großer.«

»Gute Nacht.«

»Wir beide, wir sind ein Team, alles klar?«

»Papa, was habt …«

»Ob wir ein Team sind?«

»Ja.«

»Wir Männer müssen zusammenhalten, okay?«
»Ja.«
»Alles klar. Und jetzt Abmarsch.«
»Okay.«
»Machst du die Tür zu?«

»Was habt ihr mit dem Frosch dann gemacht?«
»Nichts.«
»Nichts?«
»Der is' weggelaufen.«
»Aber der hatte doch keine Beine mehr.«

»Machst du die Tür zu?«

T.H.

Einen Moment soll ich versuchen festzuhalten.

Eine besondere Begebenheit, die mein Leben geprägt hat.

Einen Moment nur. Den wichtigsten.

Aus meinem Leben.

Nur einen.

Den einen.

Der Clown hat mich mit dieser Aufgabe zurückgelassen.

Die halb-sechs-Zumutung steht unangerührt und erkaltet vor mir auf dem Tablett und wartet noch immer auf ihre Abholung.

Ich habe kein Licht angemacht. Der Mond scheint durchs Fenster.

Davor zeichnet sich die Silhouette der Plastikflasche ab, die an ihrem Gestänge baumelt. In der klaren Kochsalzlösung sind die aufsteigenden Bläschen zu erkennen. Die Hälfte der Flüssigkeit ist bereits in meinem Körper versickert. Am sich zuspitzenden Boden der Infusionsvorrichtung schwillt ein weiterer Tropfen an, wackelt kurz unentschlossen, lässt los und plumpst in den kleinen Auffangbehälter, unter dem das Rädchen angebracht ist, das den Fluss des Rinnsals durch meinen Körper kontrollieren muss. Mein Blick wandert den Versorgungsschlauch hinab, der schließlich, durch eine Nadel verjüngt, in einer Vene in meinem rechten Handrücken verschwindet.

Meine Handfläche ruht neben dem Oberschenkel und einem weiteren Schlauch, der mit Hilfe eines Katheters die – mittlerweile gelbliche – Flüssigkeit in einen zweiten

Kunststoffbeutel leitet, der, den Regeln der Erdanziehung gehorchend, irgendwo unter meinem Bett angebracht worden ist.

Ich taste nach meinem Mobiltelefon und ziehe es unter der Bettdecke hervor. »Ein Seniorenhandy?« hatte ich Justus gefragt, als ich die riesige Tastatur sah, und mir alle Mühe gegeben, dabei nicht nur Entrüstung, sondern auch Rührung mitschwingen zu lassen.

Ich halte die »1« zwei Sekunden lang gedrückt und führe das Telefon zum Ohr. Kein Anrufbeantworter. Mein Herz schlägt schneller.

Ein zweites Tut.

»Hallo?«

»…Marco?«

»T. H.?«, fragt er.

»Mein Junge.«

»Bist … ist alles okay?«

»Wo bist du denn?«

»Hier! Zu Hause. Warum schläfst du denn noch nicht? Was ist denn los?«

»Bist du allein?«

»Ich bin mit … kennst du nicht. Geht's dir … wie geht's dir denn?

Hallo? T. H.?«

»Ich hatte, ich hab einen Traum gehabt.«

»Okay.«

»Wann kommst du denn?«, frage ich.

»Bald. Ich wollt dich eigentlich heut besuchen, aber Mamuschka hat mich gebeten…«

»Wann? Ich möchte mit dir sprechen, Mein Junge. Aber nicht am Telef–«

»Silly ist heute Abend angekommen, weißt du, die hab ich vom Bahnhof abgeholt.«

»Kommst du morgen vorbei?«

»Ich … ja … ich komme morgen. Worum geht's denn? Was Schlimmes? Was war das denn für ein Traum, T. H.?«

»Nicht am Telefon.«

»Okay.«

Schweigen am anderen Ende der Leitung.

»Ist das was Festes?«, frage ich.

»Noch … das … noch nicht, nein, aber …«

»Was Neues wieder?«

»Silly kommt dich morgen früh besuchen, T. H. Mit Mom. Soll ich dann vielleicht erst …«

»Bring sie doch mit, deine …«

»T. H.! Das is' jetzt …«

»D, d, deine …«

Ein Hustenanfall überkommt mich. »Wenn du …«

»Is' alles okay?«

Ich huste. Greife nach der Kleenex-Schachtel.

»T. H.?«

Ich huste. Wische mir das Blut vom Mund.

»Is' wieder gut?«

»Ist gut«, krächze ich.

»Echt?«

»Ist gut. Ist gut, mein Junge.«

»Gut. Weißt du …«

Ich räuspere mich. »Alles wieder gut.«

»Okay …«

Ich beginne zu zweifeln, ob dieser Anruf eine gute Idee war.

»*T. H.?*«

»Du bist mein Junge«, sage ich.

»*Das bin ich. Das bin ich, Papa …*«

Ich höre das Atmen meines Sohnes am Telefon.

Ich war dabei, als er das erste Mal in seinem Leben Luft geholt hat. Bei seinem ersten Atemzug. Im Kreißsaal. Im Mai vor 43 Jahren. Ich war dabei. Davor nicht, bei Justus. Und später nicht bei Neele.

Marco ist das Ergebnis eines Segeltörns in der Ägäis. Mit meinem besten Freund Lothar und seiner Frau Sigrid. Sommerferien 1973.

»*T. H.?*«

Vielleicht war das der schönste Urlaub meines Lebens. Eine Segeljacht. Lothar hatte sein Staatsexamen in Jura gerade hinter sich, und da Geld bei ihm zu Hause keine Rolle spielte, lud er uns ein.

Zäzilie hat sich zu Hause um Justus gekümmert.

Zwei Wochen mal ohne Kind.

Während dieses Urlaubs hat mir Lothars Frau Sigrid das Tauchen beigebracht. Lothar konnte sie dafür nicht begeistern. Und ich Amelie auch nicht, mit ihrer Angst vor tiefem Wasser. Die beiden blieben zurück auf der Jacht, während Sigrid und ich vor der Küste von Santorin auf und ab schnorchelten.

Das riesige weiße Schneckenhaus, das ich unter einem Felsvorsprung fand, steht immer noch als Trophäe auf dem Sideboard im Wohnzimmer. Wie oft hat Marco – Jahre später – sein Ohr an die Öffnung gedrückt und dem Rauschen des Meeres gelauscht. Ein gemeinsames Ritual, wie Kinder es lieben. Wenn ich das Gehäuse heute in den Händen halte und die zahllosen Seeanemonen auf den Windungen betrachte, rieselt immer noch etwas Sand auf den Boden.

»T. H., bist du noch da?«

»Hörst du?«

»Was?«

»Wie das rauscht …«

»T. H.«

»Hör doch mal.«

»Ach komm, Papa, das is doch …«

»Pssscht«

»Papa, ich …«

»Hörst du? Hörst du das?«

Ein Seufzer am anderen Ende der Leitung.

»Ja. Ich hör's.«

»Schlaf gut, mein Junge.«

Marco

»Gute Nacht, T. H.«, sage ich und lege auf.

Ich blicke ihm auf dem Display noch so lange hinterher, bis das Licht erloschen ist. Dann schiebe ich das Smartphone in die Hosentasche.

Ich sitze auf dem Schornstein, die Füße auf der Kaminkehrerleiter, mache einen letzten Zug, drücke den Joint aus und schnippe ihn in den Schlot des Nachbarhauses.

»Marco?«

Anabel steht unten auf der Terrasse.

»Ich komm gleich!«, rufe ich und puste den Rauch in die helle Nacht.

Ein Tag nur, und ich fühle mich eingeengt. Mit jeder kleinen Affäre entferne ich mich einen Schritt weiter von der Möglichkeit, mich auf eine Beziehung von Dauer einzulassen.

Ich kann mit T. H.s Situation nicht umgehen. Ich denke die ganze Zeit an ihn, will ihn aber nicht sehen. Nicht *so* sehen. Ich kann nicht. Die Krankheit hat ihn verändert. In letzter Zeit ertappe ich mich immer wieder bei dem Gedanken, dass es bald vorbei sein möge, nur um nicht mit seinem Verfall konfrontiert zu werden. Mit der Weichheit, die schleichend Besitz von ihm ergreift. Die sein Wesen verändert.

Je länger ich warte, desto fremder wird er mir beim Abschied sein.

Ich atme tief durch. Lehne mich nach hinten, auf die Ellbogen gestützt.

Wir haben Vollmond.

Das THC flutet mich in Zeitlupe, verteilt sich in den Verästelungen meines Gehirns und bewegt meine grauen Zellen dazu, sich, in dem Bemühen wieder Ordnung herzustellen, auf ein Thema zu fokussieren. Irgendeines. Um auf andere Gedanken zu kommen, gebe ich mich dieser Begleiterscheinung bereitwillig hin.

Das Zeug ist gut. Zieht langsam an. Und gibt dann Gas.

Mein Kopf hängt zwischen meinen durch die aufgestützten Ellbogen nach oben geschobenen Schultern.

Über mir schwebt die weiße Scheibe am Firmament. Ein runder heller Fleckenteppich. Ich drehe den Kopf etwas nach rechts, dann nach links.

Die durch Erhebungen und Täler geschaffene Struktur auf der uns zugewandten Seite des Erdtrabanten besteht aus drei größeren dunklen Flächen. Dieser Umstand lässt sich ausdeuten: Diese drei Flecken (zwei Flecken für die Augen, einer für den Mund) ergeben, aus drei verschiedenen Perspektiven betrachtet, drei unterschiedliche Gesichter.

Seitdem ich denken kann, haben Justus, Neele und ich, wann immer wir drei gemeinsam bei Vollmond im Garten oder unten am Steg saßen, eines der Gesichter für uns beansprucht.

In unseren Breitengraden hängt der blasse Satellit so am Himmel, dass eine Version des Antlitzes, weil vertikal ausgerichtet, als gegeben erscheint. Diese wurde dem Ältesten von uns zugedacht. Also Justus. Der Blick war und ist, aus unserer Perspektive, nach links gerichtet. Die Augen weit aufgerissen, die Wangen gerötet, der Mund geöffnet, wie mitten im Sprechen. Eine Diskussion. Anklagend, meinte Neele, sei der Blick; Justus fasste ihn eher als erstaunt auf.

Aus mir bis heute unerklärlichen Gründen wurde die – um neunzig Grad gegen den Uhrzeigersinn gedrehte – zweite Version des Mondgesichts unserer Jüngsten zugewiesen, Neele. Für sie blickt Luna seitdem – von uns aus gesehen – nach rechts oben. Ein etwas verkrampfter Gesichtsausdruck wurde hier von uns attestiert, das rechte Auge glotzt, das linke ist zugekniffen, der Mund wie zum Gesang oder aus Protest aufgerissen. Vor allem die kringelige, großporige Nase konnte bis zum heutigen Tag den Verdacht von uns Brüdern nicht entkräften, dass Neeles Mondgesicht von maßlosem Alkoholkonsum geprägt worden ist.

Die letzte Version schließlich bleibt für mich übrig. Ich neige meinen Kopf bedenklich weit nach rechts und hake mich dafür mit dem linken Fuß unter die oberste Sprosse der Kaminkehrerleiter, um nicht abzustürzen. Für die Interpretation des drittmöglichen Gesichtsausdrucks des Mondes war bei meinen beiden Geschwistern dann oft das Interesse bereits geschwunden.

So blieb mir, nach der einen oder anderen ironischen Bemerkung der beiden, meist nur eine Selbstdiagnose. Und da sehe ich – damals wie heute – einen traurigen Clown.

Ich packe das Dope und das Pfeifchen ein und klettere die Kaminkehrerleiter nach unten. Auf dem Dach angekommen, rutsche ich auf nackten Fußsohlen langsam die Schindeln nach unten und hangele mich mit einem Schwung über die Kante auf die Terrasse. Die Steinplatten sind noch warm vom Tag. Ich blicke durch die offene Terrassentür hinein ins Atelier. Anabel liegt auf dem Boden, zusammengerollt wie ein kleines Tier.

Sie ist eingeschlafen.

Die Umrisse ihres Unterkörpers sind im Dunkeln nur vage zu erkennen, während die obere Hälfte von Anabel vom Lichtschein der Kerze angeleuchtet ist, die neben ihr auf dem Boden steht.

Ihr Kopf ruht auf ihrer linken Hand, der rechte Arm liegt ausgestreckt auf meinen Vogelfotografien, die wir vorhin gemeinsam betrachtet haben.

Da sich das Objekt nicht bewegt, könnte ich, trotz der Lichtverhältnisse, bei 85 mm und ISO 3 200 verwacklungsfrei was hinbekommen, wenn auch knapp.

Ich entscheide mich für eine Totale, um den Kontrast der Szenerie hervorzuheben, und trete einen Schritt zurück.

Jetzt habe ich das gesamte Umfeld im Blick.

Meine Pupillen fokussieren ausschließlich die Elemente im Licht. Ich wage Blende 1.8. Dann bewege ich den Kopf langsam nach rechts und schiebe damit die vom Lichtschein hervorgehobenen Umrisse von Anabel eine Nuance in die linke Mitte meines Sichtfeldes, ohne die Schärfentiefe zu beeinträchtigen.

Der rechte Teil des Geschehens bleibt im Halbdunkel.

Perfekt.

Dann drücke ich die Augen zu.

Halte sie geschlossen und den Moment fest.

Und betrachte die Aufnahme.

Wenn ich damit fertig bin, wähle ich *Speichern*, lege die Datei in einem meiner priorisierten Ordner in den Untiefen meines limbischen Systems ab und versehe ihn mit einem Link.

Zur Wiedervorlage.

Katja

»Zur Hälfte nur hat sie ihr Haupt über die Wasserlinie gehoben. Sie rührt sich nicht. Einer zu Eis erstarrten Welle gleich verharrt sie im Fluss, nimmt über die Stromschnellen hinweg jede seiner Bewegungen wahr, als er vom Pferd steigt.

Der junge Krieger trägt einen Montefortinohelm aus Bronze, der noch aus der Römerzeit stammen muss. Er zieht den Helm ab und legt ihn, zusammen mit seinen Speeren und der Kopis, dem Kurzschwert, beiseite. Dann geht er in die Knie, formt die Hand zu einer Schale, hält sie ins Wasser, führt sie zum Mund und trinkt. Tropfen perlen von seiner Hand, fallen zurück in den Strom, treiben auf sie zu.

Ihre Lippen sind geöffnet. Sie schmeckt ihn. Keine Feindseligkeit. Kein Argwohn. Tugendhaftigkeit aber. Eine stille Kraft. Verlässlichkeit.

Und Trauer. Sie schmeckt Verlust.

Er streicht sich das lange Haar aus dem Gesicht und blickt über das Wasser. Die in sein Leinenhemd eingewebten Metallschuppen reflektieren das Sonnenlicht des frühen Abends. Er trägt Bracae-Hosen aus dunkler Wolle, die unterhalb des Knies mit Lederbändern zusammengezogen sind, und einen leichten Mantel aus Tartan. Eine Zeit lang verweilt er so in der Hocke am Ufer, lässt seine Hand vom Wasser umspülen. Vielleicht treffen sich ihre Blicke.

Er richtet sich auf. Dann beginnt er seine Kleidung abzulegen und steigt in die Fluten.

Langsam lässt sie sich unter die Wasseroberfläche gleiten.«

Er lässt das Blatt sinken, legt es neben sich auf die Erde.

»Das ist total schön«, sage ich.

Er lächelt mich an. Dann sagt er: »*Tha thu brèaga.*«

»Ich bin schön?«

Er nickt.

Wir sehen uns in die Augen. Ohne zu blinzeln. Eine Ewigkeit lang. Wir haben das schon öfter gemacht. Er hat damit angefangen. Die ersten Male hab ich immer gleich geblinzelt und gelacht, aber er ist ernst geblieben. Wenn ein Blick länger dauert als normal, dann kriegt er eine ganz andere Bedeutung. Mit jeder Sekunde fühlt er sich wichtiger an, aber auch geheimnisvoller.

Ich tauche in seine Augen ein. Immer wieder blitzen sie im Schein des Lagerfeuers auf. Es ist ganz leise um uns herum. Nur das Knacken in der Glut und das Plätschern des kleinen Bachs.

Irgendwann beugt er sich nach vorn und streicht, ohne seinen Blick abzuwenden, mit dem Daumen über meine Lippen. Dann drückt er mich nach hinten. Er ist jetzt über mir, sein Haar liegt auf meinem Gesicht. Ich spüre seine Hand, wie sie an mir hinabfährt, nach meiner Wärme tastet. Zart und bestimmt. Mein Körper bäumt sich auf, als er mich berührt. Seine Bartstoppeln drücken in meine Haut. Ich schmecke seine Lippen, seinen Mund. Fühle auf der Haut die kühle Spur, die seine Zunge hinterlässt, als sie meinen Bauch entlang nach unten gleitet. Ein Zucken geht durch meinen Körper. Über mir der Vollmond. Es ist so hell, dass kein Stern am Himmel zu erkennen ist. Er fährt mit seinen Fingern meinen Körper entlang nach oben, über meine Brüste, bis er meinen Kopf in seinen Handflächen hält.

Und mich küsst. Immer wieder. Meine Stirn, meine Lider, meinen Hals, meine Nase.

Eine Weile betrachtet er mich, dann flüstert er: »*A-nis.*«

T.H.

Mitte November 1941 durfte ich Vater auf die Jagd begleiten. Zum ersten Mal. Um halb vier schüttelte er mich, aber ich war schon wach. Leise stieg ich aus dem Bett, um Günther nicht zu wecken. Ich schlüpfte in meine Klamotten, die ich bereits am Vorabend zurechtgelegt hatte, und wir beide zogen los. Meine Aufgabe war es, die Winde zu tragen und die lederne Ansitztasche. Darin Fernglas, Patronenetui, Aufbrechsäge, das Jagdmesser, auf dessen Schaft aus Hirschhorn die Initialen meines Großvaters, W. B., eingraviert waren sowie eine Thermoskanne mit schwarzem Tee, den Mutter uns vorbereitet hatte.

In der Dunkelheit stapfte ich Vater hinterher. Wortlos überquerten wir die Wiesen von Bauer Seydelitz und betraten schließlich den kleinen Wald, den ich nur vom Tage kannte.

Wir erreichten die Lichtung mit dem Jägerstand. Der Himmel war bedeckt, aber das Mondlicht schimmerte ungeduldig durch die dünneren Wolkenschichten.

Schweigend saßen wir nebeneinander auf dem Hochsitz. Ich zog meine Kappe nach oben, um freie Sicht zu haben. Mein Vater atmete ruhig und gleichmäßig. Ich schob die Hände unter die Oberschenkel und gab mir Mühe, nicht mit den Zähnen zu klappern.

Als die Wolken das Licht des Mondes endlich freigaben, sah ich ihn. Er stand keine fünfzig Schritt von uns entfernt, mitten auf der Lichtung. Ein weißer Damhirsch.

»Ein Vierzehnender. Mindestens«, flüsterte Vater.

»Aber …«

»Schhht.«

Der Hirsch blickte in unsere Richtung. Rührte sich nicht.

Ein Bild.

Eine Legende besagt, dass aus Respekt für das Besondere solch einem Lebewesen nichts Böses angetan werden soll. Wer einen weißen Hirsch dennoch zur Strecke bringt, der stirbt innerhalb eines Jahres, oder ein Mitglied seiner Familie.

Als der Schuss verhallt war, herrschte wieder absolute Ruhe.

Kein aufgescheuchtes Käuzchen. Nichts auf der Flucht.

Nur Stille.

Ohne seine Blickrichtung aufzugeben, knickte er mit den Vorderläufen ein.

Vater stieß mich von der Seite an und reichte mir das Fernglas.

Der Hirsch sah mich an. Regungslos.

Das Herz schlug mir bis zum Hals.

Er reckte den Kopf nach oben und versuchte, sich aufzurichten. Mit einem Vorderlauf. Und dem zweiten. Dann fiel er zur Seite.

Bis heute begleitet mich ein ungutes Gefühl, wenn ich an diese Begebenheit denke.

»Was ist?!«, rief Vater bereits unten angekommen. Ich schrak auf und machte mich daran, die Holzsprossen hinunterzusteigen.

Er legte die Winde ab, kniete sich auf den feuchten Boden und öffnete die Ansitztasche. Unser beider Atem stob kleine Wolken in die Nacht. Der Hirsch lag auf der Seite, wie im Schlaf. Die Vorderläufe über Kreuz. Das Einschussloch auf der Brust war ein winziger Fleck. Kaum zu erkennen. Das helle Fell schimmerte fast blau im Mondlicht. Dann berührte ich ihn. Mit den Fingerspitzen. Zuerst am Hals. Das Fell fühlte sich rauer an, als ich es mir vorgestellt hatte. Aber warm. Ich legte meine flache Hand in die Wärme. Seine Nüstern waren dunkel und schimmerten feucht. Ein Ohr zuckte kurz. Und dann machte er ein Geräusch. Ein kleines Stöhnen. Entfernt schon. Die schwarzen Augen glänzten mich an. In der Reflexion sah ich Vaters Bewegungen, der begonnen hatte, die Ansitztasche auszupacken, um mit dem Jagdmesser an den Hinterläufen des Tieres neben der Achillessehne Schnitte zu setzen, und durch die entstandenen Schlitze die Wildspreizer anzubringen.

»Dreizehn«, sagte ich.

»Was?«, fragte Vater, mir den Rücken zugewandt.

»Ein Dreizehnender.«

Die Morgendämmerung hatte bereits eingesetzt.

Einmal hatte ich gesehen, wie man so etwas macht, in den Lichtspielen. Nach der Wochenschau. In einem Spielfilm mit Emil Jannings:

Ich legte meine Hand auf die Augen des Damhirsches, und schloss seine Lider.

»Helmuth?«

»Helmuth, was machst du denn?«

Ich schrecke auf. »Mielchen?«

»Ich bin hier. Ich bin hier. Guten Morgen.«

»Mielchen.«

»Zäzilie ist da, Helmuth.« Amelie greift nach meiner Hand.

»Das …«, sage ich benommen, »… ach.«

Jetzt erst bemerke ich, dass wir nicht allein sind. Die dicke Krankenschwester, Susann, glaube ich, heißt sie, richtet sich neben meinem Bett auf. Sie hat den Beutel ausgewechselt.

Die Beutel.

»So, jetzt haben wir wieder Platz«, flötet sie, als wäre ich gar nicht da. Dann verlässt sie den Raum.

»Worüber hast du denn nachgedacht, Helmuth?«

»Das … weiß ich nicht mehr.«

»Das ist das …das …« Sie versucht, sich zu konzentrieren, drückt meine Hand.

»Morphium«, sage ich.

Sie lockert den Griff und nickt.

»Helmuth«, sagt sie, »gestern hab ich nicht mehr gewusst, wie die Kleine von … von Justus heißt.«

»Du bist mein Mielchen.«

»Das bin ich. Das bin ich, Helmuth.«

Ihre Hand liegt in meiner. Ich streiche mit dem Daumen über ihren Handrücken. So dünn ihre Haut.

»Wo ist denn Zäzilie?«, frage ich.

»Sie telefoniert.«

Ich muss husten. Blut schon wieder.

»Mein Gott! Helmuth!«

»Hinter dir!«

»Bitte?«

»Hinter dir«, huste ich, »die Papiertücher!«

»Was?«

»Gib sie mir. Die Tücher!«

Sie reicht sie mir. Ich tupfe mir den Mund ab.

»Du kommst wieder nach Hause, Helmuth, ja?«, sagt Amelie dann.

Alles kommt mir so weit weg vor. So weit ab von meinem Weg. So abwegig.

»Was soll ich denn noch zu Hause?«, frage ich.

»Ich weiß doch gar nicht, was ich machen soll ohne dich«, antwortet sie, »da ist so viel Post gekommen. Auch von … von, ach Herrgott, von … den, diese, den … also, ach ja: Werkst-«

»Stadtwerken?«

»Ja!« Sie sieht mich an. Nickt. »Ja.« Dann schiebt sie die Hände vors Gesicht und beginnt zu weinen. »Ja … die Stadtwerke.«

Es klopft und im selben Augenblick wird die Tür geöffnet.

»Schon gut! Ich bin Verwandtschaft! Darf ich?«

Die dicke Krankenschwester lässt die Türklinke los und den Arm nach oben schnellen und gewährt damit Zäzilie den Zutritt.

»Ich weiß, Sie sind eine Schwester«, legt Zäzilie nach, »aber ich bin eine leibliche. Danke Ihnen.«

Die Tür wird von außen zugezogen.

»Alle Neune, ist hier eine Luft drin!«, stöhnt sie und marschiert aufs Fenster zu. Ruckelt daran. »Das kann man ja nur kippen! Nun gut, besser als nichts.«

Sie dreht sich zu mir um, und ich löse den Blick von Amelie, die sich die Tränen wegwischt.

»Mein Gott, Helmuth, wie geht's dir denn?«, fragt Zäzilie.

»Da muss man durch«, stöhne ich.

»Ja. Da hast du recht. Da hast du recht. So warst du

immer schon. Ein Kämpfer. Was ist denn das für ein Luftballon?«

Sie setzt sich zu mir aufs Bett.

»Vorsicht«, sage ich, »sonst staut sich die Pisse.«

»Helmuth!«, flüstert Amelie.

Meine Schwester springt auf und beginnt, ihre Jacke auszuziehen. »Jetzt erzähl mal, Helmuth. Darf ich? Den Hut lass ich auf. Ist dir nicht warm, Amelie?«

»Mir … doch, eigentlich …«

Amelie öffnet die Knöpfe ihres Jacketts.

»Amelie hat dir so einen schönen Fernseher gekauft, Helmuth, da wirst du Augen machen!«, sagt Zäzilie, während sie Amelie aus der Jacke hilft, »so ein Flachdings. Toll!«

»Einen Fernseher?«, frage ich. Ich bin müde.

Amelie setzt sich wieder. Zäzilie legt die Jacken aufs Nachbarbett. Mein Blick wandert zum Fenster.

»Das war eine Überraschung«, sagt Amelie.

»Oh«, höre ich Zäzilie sagen, »entschuldige, das wusste ich nicht. Mein Gott, ich rede und rede, ohne nachzudenken. Entsch- Amelie?«

»Ja?«

»Du hast deine Bluse auf links an.«

Die Augen fallen mir wieder zu.

Neele

Ein Ball fliegt in mein Blickfeld, springt mehrmals auf und ab. Das Ploppen der Aufschläge schwingt elastisch zwischen den Mauern hin und her, bis die Hüpfer allmählich flacher werden, irgendwann in ein Rollen übergehen. Der Ball prallt leicht an der Wand ab, rollt zurück, zieht noch ein paar Kreise, bis er schließlich, nach einem kleinen Vor- und Zurückwippen, einem kurzen Moment der Unentschlossenheit, zur Ruhe kommt.

Das abgewetzte FIFA-Symbol der WM 2014 zeigt halb schief in meine Richtung.

Ich höre meine Tochter, ganz außer Atem, aber ich sehe sie nicht.

Ich blicke auf meine Armbanduhr. Thomas wollte jeden Moment zurück sein.

»Hast du der Frau Ringwald den Ballettschuh absichtlich an den Kopf geworfen?«, frage ich.

Ich sitze auf der Treppe vor unserer Eingangstür und nehme einen Zug von meiner Zigarette. Der Ball liegt mitten in der Einfahrt. Zwischen unserem Garagentor und dem von Kaisers. »Komm raus. Ich hör dich.« Ich schiebe das Schächtelchen mit den Papers in die Verschlussfalz der Tabaktüte und verschließe sie mit dem kleinen Klebestreifen.

Sie muss hinter dem Mülltonnenhäuschen stehen.

»Ich bin gar nicht da!«, ruft sie.

»Ach so«, sage ich und nehme einen Zug. Ich muss die Geranien gießen, sie lassen schon wieder die Köpfe hängen. Und dann die Kippen aus dem Topf klauben. Die selbst gedrehten – meine – und die mit Filter. Mit weißem Filter. Die von Thomas. Wir rauchen ungefähr gleich viel.

»Aber wo bist du *dann*?«, frage ich und blase den Rauch in die welken Blumen. Ich höre, wie ihr Atem immer noch schwer geht.

»Woanders!«

Sie klingt immer noch verrotzt. Erst erwischt es Finlay. Immer. Dann sie. Zuletzt Thomas. Mich nie.

»Hast du gehört, was ich gefragt habe?«

Sie hustet. »Ja.«

»Und?« Ich nehme einen Zug. Zupfe einen Tabakrest von der Zungenspitze.

»Muss T.H. sterben, Mama?«

In dem Grundstück auf der anderen Straßenseite hangelt sich ein rotbraunes Eichhörnchen von einer Baumspitze zur anderen, verfolgt von einem schwarzen.

»T.H. ist sehr krank«, antworte ich, »aber das heißt nicht, dass er sterben muss.«

»Der Papa hat gesagt, T.H. muss sterben, weil er so viele Menschen betrogen hat.«

»Komm mal her.«

Nichts rührt sich hinter dem Mülltonnenhäuschen.

»Das geht nicht.«

»Okay«, sage ich, »und warum nicht?« Ich ziehe ein letztes Mal und drücke die Kippe im Blumentopf aus. »Hallo?«

»Weil mein Pferd Angst hat.«

»Das schwarze?«

»Nein. Das braune mit dem hellen Fleck.«

»Wovor hat es denn Angst?«

»Vor dem schwarzen.«

»Du hast der Frau Ringwald wehgetan, weißt du das?«,

sage ich, stehe auf und gehe langsam auf das Mülltonnenhäuschen zu. »Die musste zum Arzt gehen. 'Ne richtige Beule hat die. Es ist eine Sache, wenn man etwas nicht mag, also bei dir jetzt Ballett, aber es ist was ganz anderes, wenn man jemandem wehtut. Das geht einfach nicht. Stell dir vor, jemand tut dem braunen Pferd mit dem hellen Fleck etw–«

Sie ist weg.

Nur ihre beiden Gummistiefel stehen noch hinter dem Mülltonnenhäuschen.

Ich bücke mich, und in dem Moment höre ich Thomas' Wagen vorfahren. Ich halte die beiden Gummistiefel in der Hand, ohne mich umzudrehen. Der Motor erstirbt in der Einfahrt. Seine Stimme dringt gedämpft nach draußen. Er telefoniert. Laut. Der Motor knistert nach. Irgendwas zischt leise. Dann macht er die Wagentür auf.

»… wir die Tilgung doch auf ein Prozent runterschrauben oder aussetzen. Ach … und warum nicht? Ach … Sie wissen genau, was wir hier für eine Wertsteigerung … wie? Hier aber *auch* … hier aber … wie B-Lage? B-Lage ist vielleicht im Norden an der Autobahn, oder am … hmm, ist ja … hmmm, ist ja auch jetzt …«

Meine Haare werden nach rechts gerissen. Der Luftsog kündigt das Geräusch an. Unmittelbar darauf saust der ICE vorbei.

15.27 Uhr. Ich höre Thomas nicht mehr. Rhythmisches Kreischen. TACKTAAA TACKTAAA TACKTAAA TACKTAAA!! Meine Haare wirbeln nach links.

Und wieder Stille.

»So, jetzt wieder!«, sagt Thomas, »tschuldigung, das war … ja, ich stehe jetzt aber auch direkt vor dem Haus!

Also draußen. Drinnen hört m… Leiser als man denkt eigentlich! Ja, genau! Sag ich auch! Sag ich auch!« Thomas lacht. Laut. Obwohl er weint. »Wenn das … geben Sie mir … ich sag Ihnen jetzt was, das bleibt aber unter uns, ja? In meiner Familie, also in der von meiner Frau, wird sich in Bälde etwas ergeben, mein Schwiegervater liegt im Sterben und … *Hoch und Tiefbau Bethmann* genau, das war seine Firm… ja … jaja …genug: eine Riesenvilla direkt am Südufer und … Wieso? Drei … drei Geschwister, aber egal, da ist noch ein Mietshaus in … jaja, das ist mir klar. Aber ich sag ja auch nur, da ist schon noch was … ja … Ihnen auch … ja, ganz bestimmt … ich tu mein, mein Bestes … natürlich … und Grüße an … hallo?«

Ich stelle mir vor, dass er jetzt aufs Display starrt. Und nachdenkt. Währenddessen schleiche ich am Komposthaufen vorbei durch den Garten, stelle die beiden Gummistiefel vor Tiffany an der Schaukel ab und husche dann über die Terrasse ins Wohnzimmer.

Seine Jacke hängt nicht an der Garderobe. Er ist noch nicht im Haus.

»Thomas?«

Ich öffne die Haustür. Thomas sitzt, mir den Rücken zugewandt, auf der Treppe. Er hat sich eine Zigarette angesteckt.

»Hey«, sage ich.

Er dreht sich zu mir um. »Hey.«

»Wo warst du denn?«

»Egal.«

»Egal?«

»Yep.«

Er nimmt einen tiefen Zug von seiner Zigarette und sieht mich an.

»Ich muss gleich los«, sage ich und halte die Hand auf.

Er greift nach dem Wagenschlüssel. Hält ihn aber zurück. »Wo willst du denn hin?«

»Was machen.«

»Was machen?«

Ich nicke.

»Wo?«

»Egal«, sage ich.

Er sieht mich fragend an.

Ich ziehe die Schultern hoch. »Glaubst du eh nicht dran.«

»Woher soll ich wissen, dass ich nicht dran glaube, wenn ich nicht weiß, woran?« Er zieht an seiner Zigarette, wendet sich wieder dem Vorplatz zu und bläst den Rauch aus.

Dann reicht er wortlos den Wagenschlüssel an einem Finger baumelnd über die Schulter nach hinten. Ich nehme den Schlüssel, ziehe meine Jacke von der Garderobe neben der Eingangstür, schiebe mich an ihm vorbei die Stufen hinunter, kicke Tiffanys Fußball weg und öffne die Wagentür.

»Wie geht's denn T. H.?«, fragt Thomas.

Ich steige ein und greife nach der Tür. »Wie hättest du's denn gern?«

Dann ziehe ich die Tür zu, starte den Motor, rangiere den Wagen rückwärts aus der Einfahrt und fahre davon.

Katja

11:40
wird lanval asrai abholen

12:05
wenn du es willst

wird es so sein

12:06
um eins hab ich aus

wir könnten dann zu mir fahren

in den garten gehen

12:17
um eins hab ich aus

☺

12:24
klopf klopf

12:36
wir werden uns sehen

12:37
😭

Justus

Ich verlasse die Praxis, nicke Anne vom Empfang im Vorbeigehen noch einmal kurz zu und drücke E.

Für heute steht ausnahmsweise nichts Wichtiges mehr an, darum habe ich mich etwas früher als gewohnt in den Feierabend verabschiedet.

Kling. Ich steige ein. Die Türen schließen sich. Wie immer durchströmt mich ein winziges Gefühl der Schwerelosigkeit, wenn die Mechanik die Sperre aufhebt und der Lift nach unten zischt, und wie immer überlege ich, wie viele Kilo ich in diesem Augenblick weniger wiege.

Niemand steigt zu. Rauschen. Stränge. Display. *Kling*.

Ein gedämpftes Ruckeln. Die Türen öffnen sich. Ich steige aus. Der Gang durch die Halle ist die einzige Bastion, die noch standhält. Die mich immer noch mit Stolz erfüllt. Wahrscheinlich, weil ich diesen Ort während der Praxiszeiten niemandem persönlich präsentieren kann. Und sich das Gefühl dadurch noch nicht abnutzen konnte. In der Euphorie überlege ich, den freien Nachmittag zu nutzen, um mir noch zwei Sakkos zu kaufen, eines für den Sommer (für *in between*), eines für semi-legere *occasions*. Gerade als ich mir die *Persol Havanna* aufsetze, fällt mir ein, dass ich noch bei Mamuschka vorbeifahren muss, um die Fotos zu holen, die Silly mitgebracht hat.

Die Aussicht auf ein Wiedersehen mit Tante Silly lässt meine Stimmung augenblicklich wieder sinken.

Ich verlasse das Gebäude.

Die Arkaden. Und er schon wieder.

»Schon durch für heute?«

»Heu…?«

»…te!«

Er sitzt wieder da. Unter dem zweiten Bogen. Riecht nie. Nicht mal Rumäne. Nicht zu verbieten. Ich bleibe stehen.

»Glaubst du, dass einer von außen in seine Wohnung guckt?«, fragt er in seinen Decken und Tüten.

Ich will weitergehen. »In welche–?«

»In die eigene Wohnung guckt. Alles ordentlich. Endlich. Ohne Mensch drin. Von außen schaut er da so rein.«

Ich nehme die Sonnenbrille ab. »Ohne Mensch?«

»Ohne Mensch *drin.*«

»Das …«

»Dann ist die Butze doch so, wie sie eigentlich sein soll, oder? Sauber. Ordentlich. Möbel. Alles perfekt. Nichts stört. Ohne Mensch halt.«

Menschen laufen an mir vorbei, durch die Arkaden.

»Vielleicht«, sage ich und schüttele dabei den Kopf. Dann ziehe ich – wie immer – einen Zehneuroschein aus der Innentasche des Jacketts, lege ihn in den Filzbehälter vor ihm und gehe weiter.

»Hey!!«, brüllt er.

Ich entscheide mich nach zweieinhalb Schritten, dass das mir gilt und bleibe stehen. Bevor ich mich umgedreht habe, blickt er mir bereits ins Gesicht. »Das musst du dir erst verdienen, hombre.« Ich spüre, wie er mir den Geldschein zurück in die Hand drückt.

»Glauben *Sie* das?«, frage ich. Was anderes fällt mir nicht ein. Unsere Nasenspitzen berühren sich fast. Keine Fahne. Jedenfalls nicht bei ihm. Ich war mittags schon beim Italiener.

»Was glauben?«

»Dass jemand von außen in seine Wohnung guckt?«

»Keine Ahnung«, antwortet er, »ich hab keine Wohnung.«

Endlich bin ich außer Reichweite. Idiot. Nicht umsonst hockt der unter seiner Arkade. Man darf da auch nicht sentimental werden. Oder sich schuldig fühlen.

Glauben. Gar nichts glaube ich! Neuerdings nicht mal mehr an meinen Tinnitus. Fakten. Fakten braucht man! Ich fühle mich ständig genötigt, an irgendwas glauben zu müssen. Aber warum? Woran? Und vor allem: für wen? Nein. Ich *glaube* nicht: ich *weiß*. Oder eben *nicht*. Wer glaubt, befindet sich im Konjunktiv: würde, wünschte, könnte, wäre, müsste, wüsste.

Viel zu viele Pünktchen auf den Vokalen. Sie schweben da oben rum, diese beiden Tupfer, um das ins Ungefähre zu ziehen, was eigentlich gesagt werden soll.

Ist doch so.

Idiot!

Neele

»Setzt du dich bitte aufrecht hin.«

»Okay.«

»Nicht anlehnen bitte.«

»Tschuldigung. So?«

Sie nickt und lächelt.

»Jetzt stütz dich mit einem Ellbogen auf dem Tisch auf.«

»Alles klar.«

»Du bist Linkshänderin?«

»Ja. Eine ›doppelt Umgedrehte‹. Mein Vater hat versucht, mich umzuerziehen, als ich in die Schule kam und das mit dem Schreiben losging. Das nehm ich ihm bis heute übel. Kaum war ich mit dem Abi durch, hab ich dann wieder alles mit links gemacht. Aber der Schaden bleibt.«

Sie nickt und lächelt.

»Jede Gehirnhälfte ist ja mit der gegenseitigen Körperhälfte verbunden und steuert die«, fahre ich fort, »ich kann also davon ausgehen, dass bei mir die rechte Gehirnhälfte eine führende Rolle spielt. Nur hab ich das die ganze Schulzeit lang unterdrückt. Dreizehn Jahre lang. Aus einem umerzogenen Linkshänder wird einfach kein Rechtshänder. Da übernimmt nur ein anderes Hirnareal die Steuerung des Bewegungsapparats, also der primäre sensomotorische Cortex. Tja, und ich also: Nach der Schule, wieder alles *Zurück, marsch, marsch auf Links!* Die zerebrale Fehlbelastung werd ich mein Leben lang spüren. Das ist ja auch das Dilemma mit meinen beiden Hirnhälften. Die sind nicht ausgeglichen, also ihr Verhältnis zueinander.«

Sie nickt und lächelt.

»Den Arm anwinkeln bitte.«

»Okay.«

»Das ist unsere Grundhaltung. Jetzt nimm bitte das Pendel in die Hand. Zwischen Daumen und Zeigef… genau. Wir werden das Pendel jetzt bitten, uns anzuzeigen, welche Schwingung *was* bedeutet.«

Sie beugt sich über den Tisch und legt einen Zettel vor mich.

»Bitte lies die erste Frage laut vor.«

»Sorry …« Ich krame mit der rechten Hand meine Brille aus der Handtasche, setze sie auf und lese vor: »Pend…«

»Erst auspendeln lassen.«

»Ja. Natürlich.«

Ich warte, bis das Pendel zum Stillstand gekommen ist. Dann setze ich noch mal an:

»Pendel, zeige uns die Richtung für *Positive Energie.*«

Das Pendel in meiner Hand bewegt sich nicht. Ich schließe die Augen. Mir fällt ein, dass ich kein Geld eingesteckt habe, um sie zu bezahlen.

»Aah …«, sagt sie leise.

Ich öffne die Augen. Mein Pendel macht leichte Vor- und Zurückbewegungen.

Sie macht sich eine Notiz. »Und wir machen weiter.«

»Pendel, zeige uns die Richtung für *Negative Energie.*«

Das Pendel schwingt von links nach rechts. Sie schreibt.

»Und die letzte Frage.«

»Pendel, zeige uns die Richtung für *Neutrale Energie.*«

Ich versuche, die Hand ruhig zu halten und bekämpfe gleichzeitig den Drang, mir eine dritte Schwingungsvariante für das Pendel einfallen lassen zu müssen, um sie nicht zu enttäuschen.

Auf einmal macht mein Pendel kreisende Rechtsdrehungen.

»Na, das hat doch schon toll geklappt«, sagt sie und blickt auf die Ergebnisliste.

Ich lasse das Pendel sinken.

Sie legt die Hände übereinander und sieht mich an. »Gedanken sind Schwingungen«, klärt sie mich auf, »und durch ein Hilfsmittel, das Pendel, werden sie zur Anzeige gebracht.«

»Gut«, sage ich.

»Die Fragen, die du jetzt stellst, werden mit einer der drei Energien beantwortet.«

»Okay.«

»Deine Aufmerksamkeit liegt nur auf deiner Frage. Nicht auf deiner Hand, deinem Arm. Nur auf deiner Frage.«

»Okay.«

Sie legt den Zettel mit den notierten Schwingungsdeutungen vor mir auf den Tisch. »Du kannst auch beim nächsten Mal bezahlen«, sagt sie, »konzentrier dich jetzt nur auf deine Frage.«

»Äh … ja. Mach ich.«

»Ich gehe jetzt aus dem Raum, und du lässt dir alle Zeit, die du brauchst. Wenn du fertig bist, kommst du bitte raus.«

»Okay.«

Sie verlässt den Raum und zieht leise die Tür hinter sich zu.

Einen Moment lang sitze ich da und überlege, ob ich einfach aufstehen und verschwinden soll. Ob ich alles falsch mache.

Was will ich denn hier?
Es wird sich nichts ändern.
Nichts.

Ich richte mich im Stuhl auf, setze meinen linken Ellbogen auf die Tischplatte und winkle den Arm an.

Als das Pendel zur Ruhe gekommen ist, schließe ich die Augen und flüstere: »Bist du noch bei mir?«

Justus

Ich stehe vor dem Gartentor und drücke den Klingelknopf zum zweiten Mal.

Jemand spielt im Haus Klavier.

Das Tor zur Einfahrt ist verschlossen, deshalb musste ich den Wagen vor dem Grundstück parken.

Das Messingschild mit unserem eingravierten Familiennamen ist stark angelaufen. Es könnte mal poliert werden.

Irgendein Witzbold hat schon vor vielen Jahren mit einem spitzen Gegenstand das *h* durchgestrichen, über das *a* zwei Punkte geritzt und hinten ein *chen* drangehängt: aus *Bethmann* wurde *Betmännchen.*

Anlass für zunächst hitzige, im Laufe der Jahre dann, vor allem während der Mahlzeiten, zunehmend amüsierte Diskussionen darüber, welches Familienmitglied mit dieser Veräppelung wohl gemeint gewesen sein könnte. Keiner fühlte sich angesprochen in diesem atheistisch geprägten Haushalt. Außer hin und wieder Mamuschka, wenn es – ihrer Meinung nach – eines temporären göttlichen Beistands bedurfte, bei dem Versuch, uns Kinder, oder T.H. zu bändigen. Aber dann wiesen wir sie stets darauf hin, dass dort über der Türklingel nun mal nicht Bet*frauchen* stand.

Die Frage, wer unser Klingelbrett verunstaltet hatte, war eigentlich nie ein Thema gewesen.

Vermutlich wurde es deshalb auch nie ausgetauscht.

Ich höre Schritte im Kies. Kurz darauf wird das Gartentor aufgezogen. Mamuschka steht vor mir.

Sie hat sich zurechtgemacht.

Vermutlich für den Besuch bei T.H. heute, früher am Tag.

»Ja, bitte?«

»Mamuschka.«

»Ja?«

»Lässt du mich rein?«

»Ja, natürlich.«

Sie bewegt sich nicht von der Stelle.

»Mamuschka?«

»Justus?«

»Ja.«

Ich beuge mich zu ihr hinunter, gebe ihr einen Kuss auf die Wange.

»Komm doch rein«, sagt sie, als wäre sie gerade erwacht.

Sie tritt zur Seite und lässt mich an ihr vorbeigehen, bevor sie das Tor wieder hinter sich verschließt.

»Ihr wart heute bei T.H.?«, frage ich, als wir auf den Eingang zugehen.

»Ja«, antwortet sie. »Wir sind schon seit einer … einer Zeit, einer …«

»Stunde?«

»… zurück. Ja.«

Wir betreten das Haus.

Das Klavierspiel wird für einen kurzen Moment unterbrochen. Ich stelle mir Tante Sillys Hände vor, die kurz in der Luft schweben …

… dann sinken die Fingerspitzen zurück auf die Tasten und die *Gnossienne No. 1, Etude Première année, cycle trois* von Satie nimmt weiter ihren Lauf.

Mamuschka greift nach einem Umschlag, der auf dem Telefontischchen liegt. Darauf hat jemand in dicken Lettern: *BITTE JUSTUS GEBEN!* geschrieben. Zäzilies Handschrift.

»Das hat Zäzilie mir gegeben, für … für das Bildbuch, das …«

»… das Fotoalbum für T.H.«

»Ja.«

Ich mache eine Geste mit dem Kopf Richtung Salon.

»Ist sie …?«

»Gut drauf«, versichert mir Mamuschka leise und nickt, »aber …«

Sie rollt kurz mit den Augen, dann legt sie sich einen Zeigefinger auf den Mund.

Ich sehe meine Mutter gespielt entrüstet an.

»Aber Tante Silly spielt doch so schön Klavier«, flüstere ich.

»Viel«, antwortet Mamuschka und drückt mir den Umschlag in die Hand, »sie spielt *viel* Klavier.«

Ich muss laut losprusten. Ein kleines Highlight. Aber ich weiß, dass wir beide – was unsere Synapsen betrifft – längst auf dem Wege sind, uns bis in die Unendlichkeit voneinander zu entfernen.

Ich frage: »Brauchst du irgendwas?«

Meine Mutter steht etwas unentschlossen vor mir in der Diele, den Finger noch auf den Lippen.

Der Meynert-Basalkern – eine Ansammlung von Nervenzellen in ihrem Großhirn – kann nicht mehr genügend von dem Botenstoff *Acetylcholin* produzieren. Eine Substanz, die zur Übertragung von Informationen zwischen den Gehirnzellen nötig ist. Dadurch kann sie

Ereignisse, die kurze Zeit zurückliegen, immer schlechter speichern.

»Du weißt, dass dein Vater nicht mehr zurückkommen wird?«, fragt sie.

Ich nicke langsam ein paar Mal vor mich hin.

Um die Endgültigkeit dieser Situation nicht noch unnötig zu dramatisieren, unterdrücke ich den Drang, sie jetzt in den Arm zu nehmen.

»So sieht es aus, Mamuschka«, antworte ich leise.

Sie nimmt meine Antwort mit leerem Gesichtsausdruck wahr, und mir dämmert, dass ihre ursprüngliche Aussage bereits ihrem Gedächtnis entschwunden ist.

Im Salon ist die Etude von Satie zu einem Ende gekommen.

»Werden Marco und Neele auch zum Essen da sein?«, frage ich, um das Thema zu wechseln.

»Alle«, antwortet Mamuschka, »es kommen alle.«

»Gut«, sage ich, obwohl ich weiß, dass *alle* immer auch *mit Thomas* bedeutet. Die Nichtnennung seines Namens hat sich bei uns so eingebürgert. Die Inklusion ihres Schwiegersohnes in das Wort *alle* ist – und da ziehe ich vor ihr den Hut – die äußerste Form von Kritik, die sich meine Mutter zugesteht. Eine Flucht ins Abstrakte, mit der sie dem Unvermeidlichen begegnet.

Ich küsse sie auf die Stirn und versichere ihr, dass der Familienabend nicht aus dem Ruder laufen wird, und verabschiede mich.

An der Gartentür drehe ich mich um.

Mamuschka steht in der Eingangstür, musikalisch eingehegt von den ersten Takten eines erneuten Durchlaufs von Erik Saties *Gnossienne Nr. 1, Etude Pemière année, cycle trois.*

Finlay

»Was machst du denn da?«

Papa nimmt mir das Smartphone aus der Hand, bevor ich den Homebutton drücken kann. Ich habe ihn nicht bemerkt, er muss schon eine Weile hinter mir gestanden haben.

Er sieht aufs Display.

»Was machst du denn in meinem Kalender?«, fragt er. »2058?«

Ganz langsam greife ich – ohne Papa aus den Augen zu lassen – nach dem kleinen Notizblock auf dem Couchtisch.

»Ich hab in die Zukunft geschaut«, sage ich.

»12. Oktober?«, liest Papa. »Das ist ja mein Geburtstag.«

Meine Fingerspitzen haben den Notizblock gefunden.

»Warum?«, fragt Papa. »Warum 2058?«

»Das wird ein Samstag sein«, sage ich, »Sonnenuntergang ist um 19.41 Uhr.«

»Und?«

Er dreht das Smartphone hin und her, sieht auf die Rückseite, als gäbe es da eine Antwort.

Langsam beginne ich, den Notizblock vom Couchtisch zu ziehen.

»Du lässt die Finger von meinem Handy, klar?«

»Okay Papa.« Ich nicke.

Gerade als Papa sein Smartphone in die Hosentasche stecken will, ziehe ich vorsichtig den Notizblock vom Tisch. Dabei fällt der Stift auf den Boden. Schnell setze ich mich auf den Notizblock und beuge mich dann nach vorn, um den Stift aufzuheben. Meine Finger suchen den Boden ab. Nichts. Er ist wohl unter den Couchtisch gerollt.

»Na komm«, höre ich Papa sagen, »gleich hast du ihn.«

Ich beuge mich noch ein Stückchen weiter nach vorn.

Gerade als meine Finger den Stift berühren, spüre ich, wie der Notizblock unter meinem Hintern weggezogen wird.

Ich lasse den Stift liegen und setze mich langsam wieder aufrecht hin. Ohne mich umzudrehen.

Ich höre, wie Papa in den Seiten von dem Notizblock blättert.

»Was hast du denn da gerechnet?«, murmelt er, »hm?«

Ich sage nichts. Ich drücke meine Lippen fest aufeinander.

»Die ganzen Zahlen hier. Was soll das denn? Sind das Lebensjahre?«

Ich gebe ihm keine Antwort.

»Ob das Lebensjahre sind, habe ich gefragt?«

»Ja, Papa.«

»Kapier ich das richtig? Hast du ausgerechnet, wie lange ich noch lebe?«

Ganz still ist es jetzt im Wohnzimmer. Der Hund von Kaisers bellt kurz. Dann ist es wieder total ruhig.

Ich sitze auf dem Sofa und sehe nach vorn durchs Fenster in den Garten, wo die Schaukel sich etwas im Wind hin und her bewegt.

»Und was hast du da abgezogen?«, fragt Papa in die Stille hinein. »T minus 5, R minus 10?«

Ich höre Papas Stimme wie mit Watte eingepackt, irgendwie nah und doch ganz weit weg.

»Ich hab dich gefragt, was das bedeutet:

T minus 5, R minus 10? Sind das Jahre, die du abgezogen hast?«

Ganz vorsichtig nicke ich mit dem Kopf.

»Für was?«, fragt Papa.

Ich rühre mich nicht.

»Für was du die abgezogen hast?«

»Fürs Trinken«, sage ich leise, »und fürs Rauchen.«

Ich kneife die Augen fest zusammen, weil ich so große Angst habe, was jetzt kommt. Ich mache mich auf alles gefasst. Ich darf nur nicht in die Hose machen. Darauf will ich mich total konzentrieren. Egal, was jetzt passiert.

Aber es passiert nichts.

Dann höre ich wie Papa sich bewegt. Ganz langsam. Seine Schritte. Er bleibt links neben mir vor dem Couchtisch stehen und sieht mich an.

Er reicht mir den Notizblock zurück.

»20 Jahre gibst du mir also noch?«

Ich sehe stumm zur Schaukel. Weiter hinten liegt Tiffanys Fußball.

»Und du?«, fragt Papa nach einer Weile. Seine Stimme ist ganz ruhig. »Was hast du dann vor?«

»Dann bin ich achtundzwanzig«, sage ich.

Justus

Ich lenke meinen Q7 am Schlosspark entlang. Das neue Modell wird in elf Wochen geliefert. Ich freue mich auf die *Design Selection* in murillobraun und ganz besonders auf die Sitzbelüftung für die Vordersitze. Nicht zu vergessen: Das in dieser Ausführung mit eingeschlossene Vollederpaket *Valcona* und das vertikal ausfahrbare MMI-Display.

Ich biege nach links in die Beethoven ab und checke währenddessen meine Mails. Eine weitergeleitete Einladung von Neele, die mich für die Teilnahme an einem Schweigeseminar begeistern möchte, in dem Kristall-Essenzen auf transzendentalem Wege dazu bewegt werden sollen, die rechte und die linke Gehirnhälfte auszugleichen. Sie möchte mit mir bei unserem Familientreffen darüber sprechen. Ob ich neben ihr sitzen könnte. (Oh Gott, da fällt mir ein, dass Silly uns bekochen wird.) Ich scrolle weiter meine Mails durch. Irgendeine Werbung für Penisverlängerung und eine Nachricht von dem Abrechnungsunternehmen, das unsere Praxen betreut. Als Letztes eine Mail von Olaf mit dem von mir formulierten Betreff: »Hering hin, Glatze her«, nun mit seiner Antwort: »Danke. Geld ist eingegangen. Termin steht. Aber das zahl ich zurück. Egal was passiert ist. Keine Haarspaltereien jetzt!«

In dem Moment, in dem ich auf das Papierkorbsymbol tippe, sehe ich ihn. Ich trete voll aufs Bremspedal. Meine Tasche und der Umschlag mit den Fotos fliegen auf den Beifahrerboden, die Reifen quietschen, trotz ABS. Der Wagen kommt abrupt zum Stillstand. Mein unsportlicher Körper wird im Sitz nach vorn- und dann zurückgeworfen. Die Sonnenbrille segelt nach hinten in den Fond. Augenblicklich hat sich mein Tinnitus aktiviert.

Es riecht nach verbranntem Gummi.

Er steht unmittelbar vor meiner Kühlerhaube und sieht mir direkt in die Augen. Schulterlanges dunkles Haar. Vollbart. Nasenring. Keine zwanzig und keine Aufregung in seinem Gesicht. Er trägt eine abgewetzte Wildlederhose und darüber ein ärmelloses, mit einem breiten Lederband über den Hüften zusammengebundenes Leinenhemd, das ihm bis zu den Knien reicht. In den Händen hält er einen Speer, der wie zum Nahkampf auf die Windschutzscheibe gerichtet ist. Vielmehr auf die Stelle des Sicherheitsglases, hinter der mein bleiches Gesicht um Fassung ringt.

Wie gelähmt starre ich auf die metallene Speerspitze.

Jemand klopft ans Beifahrerfenster: Der unbekannte bekannte Nachbar, mit einer Gartenschere in der Hand. »Ist alles in Ordnung?!«, höre ich gedämpft durch die Seitenscheibe.

Ich öffne die Fahrertür, steige aus. Mein Smartphone fällt auf die Straße. »Entschuldigung, ich hab dich … Sie nicht gesehen. Sorry. Tut mir leid.«

Der junge Mann hat die Waffe nun direkt auf mich gerichtet. Und sieht mich einfach nur an. Auf seinem Oberarm erkenne ich ein Tattoo: Das Symbol einer Triskele. Er zieht den Speer zu sich heran und hält ihn, Spitze nach oben, parallel zu seinem Körper. Wie in Zeitlupe lässt er ihn nun nach unten sinken, bis der Schaft den Asphalt berührt.

Dann sagt der junge Krieger ruhig: »Drei.«

»Drei?«

»Drei Leben hab ich jetzt noch.« Er löst seine Haltung und schlendert auf die andere Straßenseite, zieht einen Schlüssel hervor, öffnet die Tür seines 2 CV, schiebt den Speer quer ins Wageninnere und steigt ein. Beim dritten Versuch springt der Citroën an und fährt davon.

Ich stehe im Dunst des bleihaltigen Benzingemischs und sehe der Ente so lange hinterher, bis das Geknatter von dem Summen in meinem rechten Ohr abgelöst wird.

Ich hebe mein Handy vom Boden auf und wische mit der Hand übers Display. Keine Kratzer. Plötzlich taucht das Gesicht des bekannten Unbekannten vor mir auf, der offensichtlich die Wagenseite gewechselt hat.

»Ist ja noch mal gut gegangen«, sagt er.

Ich nicke.

Sein Gesicht ist gerötet.

Er deutet mit der Gartenschere auf die Motorhaube. »Ist das der 8 Zylinder?«

Ich blicke ihn stumm an. Typischer Hypertoniker. Ich ordne ihn – in seiner gegenwärtigen Verfassung – irgendwo um die 195 zu 105 ein. Mich auch.

Er lächelt mich plötzlich verunsichert an. »Hab ich was Falsches gesagt?«, fragt er.

»Noch nicht«, sage ich, »aber Ihre Thujen brauchen Dünger. Ich empfehle Bittersalz.«

Dann steige ich ein und fahre mit unter 30 km/h die letzten Meter an unserem Grundstück entlang nach Hause.

Svenja öffnet mir die Tür. »Du bist aber früh«, sagt sie und guckt auf die Uhr.

»Bin früh raus.«

Sie will mich auf den Mund küssen und trifft meine Wange. Ich bleibe stehen. Irgendwas riecht anders. Fremd.

»Hat hier jemand geraucht?«, frage ich.

»Hier? Nein«, antwortet Svenja, »wer soll denn hier rauchen?«

»Hat T.H. angerufen?«

»Nein.« Sie zieht eine Augenbraue hoch.

Ich nicke ein paar Mal vor mich hin. Jetzt, in der Stille unserer Diele, stelle ich fest, dass sich das Phänomen in meinem rechten Ohr unversehens verabschiedet hat. Ich reiche Svenja den Umschlag mit den Fotos.

»Ah, super«, sagt sie und dann: »Weiß?« Dabei verschwindet sie Richtung Küche.

»Au ja«, sage ich und folge ihr.

Ich lasse mich auf die Bank am Küchentisch fallen. Direkt neben Monty. »Seit wann darf der Hund auf der Bank liegen?«

Svenja stellt ein Glas Weißwein vor mir auf den Küchentisch. »Ich hab doch gesagt, du bist heute zu früh da.«

»Früh, du hast gesagt früh. Nicht *zu* früh.«

»Dann hab ich's halt gedacht.«

»Was?«

»Das zu.«

Ich trinke einen Schluck und überlege dem zu hinterher, da fällt mein Blick wieder auf den Hund, der zusammengerollt und von mir abgewandt auf meinem Platz liegt. Einen Augenblick lang hadere ich mit mir, ob ich dem kindlichen Verlangen nachgeben soll und Monty von der Bank schubse. Stattdessen streichele ich ihn und berühre dabei aus Versehen die linke Vorderpfote.

Einer Muräne gleich schnappt das Vieh nach meiner Hand und erwischt den Zeigefinger.

Ich springe mit einem lauten Schrei vom Tisch auf.

»Was machst du denn mit dem Hund?«, zischt Svenja mich an, eilt zur Sitzbank und nimmt Monty auf den Arm.

»Der Köter hat mich gebissen!«

Das hinterhältige Vieh winselt herzerweichend und lässt sich von meiner Frau trösten, während ich nach einer Küchenrolle suche, um die Blutung unter Kontrolle zu bekommen.

Ich wage nicht, mir die Wunde anzusehen. Stattdessen beobachte ich fassungslos meine Frau, die dem Tier irgendwas ins Ohr flüstert.

Plötzlich wird mir mulmig. Meine Knie werden weich.

»Du bist ja ganz blass«, sagt Svenja.

»Ich glaub, ich muss ins Krankenhaus«, antworte ich.

Beni

Ich öffne die Wohnungstür. Da fällt mir auf, dass ich den Lipgloss vergessen habe. Ich gehe zurück in die Wohnung und krame an der Garderobe den Stift aus der Jacke von gestern hervor, da höre ich, wie in der Etage über mir eine Tür geöffnet wird. Eine männliche Stimme. Griechischer Akzent. Christos! Er zieht die Tür hinter sich zu und läuft die Stufen hinunter. Ich spähe ins Treppenhaus, sehe, wie er – Handy am Ohr – meine Etage erreicht, an meiner Wohnung vorbeigeht und aus meinem Blickfeld verschwindet. Ich trete auf den Gang hinaus und luge nach unten. Er ist in der Eingangshalle stehen geblieben, zieht einen Schlüssel hervor. Ich beuge mich über das Geländer. Er öffnet seinen Briefkasten, stellt fest, dass er leer ist, verschließt ihn wieder. Plötzlich macht das Geländer ein knarzendes Geräusch. Er blickt in meine Richtung. Schnell ziehe ich den Kopf zurück.

Ich warte, bis die Haustür ins Schloss gefallen ist, dann sperre ich ab und gehe die Stufen hinunter.

Vor den Briefkästen bleibe ich stehen. *C. Marinakis.*

Mit dem Zeigefinger fahre ich langsam über das Namensschildchen. Und in demselben Augenblick kommt mir eine geniale Idee.

Ich verlasse das Haus. Trete auf die Straße hinaus.

Es dämmert schon.

Neele

»Ich weiß, dass du das jetzt nicht hören willst …«

»Dann sag's nicht.«

»Aber man hat Kornkreise entdeckt. Unglaublich! Nicht weit von hier: Brigitte hat mir das verraten. Innerhalb von Sekunden sind sieben unterschiedlich große Kreise entstanden. Ausschließlich durch Lichtenergie! Auf einem Gelände, das als Kraftort noch nie aufgefallen ist. Ein Weizenfeld, das an ein Gewerbegebiet grenzt, an den Parkplatz von einer Lidl-Filiale. Ich hab …«

»Brigitte?«

»Was?«

»Wer ist Brigitte?«

»Mein Medium. Ich hab ihr von meiner Disbalance erzählt. Und natürlich von uns. Von unserem Stillstand. Und deinem Stillstand. Also auch im Job und so. Als ich uns gependelt habe, habe ich mich total auf uns beide konzentriert. Nur auf dich und mich. Und dann bekomm ich eine Einladung! Für uns beide! Du glaubst nicht von wem! Aber eins nach dem anderen:

Ich pendele also, denke ganz intensiv an uns und dann öffne ich die Augen: Es war alles so unbeschreiblich klar! Sieben kreisende Bewegungen, die immer kleiner wurden, es war einfach unfassbar! Dann kam das Pendel ganz plötzlich wieder zur Ruhe, und in diesem Augenblick betritt Brigitte den Raum und nennt mir einen Ort mit sieben Kornkreisen! Ohne dass wir uns irgendwie ausgetauscht hätten! Wir hatten eigentlich ausgemacht, dass ich den Raum nach der Séance verlasse, aber sie meinte, sie müsse mir das sofort mitteilen, weil sie als Medium solch einen intensiven Austausch von Erd- und Sternenenergien noch nie gespürt hat. Und sie ist ein hochschwingendes Medium, dafür ist sie bekannt. Ist das der Hammer?! Was für eine Botschaft: Wir beide, du und ich, sollen diese Kornkreise besuchen! Das ist eine ganz klare Information von oben: *Wir helfen euch*!

Und jetzt halt dich fest: Wir beide haben diese Einladung von unseren Lichtgeschwistern bekommen, Thomas!«

»Sag mal, hast du sie noch alle?«

Finlay

100 000 Goldstücke habe ich gestohlen. Jetzt hab ich die zwanzig Juwelen! Plus meine sieben. Ich hab die Barbaren nie allein gelassen. Ich bin ja nicht blöd. Ich hab ihnen immer mindestens drei Fernkämpfer an die Seite gestellt. Mein Rathaus steht zwar nicht in der Mitte, aber das macht nichts. Meine Armeelager sind voll. Aber der Akku ist fast leer. Elf Prozent noch. Mist. Vor meinem Rathaus stehen zwei Kanonen. Mir fällt auf, dass ich nur eine Mauer gebaut habe. Wenn mein Gegner Mauerbeißer hat, sieht es schlecht für mich aus. *10 % Ihr Akku ist fast leer.* Gerade will ich aus dem Bett klettern, um das Ladegerät zu suchen, da höre ich einen Knall. Von unten. Als wäre was umgefallen. Ein Stuhl oder so. Papa schreit. Und dann wieder ein Geräusch. Glas. Dann ist es wieder still. Und dann Mama. Sie weint, glaub ich. Dann geht die Tür vom Wohnzimmer auf. Papa schreit was. Dann knallt die Tür wieder zu. Ich hör Mama jetzt deutlich weinen. Vielleicht sitzt sie wieder auf der Treppe. Papa brüllt irgendwas im Wohnzimmer. Dann fällt was um.

»Mama?!«, ruft Tiffany von nebenan.

Ich gucke auf mein Display, da höre ich, wie eine Tür knallt und Mama die Treppe hochläuft.

»Mama?!«, ruft Tiffany noch mal. Sie heult jetzt auch.

Die Wohnzimmertür wird aufgerissen. »Ja!! Hau ab!! Macht Euern Scheiß doch alleine!! Ich reiß mir hier den …«

»Verschwinde einfach!!«, ruft Mama, »verschwinde!! Dich braucht hier niemand! Niemand!!«

Die Schlafzimmertür wird zugeworfen.

Jetzt läuft Papa die Treppe hoch. Ich höre, wie die Mama den Schlüssel im Schloss umdreht. Papa rennt an meinem Zimmer vorbei. Drückt die Türklinke vom Elternschlafzimmer runter. Ein paar Mal. Dann schlägt er gegen die Tür. Tiffany heult. Papa schreit irgendwas. Mama schreit. Papa tritt gegen die Tür. »Mach die Tür auf!!« Wieder tritt Papa gegen die Tür. »Ich werde dir zeigen, wer hier verschwindet!!«

»Lass die Mama in Ruhe!!«, rufe ich.

Plötzlich ist es ganz still.

Ich ziehe mir die Bettdecke über den Kopf.

Mein Smartphone! Es leuchtet immer noch! Irgendwo bei meinen Füßen. Dann höre ich durch die Decke, wie die Tür zu meinem Zimmer aufgerissen wird. Ich taste vorsichtig nach meinem Handy, bekomme es zu fassen. Schritte nähern sich meinem Bett. Ich drehe das Handy hin und her, bis mein Zeigefinger den On / Off-Knopf findet und ihn drückt. Dunkel.

Meine Decke wird weggerissen. Ich presse die Augen zu. Bewege mich nicht. Atme gleichmäßig.

»Was jetzt?«, fragt Papa.

Ich atme ein und aus. Ganz langsam. Mein Herz klopft so laut, dass ich denke, er kann es hören.

»Ich weiß, dass du wach bist, Bürschchen. Und ich weiß, dass du *auch* gegen mich bist. Aber ohne mich läuft hier gar nichts. Ist das klar?«

Ich bewege mich nicht.

»Also: Sind wir ein Team?«

Ich bewege mich nicht. Ich hab ins Bett gemacht.

»Ob wir ein Team sind?«

Ich presse meine Lippen fest zusammen.

Und dann haut er mich. Mit den flachen Händen.

Haut und haut und haut. Und dann boxt er mich in die Seite. Ich falle aus dem Bett. Er tritt mich mit den Füßen. Immer wieder. Mama kommt und schreit. Und dann Tiffany. Ich muss mehr Mauern bauen. *Die richtige Platzierung von Mauern ist für ein erfolgreiches Dorf-Layout entscheidend.* Warum hab ich daran nicht gedacht? *Der Schutz, den die Mauer bietet, ist nur gewährleistet, wenn sie das ganze Gebäude umschließt.* Aber ich habe die Lufttruppen vergessen! Ihre Ballons und Drachen, die Lakaien, die Heiler und die Lavahunde. Die überfliegen meine Mauer doch. Wie konnte ich das vergessen?!

Marco

Mein Smartphone summt.

Eine ganze Weile.

Wir liegen nebeneinander im Bett. Haben gerade miteinander geschlafen. Anders heute.

Ich spüre ihren Blick.

»Willst du nicht rangehen?«, fragt Anabel leise.

Ihr Körper liegt neben meinem. Ein weiteres Lebewesen, das sich mir hingegeben hat. Und ich ihm. Und ein weiteres Mal meine ich gegen die Banalität meiner Gedanken ankämpfen zu müssen: dass es das eigentlich schon wieder war, dass ich mit uns schon wieder durch bin.

»Vielleicht ist es dein Vater«, sagt sie.

Ich ziehe das vibrierende Smartphone zu mir, drehe es in meine Richtung.

»Yep.«

Und halte es, bis das Summen aufhört.

»Ich kapier jetzt nicht, was dein Problem ist?«, sagt sie.

Ich drehe mich zurück auf den Rücken.

»Über was sollen wir denn reden? Über meine Fotos hier? Das findet er eh alles Scheiße. Dass früher alles besser war? Über die Zukunft?«

Anabel setzt sich auf. Sie sieht mich eine Weile von der Seite an.

»Das ist deine Entscheidung.«

Mein Blick hängt an den Tageslichtstrahlern über mir an der Decke. »Es war 'ne Erkältung, hat er gedacht. Ein blöder Husten, der nicht weggeht. Das is' nicht mal'n Vierteljahr her.«

Ich schiebe das Smartphone von mir weg.

Anabel lässt einen Augenblick verstreichen.

Dann meint sie: »Vielleicht will er mit dir über etwas reden. Bevor es zu spät ist.«

»Vielleicht will ich mir das aber nicht anhören«, sage ich.

T.H.

Der weiße Damhirsch stand mitten auf einer Wiese und äste.

Als er mich bemerkte, hob er den Kopf und sah mich an.

Ich wollte etwas sagen. Etwas rufen. Ich öffnete den Mund, aber ich hatte keine Worte. Er hörte mich nicht.

»Helmuth?«

Er hörte mich nicht.

»Helmuth?«

Ich schreckte auf. Alles dunkel. Ich versuchte mich zu orientieren.

»Helmuth?«

»Ja?«

»Ich kann nicht schlafen.« Günthers Stimme. Es war stockfinster im Zimmer.

Ich ließ mich zurück ins Bett fallen. »Mensch, Günther …«

»Ja?«

»Ich hab so tief geschlafen. Jetzt hast du mich geweckt. Was ist denn? Musst du aufs Klo?«

»Mit wem hast du denn grade geredet?«, fragte Günther.

»Was?«

»Du hast mit wem geredet. Und da bin ich aufgewacht. Mmmm. Mmmm«

»Lass das!«

Ich sah in der Dunkelheit in die Richtung seines Betts. »Ich hab geträumt. Und jetzt halt die Klappe. Ich will schlafen.«

Ich drehte mich auf die Seite und schloss die Augen.

»Mmm, mit wem hast du denn da geredet?«, fragte er wieder.

»Mit niemand.«

»Hast du mit mir geredet?«

»Nein.«

»Mit wem dann?«

»Mit dem weißen Hirsch.«

Einen Moment lang war Ruhe. Ich hoffte, er wäre über dieser Information eingeschlafen.

»Kennst du einen weißen Hirsch?«

»Ja.«

Stille.

»Helmuth?«

»Ja.«

»Wo hast du den denn gesehen?«

»Als ich mit Papa auf der Jagd war. Der stand auf einmal da. Im Wald.«

»Und was habt ihr dann gemacht?«

»Nichts.«

»Nichts?«

»Nein.«

»Ihr habt ihm nichts getan?«

»Nein. Wir haben ihn laufen lassen.«

»Das ist gut.«

»Ja.«

»Gute Nacht, Helmuth.«

»Gute Nacht.«

Ich lag mit offenen Augen im Bett. Lauschte in die Dunkelheit hinein.

Bevor sein Atem gleichmäßig zu werden drohte und er einschlief, fragte ich: »Was hab ich denn gesagt, im Traum?«

»Mmm, dass es dir leidtut.«

Justus

Verletzt jemand Ihre Gefühle? Oder reagieren Sie aus einer Laune heraus mit Emotionen, wo eigentlich Sachlichkeit angebracht wäre? Verstand und Gefühl stehen diesen Nachmittag und Abend in besonderem Gegensatz. Lächeln Sie mal wieder, und der Tag ist gewonnen.

Ich falte die Seite mit dem Horoskop umständlich mit einer Hand zusammen und lege die Zeitung zurück auf den Stapel.

21.37 Uhr.

Ich blicke auf meinen bandagierten Finger. Den Mangel an Empathie, der während der Hundeattacke zutage trat, hat Svenja beim anschließenden Erste-Hilfe-Einsatz wieder wettgemacht: Auf meiner Fingerkuppe thront eine orientalisch anmutende Bandage, die in mir Erinnerungen an unseren gemeinsamen Marokko-Urlaub von 1995 weckt.

Zweidreiviertel Stunden sitze ich jetzt im Warteraum der Notaufnahme. Seit Betreten der Klinik versuche ich, durch den Mund zu atmen, um Reminiszenzen an meinen letzten und einzigen stationären Krankenhausaufenthalt zu unterdrücken (eine Mandelentzündung vor siebenunddreißig Jahren) oder diffuse Vorahnungen an einen irgendwann vielleicht einmal notwendigen Besuch in den Nebel der Zukunft zurückzuschieben.

Die beiden Unfallverletzten wurden natürlich vorgezogen. Nach eineinhalb Stunden Wartezeit habe ich Svenja nach Hause geschickt, sie hat sich ein Taxi genommen.

Kurz darauf ein Anruf von T.H.: Er konnte Marco nicht erreichen.

Er will nicht mehr, hat er gesagt. Ich versprach ihm, gleich morgen früh vorbeizukommen.

Als ich endlich an der Reihe war und aufstehen wollte, kam eine Alkoholvergiftung rein und direkt danach ein Verdacht auf Schlaganfall.

Das war vor einer Dreiviertelstunde.

Mein Finger pocht.

Warum mache ich es mir eigentlich so schwer?

Bin ich zu kompliziert gestrickt, um den einfachen Weg zu gehen?

Oder bin ich zu einfach gestrickt, um den komplizierten Weg einzuschlagen?

Manche betrachten den Großteil ihres Lebens als existenziellen Lernprozess, den sie irgendwann für abgeschlossen halten. Und das dann auch kommunizieren.

Anderen gilt der Weg dahin gar als Lebensinhalt.

Wieder anderen scheint eine völlig unerschrockene Lebensselbstverständlichkeit schon im Kindesalter gegeben: Alles ist schon sehr früh völlig klar. Dementsprechend aufwandsarm lässt sich eine solche Existenz bestreiten, was zur Folge hat, dass sich der Betreffende zeitlebens nicht genötigt sieht, sich ausschließlich mit sich selbst zu beschäftigen.

Wie so manch anderer.

Fair ist das nicht.

Wie das Potpourri an Lebensanschauungen auf die unzähligen Individuen verteilt wird, die diesen Erdball bevölkern, folgt keinem Muster, keiner Logik.

Und nicht einmal den regen Geistern allein werden – quasi als Auszeichnung – komplizierte Betrachtungsweisen ihres eigenen Daseins aufgebürdet, mitnichten: Auch der Tumbe grübelt bisweilen.

Ich nicke meiner Erkenntnis hinterher und entdecke dabei meine durch die Dreifachverglasung multiplizierte Silhouette im Wartezimmerfenster.

Jetzt bin ich dran.

Meine angebissene Hand wird örtlich betäubt und durch ein blaues Tuch vor meinen Blicken abgeschirmt.

Der junge Assistenzarzt macht einen übermüdeten Eindruck und riecht nach Zigarettenrauch.

»So«, sagt er irgendwann, »ich hab das jetzt gereinigt und desinfiziert. Wir dürfen das nicht zunähen, eine Bisswunde muss offen bleiben, damit sie sich nicht entzündet. Sonst sieht Ihr Finger morgen aus wie 'n roter Presssack. Ich hab die Wundränder etwas ausgeschnitten. Der Knochen ist nicht verletzt, da haben Sie Glück gehabt. Ein Knocheninfekt ist nämlich kein Spaß, das sag ich Ihnen. Wann hatten Sie Ihre letzte Tetanus-Impfung?«

Ich überlege: »Vor acht Jahren?«

»Die sollten Sie auf jeden Fall auffrischen«, sagt der junge Kollege, »Tollwut?«

»Gute Frage.«

»Bitte ebenfalls überprüfen.«

»Sehe ich gleich zu Hause nach, im Impfpass.«

Er nickt. »Ihr Hausarzt soll sich morgen um die Nachbehandlung kümmern. Ich geb Ihnen was mit gegen die Schmerzen.«

Er legt mir einen leichten Verband an.

Vielleicht suche ich einen komplizierten Weg, wo gar keiner ist?

Vielleicht ist alles ganz einfach, und das macht mich misstrauisch?

Oder: Vielleicht ist der Weg, den ich gehe, gar nicht *mein* Weg?

Mein Blick trifft auf den des jungen Arztes.

Er sieht mich aus übernächtigten Augen fragend an.

So lange, bis ich begreife, dass er fertig ist.

Ich stehe auf, hänge mir die Jacke über die Schulter und verabschiede mich.

Ich trete aus dem Gebäude, lasse die Notaufnahme und den Haupteingang hinter mir und gehe zum Parkplatz. Ein Druck auf die Fernbedienung an meinem Schlüsselbund. Blinkend macht mein Wagen auf sich aufmerksam. Nicht ahnend, dass das modifizierte Nachfolgermodell schon längst irgendwo am Start steht. Ich steige ein, werfe die Jacke auf den Beifahrersitz und überlege, ob ich T.H. noch anrufe.

Ich greife nach dem Handy und scrolle zu seiner Mobilnummer.

Links oben erscheint in dem winzigen Kreis sein Profilbild.

Ich tippe darauf und das Foto meines Vaters wird auf die gesamte Bildfläche meines Smartphones vergrößert.

Eine Aufnahme, die ich gemacht habe.

Das war an Mamuschkas fünfundsiebzigstem Geburtstag. Draußen auf der Terrasse des Golfclubs. Ein Familienfoto.

Der kroatische Kellner Dastin hatte uns – auf mein Insistieren hin – so ins Bild geschoben, dass zwischen uns im Hintergrund die *Fagus sylvatica f. pendula*, die mächtige Hängeblutbuche, noch zur Geltung kam.

Auf T.H.s rechter Schulter ist eine Hand zu erkennen.

Marcos Hand.

Er hat für die Aufnahme den Arm um T.H. gelegt.

Ich stand auf der anderen Seite des Bildes, neben dem Geburtstagskind.

Beim Einrichten von T.H.s Profil auf seinem neuen Handy habe ich das Gruppenfoto auf diesen Bildausschnitt reduziert.

Auf das Gesicht meines Vaters.

Ich betrachte den Mann, der mir von dem Display aus entgegenlächelt.

T.H.

»Name?«

»Bethmann, Helmuth.«

»Sie schreiben sich –?«

»Mit ›th‹. Im Vor- und im Nachnamen.«

»Geboren?«

»Am 17. Juli 1928.«

Er blickte auf. »Alles Gute zum Geburtstag.«

»Danke, Herr Oberfeldscher.«

»Herr von Senden genügt, lassen Sie mal gut sein.«

Er lächelte und widmete sich wieder dem Formblatt. »Vater?«

»Bethmann, Gottlieb. Geboren am 17. Oktober 1895.«

»Mutter?«

»Bethmann, Elfriede.«

»Den Familiennamen können Sie sich sparen. Den weiß ich jetzt. Geboren?«

»Am 22. April 1902.«

»Geschwister?«

»Günther. Geboren am 5. August 1930 und Zäzilie, geboren am 21. Oktober 1937.«

»Nesthäkchen?«

»Verzeihung?«

»Die Kleine?«

»Ja. Entschuldigen Sie. Ja. Nesthäk– die Letzt– die Jüngste, ja.«

»Vater und Mutter in der Partei?«

»Nein.«

Er machte sich eine weitere Notiz.

»Alle gesund und munter?«

Im Laufe der Jahre verschieben sich die Wahrnehmungen bezüglich des Alters, des Alterns. Der Mann mir gegenüber hinter seinem Schreibtisch in der Jugenddienststelle des Hauptamts für Volksgesundheit war ein Erwachsener, zwar um einiges jünger als mein Vater, aber dennoch in meinen Augen schon alt. Heute weiß ich, dass Studenten der Medizin, wie mein Gegenüber, die sich damals besonders im Gesundheitsdienst bewährt hatten und mindestens ein Jahr der HJ angehörten, durchaus den Rang eines Oberfeldschers innehaben konnten, er also noch nicht einmal zwanzig Jahre alt gewesen sein dürfte.

»Alle gesund und munter?«, fragte er noch mal.

»Ja, Herr von Senden.«

Er widmete sich wieder dem Formular vor sich auf dem Schreibtisch und machte sich eine weitere kurze Notiz. Er hielt inne. Sein Blick blieb auf das Formular geheftet.

Irgendetwas stimmte nicht.

»Alle?«, fragte er.

Mir wurde warm.

»Mein Bruder … humpelt ein wenig«, sagte ich und biss mir auf die Lippe.

Er sah von seinem Formblatt auf. Er hatte blondes Haar, kurz geschoren an den Seiten, oben aber lang, mit Frisiercreme zur Seite gekämmt. Er hatte ein freundliches Gesicht und Grübchen, wenn er lächelte.

»Was fehlt denn Ihrem Bruderherz?«

Ich zuckte unmerklich mit den Schultern.

»Er humpelt halt etwas …«

»Seit wann?«

»Seit … schon immer.«

Er hob das Kinn leicht an.

»Aber sonst …« Ich stockte.

»Sonst?« Seine Grübchen verschwanden.

Irgendwo im Nebenbüro lachte jemand.

»Wann ist Ihr Bruder dem Jungvolk beigetreten?«

»Er ist nicht in der Hitlerjugend«, antwortete ich leise.

»Das hatte ich auch nicht gefragt. Noch Pimpf im Dienst also.«

Er machte sich eine Notiz.

»Auch nicht.«

Sein Füllfederhalter hielt auf dem Papier inne.

»Sie genießen Ihre Gesundheitsdienstausbildung seit?«

»Seit dem 1. April, seit dreieinhalb Monaten.«

»Also wissen Sie, dass Sie jedwede Abnormität genetisch bedingter Natur innerhalb der Familie, äußere sie sich im Geiste oder in der Physis, unverzüglich dem Amt für Volksgesundheit zu melden haben?«

»Ja. Herr von Senden«, log ich.

»Und Sie wissen, dass jeder Volksdeutsche seit der Durchführungsverordnung von 1939 mit Erreichen des zehnten Lebensjahres der Jugenddienstpflicht untersteht und dem Jungvolk beizutreten hat? Dass Sie, als Teil der Gemeinschaft, dafür Sorge zu leisten haben, dass jedes infrage kommende Mitglied Ihrer Familie dann im Beisein eines gesetzlichen Vertreters bei der örtlichen HJ-Meldestelle vorstellig wird, um seine Personalien mit den vorliegenden Erfassungslisten abgleichen zu lassen?«

»Ja, Herr von S…«

»Und sich im Rahmen der Reihenuntersuchungen als körperlich wie geistig gesund und dem Volke – in jedweder Hinsicht – als volksdienlich, sprich nützlich, zu erweisen hat?«

»Ja. Herr Oberfeldscher.«

»Ihr Bruder ist geboren, wann?« Er rutschte mit seinem Finger auf dem Formblatt Richtung der Stelle seines Eintrags, auf der er das Geburtsdatum meines jüngeren Bruders festgehalten hatte.

»Am 4. August 1930«, antwortete ich, bevor sein Finger zum Stillstand kam.

Er machte auf einem gesonderten Blatt einen Vermerk.

»Ihre Eltern haben unverzüglich bei der HJ-Meldestelle vorzusprechen, sonst wird Ihr Bruder polizeilich zum Dienst vorgeführt«, sagte er mit ruhiger Stimme. »Des Weiteren wird im Rahmen der Jugendgesundheitspflege eine medizinische Untersuchung angeordnet.«

Ich nickte.

Er schrieb eine Weile. Das Kratzen seines Füllfederhalters.

Von irgendwoher das Klingeln eines Telefons. Stimmen von nebenan.

Über dem Schreibtisch das Konterfei des Führers. Ein goldrotes Band am Rahmen, ein Geburtstagsrelikt vom 20. April.

Ich sah wieder hinunter zum Schreibtisch und traf seinen Blick.

»Günther mit ›th‹«?

»Ja«, antwortete ich, »wie Helmuth.«

Justus

Ich weiß nicht, wer du bist. Ich kenne dich nicht. Du bleibst ein Mysterium für mich. Ich werde dich erst kennenlernen, wenn du nicht mehr da bist. Wenn du nicht mehr über allem schwebst.

Wenn ich kein Sohn mehr bin. Und du kein Vater mehr.

Aus der Ferne werde ich dich betrachten.

Ich weiß, dass du mich nicht magst. Daran kann ich nichts ändern. Nichts wird dich umstimmen. Aber ich gebe nicht auf.

Ich habe mein ganzes Leben danach ausgerichtet, dich von mir zu überzeugen.

Und werde es weiter tun.

Bis du nicht mehr da bist. Bis ich von dir befreit bin.

Ich drücke T.H.s Profilbild weg, lege das Smartphone beiseite, starte den Motor und fahre nach Hause.

Justus

Meine Hand liegt auf der Türklinke. Gegenüber im Gang steht eine *Schefflera arboricola* in einem Hydrokulturbehälter unter einer UV-Lampe und geht ihrer Lebensaufgabe nach, indem sie mit Hilfe von Kunstlicht, Wasser und Krankenhausmief Chlorophyll produziert.

Ich drücke die Klinke hinunter und schiebe geräuschlos die Tür auf.

Die Morgensonne hat ein friedliches Licht über die Pragmatik des Raumes gelegt.

Jemand sitzt – mir den Rücken zugewandt – bei T.H. am Bett. Er hat mich nicht bemerkt.

Es ist Marco. Er hält Vaters Hand. Der Anblick versetzt mir einen Stich. Irgendwo in meinem Brustkorb. Das Gefühl aus Kindertagen.

Einen Augenblick lang betrachte ich die beiden, dann entschließe ich mich zu einem geordneten Rückzug.

Genau in dem Moment, als ich die Tür wieder zuziehen will, dreht sich mein Bruder zu mir um. Ich versuche, mir nichts anmerken zu lassen, indem ich die Tür wieder aufschiebe, ihm knapp zuwinke und dann den Zeigefinger auf die Lippen lege.

»Hi«, sagt er, »guten Morgen. Wir können ganz normal reden. Er schläft.«

»Ah«, flüstere ich.

»Der Doc hat ihm was gegeben. Weil er so gehustet hat. Der zweite Lungenflügel ist jetzt auch …«

»Ich weiß«, sage ich.

»Und sie haben Metastasen in der …«

»Ich weiß, ich weiß.«

Ich schließe die Tür hinter mir.

Irgendjemand hat an T.H.s Nachttischschränkchen einen Luftballon gebunden, der unbekümmert über dem Geschehen hin- und herschwingt.

»Hauptsache, er hat keine Schmerzen«, sagt mein Bruder leise.

»Ja.«

In Ermangelung eines zweiten Besucherstuhls stehe ich etwas unentschlossen herum. Marco hält noch immer Vaters Hand.

»Willst du?«

»Nee, nee … lass, ich bin eh …«

»Eh?«

»Auf'm Sprung.«

»Ach so.«

»Hat er was gesagt?«

»Jetzt setz dich halt.«

Ich blicke zum Nachbarbett. Im Gegensatz zum letzten Mal ist es mit einer Schutzfolie überzogen. Ich setze mich. Die Plastikplane knistert, und T.H. murmelt irgendetwas.

»Was ist mit deiner Hand?«, fragt Marco.

»Der Köter von Asrai hat mich gebissen«, antworte ich und lege meine gesunde Hand über den bandagierten Zeigefinger.

»Von wem?«

»Von Asrai«, antworte ich, »früher Katja, jetzt Asrai.«

»Und wieso?«

»Wieso sie jetzt Asrai heißt?«

»Nee, wieso dich Monty gebissen hat.«

»Keine Ahnung. Frag ihn.«

Marco wendet sich wieder ab. Blickt auf seine Hände, die T.H.s immer noch halten.

»Hast du noch Fotos mit T.H. drauf? Und uns?«, frage ich nach einem Moment. »Svenja macht ein Fotoalbum für ihn.«

»Muss ich nachsehen.«

»Gut.«

»Wie geht's mit Svenja?«, fragt er irgendwann.

»Gut«, antworte ich, »wir haben einen neuen Weißwein entdeckt.«

Einen Moment lang nickt mein Bruder vor sich hin.

»Ihr habt ein Leben.«

»Wir können ja tauschen«, sage ich.

Er sieht mich an.

»War'n Scherz«, schiebe ich nach.

Er hebt kurz das Kinn an, dann wendet er sich wieder dem Krankenbett zu.

Eine Weile sitzen wir stumm da, lauschen den unruhigen Atemzügen unseres Vaters.

»Komisch, so seine Hand zu halten«, murmelt Marco irgendwann, »ich weiß gar nicht, wann ich T.H. das letzte Mal angefasst hab.«

Ich beobachte meinen Bruder von der Seite. Sein Kopf leicht nach vorn geneigt. Seine vollen dunklen Locken. Er bekommt graue Haare an den Schläfen.

»Er wollte mit mir über irgendeinen Traum reden«, sagt er.

»Aha.«

Einen Moment lang versuche ich, das einzuordnen. »Was denn für'n Traum?«

Marco zuckt mit den Schultern. »Keine Ahnung, am Telefon hat er so was angedeutet.«

»Aha.«

Er streicht Vater über den Handrücken.

»Aber gesagt hat er nichts?«, frage ich.

»Nicht, seitdem ich hier bin. Er hat schon geschlafen, als ich gekommen bin. Wieso?«

»Weiß nicht. Vielleicht … vielleicht sollte jetzt immer einer von uns da sein.«

»Also, ich werd hier bestimmt nicht Tag und Nacht abhängen«, sagt Marco.

»Verlangt ja auch keiner.«

»Dann ist ja gut«, sagt er, »ich geh jetzt mal.«

Mein Bruder sieht mich fragend an. Bis ich begreife. Ich stehe auf, schiebe mich umständlich an seinem Stuhl vorbei, beuge mich zum Bett hinab und öffne die Handflächen.

Er legt die Hand von T.H. hinein und steht auf.

»Mach's gut«, sagt er und klopft mir kurz auf die Schulter.

»Ja«, sage ich, »du auch.«

Er geht.
Ich setze mich.

T.H.

Eine Qualle. Über mir. Der durchsichtige Kranz pumpt kleine Stöße nach unten. Hält das türkisfarbene Gelee in der Schwebe. Die Tentakel streichen über mein Gesicht. Nichts brennt. Nichts zu hören. Alles ruhig. Alles still.

Nur mein Herzschlag.

Langsam.

Er pocht sanft in meinen Ohren. Ich brauche keine Luft. Ich brauche nichts. Nichts.

Mein Puls findet den Rhythmus der Qualle. Dann sind wir eins.

So kann es bleiben. So stimmt es. So stimmt alles.

Die kleinen Stöße der Qualle pochen weich in meinem Ohr.

Für immer.

Etwas streicht über meine Hand. Drückt sie. Dann noch mal.

Lass mich. Ich will hierbleiben. Hier, nur hier.

Noch mal der Druck. Etwas fester, ich will nicht! Mein Puls wird schneller. Die Qualle schwimmt davon.

Meine Taucherbrille ist beschlagen, der Schnorchel läuft voll Salzwasser.

Ich durchbreche die Wasseroberfläche, reiße das Mundstück weg, huste und reibe mir die Augen. Vor mir die Segeljacht.

Der blonde Schopf von Amelie erscheint hinter der Reling, gefolgt von dem dunklen Lockenkopf von Lothar. Die beiden wirken irgendwie ertappt.

Amelie richtet sich die Haare, zupft am Bikini.

»Was machst du denn da?«, rufe ich.

Justus

»Ich halte deine Hand«, sage ich.

T.H. reißt die Augen auf. Versucht sich zu orientieren.

Dann zieht er seine Hand weg, lässt sie unter der Decke verschwinden.

»Was soll das denn?«, murmelt er.

Ich zucke mit den Schultern. »Wie geht's dir?«

Er hustet. Eine ganze Weile. Irgendwann sagt er: »Da muss man durch.«

Langsam wird er wach.

»War Marco hier?«, fragt er.

»Der ist schon wieder weg.«

»Er war hier?«

Ich nicke kurz.

»Warum hat er mich denn nicht geweckt?«

»Ich weiß es nicht.«

»Hätt er mich doch wecken können. Wenn er schon mal …«

Ein weiterer Hustenanfall.

»Warum hat er mich nicht geweckt?«

»Jetzt bin ich ja da«, versuche ich ihn zu beruhigen.

»Ja«, sagt er.

Sein Blick wandert zum Fenster. »Wie geht's mit …«

»Svenja?«, frage ich.

»Ja.«

»Gut.«

»Und …«

»Katja?«

»Ja?«

»Na ja … passt schon.«

»Gut«, sagt er, »was will man mehr?«

»Was will man mehr?«, sage ich gleichzeitig.

»Was ist mit deinem Finger?«

»Geschnitten.«

»Sieht dir ähnlich. Lass die Frauen die Küchenarbeit machen.«

»Stimmt.«

Sein Blick wandert zurück zum Fenster.

Bei meinem Vater, da stocken die Gedanken. Da bin ich befangen. Da kommt kaum ein Gespräch in Gang. Da spiele ich Unterhaltung. Wie oft habe ich, während ich mit ihm rede, schon den nächsten Satz vorbereitet. Damit keine Pause entsteht.

So wie jetzt.

»Du wolltest über irgendetwas reden«, sage ich in die Stille hinein, »über einen Traum?«

Er sieht stumm aus dem Fenster. Keine Reaktion.

Der Infusionsbeutel ist bald leer. Die Tüte hat sich zusammengezogen. Die letzten Tropfen quälen sich aus dem Schlauch, plumpsen widerwillig in den Zwischenbehälter, als sträubten sie sich dagegen, die Reise durch seinen sterbenden Körper anzutreten.

Ich blicke nun ebenfalls zum Fenster. Es hat angefangen zu regnen.

Beni

Es beginnt gerade zu tröpfeln, da höre ich, wie auf dem Balkon über mir ein Stuhl verrückt wird. Er hat die paar Sonnenstrahlen genutzt, das bisschen Freizeit, bevor er wieder seine Schicht in der *Taverna Psaras* antreten muss.

Ein Hauch von Sonnenöl gab Aufschluss über die Aktivitäten in der Etage über mir. Und vor etwa einer Stunde das Ploppen eines Kronkorkens. Ein Bierchen, geöffnet wohl mit einem Einwegfeuerzeug. Und dann – wie zur Bestätigung – unmittelbar darauf ein kurzes Schnippen, gefolgt vom Duft einer Zigarette, der zu mir nach unten und über meine Unterlagen vor mir auf dem Tischchen wehte.

Ein willkommener Anlass für mich, ein weiteres Mal zu meiner Schachtel zu greifen.

Drei Zigaretten haben wir so schon zusammen geraucht.

Jetzt ist ein leises Klimpern über mir zu vernehmen. Vielleicht ein Teller, der abgeräumt wird, zusammen mit der leeren Bierflasche.

Ich bleibe sitzen.

Das ist der einzige Vorteil, wenn man nicht in der obersten Etage wohnt. Man kann bei Regen auf seinem Balkon sitzen bleiben, im Schutz der Veranda von eins darüber.

Als der junge Grieche mit Vornamen Christos seine Balkontüre verschließt, widme ich mich wieder den beiden Farbkopien vor mir auf dem Tisch. Ich schneide den zweiten Papierbogen aus und klebe ihn dann mit dem Klebestift – Rückseite an Rückseite – auf den ersten. Ein paar Korrekturen mit der Schere …

Schnipp – schnapp – schnipp: fertig.

Ich begutachte das Ergebnis meiner künstlerischen Arbeit:

Gutschein
für einen Gratis-Haarschnitt
inkl. einer Pflegeanwendung Ihrer Wahl!
Dazu ein Freigetränk

Ich wende die Karte:

Coiffeuserie Benjamin / Cut & Style
Erich-Kästner-Straße 4, dienstags bis samstags,
10.00 bis 18.00 Uhr

Das Ganze ist in hellem Rot gehalten, bis auf ein weißes, schmales, waagerechtes Feld, in das ich nun vorsichtig mit blauer Tinte den Namen C. *Marinakis* eintrage.

Ich wedele die Gutscheinkarte hin und her, bis der Namenszug des Objekts meines Verlangens getrocknet ist, dann packe ich meine Bastelutensilien zusammen und verschwinde – wie der Nachbar von oben – in der Wohnung.

Amelie

Frisch gewaschen riecht die Luft. Der kurze Regenschauer ist vorbei.

Ich sitze in dem linken der beiden Liegestühle auf der hinteren Terrasse und betrachte meine Hände. Sie ruhen auf dem Mohair Plaid. Olga war so aufmerksam, es mir zu bringen.

T.H. sagt immer, er hat sich zuerst in meine Hände verliebt. Und dann in den Rest.

Die Töne des Flügels dringen zu mir nach draußen. Zaghafter, fragender Anschlag. Auch mal daneben. Dann Stimmen. Wieder dieselbe Melodie. Etwas von Brahms, meine ich. Härterer Tastenanschlag jetzt. Korrigierend. Richtig. Aber nicht schöner. Harte und weiche Anschläge wechseln sich nun ab. Ein Dialog. Oder eher Vorgaben, gefolgt von artigen Wiederholungen.

Ich betrachte meine Hände.

T.H. sagt immer, er hat sich zuerst in meine Hände verliebt. Und dann …

»Hast du was gesagt?«, fragt Neele hinter mir.

»Gedacht. Nur gedacht«, sage ich.

»Du bist ja ganz nass, Mamuschka. Hast du hier im Regen gesessen?«

»Ja. Wo denn sonst?«

Meine Tochter zündet sich eine Zigarette an und sagt: »Sie schnallt einfach nicht, dass die Kleine keinen Bock auf Klavier hat.«

»Wo ist denn Finlay?«, frage ich.

»Unten am Steg.«

Neele hustet kurz. Ich rieche den Rauch der Zigarette. Seit siebenundvierzig Jahren rauche ich nicht mehr. Ich war jünger als Neele, als ich es aufgegeben habe. Wegen Justus. Neele hat während beider Schwangerschaften geraucht.

Das Klavierspiel erstirbt. Die Kleine schimpft. Und dann meine Schwägerin.

»Hast du Zäzilie gesagt, dass du Tiffany aus dem Ballettunterricht genommen hast?«, frage ich.

Ich höre, wie meine Tochter einen Zug von der Zigarette nimmt und den Rauch tief in die Lungen zieht.

»Nee«, sagt sie. »Stimmt. Das mach ich jetzt mal, vielleicht gibt Silly dann endlich auf.«

Sie bläst den Rauch über mich hinweg in den Garten. »Wir haben eh keinen Platz für'n Klavier. Und kein Geld.«

Ich höre, wie meine Tochter mit dem Zeigefinger die Glut von der Zigarettenspitze schnippt. Sie fliegt wie ein kleiner Komet an mir vorbei und landet im Rosenbeet.

»Sag du es ihr«, schlage ich ihr vor, »auf mich hört sie nicht. Wo ist denn Finlay?«

»Unten am St–«

Neele tritt neben mich, geht in die Hocke und sieht mich an. »Mamuschka?«

»Ja?«

Ich drehe mich zu meiner Tochter um. Sie hält den erloschenen Zigarettenstummel zwischen Daumen und Zeigefinger. Ihre Fingerspitzen sind gelb vom Nikotin.

»Finlay ist unten am Steg«, meint sie.

»Ach ja?«, frage ich.

»Ja.«

Jemand schlägt den Klavierdeckel zu.

»Ich glaub, wir fahren jetzt lieber«, sagt Neele. »Sollen wir noch irgendwas mitbringen für das Abendessen?«

Ich streichele ihr mit dem Handrücken über die Wange.
»Danke dir, mein Schatz. Aber es ist für alles gesorgt.«

»Okay«, antwortet sie, »dann lass uns noch schnell reingehen, und dir was Trockenes zum Anziehen raussuchen.«

In dem Moment kommt ein Mädchen auf die Terrasse gelaufen.
»Mama!«, ruft es, »können wir jetzt endlich gehen?«

Neele

Ich betätige die Spülung und trete ans Waschbecken heran.

Ich gebe mir keine Mühe mehr. Ich nehme keine Pose mehr ein, wenn ich in den Spiegel gucke. Ich gucke einfach. Nur für mich. Für niemand anderen mehr. Lasse los. Das bin ich. Ich muss anfangen aufzuhören. Mit so Vielem. Und ich muss anfangen, das zu mögen, was ich da sehe. Das auch. Vielleicht ist das ja schön. Ich muss mehr Nachsicht üben. Mit mir. Und mit den beiden Schaltzentralen da oben in meinem Kopf. Es liegt an mir, beide ins Gleichgewicht zu bringen. Und sie dann zusammenzuführen. Meine beiden Gehirnhälften.

Und dann uns.

Ich bin verantwortlich für das, was ich tue.

Ich streiche mir das Haar aus dem Gesicht, fasse es mit den Händen hinter dem Kopf zusammen. Senke den Blick.

Das Geklimper des Klaviers dringt aus dem Salon bis hierher.

Ich versuche ein Lächeln.

Mamuschka sitzt in ihrem Deckchair auf der hinteren Terrasse. Die Luft ist noch feucht von dem Regenschauer. Ich trete hinter sie und zünde mir eine Zigarette an.

»Ach, Helmuth, soll ich das als Kompliment deuten oder als Affront?«, lacht Mamuschka und macht eine abwehrende Bewegung mit der Hand in den leeren Garten hinein.

Ich beobachte meine Mutter, wie sie ihre beiden Hände nun nebeneinander in den Schoß legt. Und sie betrachtet.

»Hast Du was gesagt?«, frage ich, eher um die Situation in irgendeinen Normalzustand zu versetzen.

»Gedacht. Nur gedacht«, antwortet sie beiläufig.

»Du bist ja ganz nass, Mamuschka«, sage ich, »hast du hier im Regen gesessen?«

»Ja«, bekomme ich zur Antwort, »wo denn sonst?«

Ein paar schiefe Klaviertöne dringen zu uns auf die Terrasse hinaus.

»Sie schnallt einfach nicht, dass die Kleine keinen Bock auf Klavier hat«, sage ich.

»Wo ist denn Finlay?«, fragt Mamuschka, ohne sich nach mir umzudrehen.

»Unten am Steg«, antworte ich.

Ihr Haar ist dünn geworden. Die Frisur ist die gleiche, solange ich denken kann. Nie gefärbt. Ich sehe ihre Kopfhaut unter den Regentropfen in ihrem Haar hindurchschimmern. Warm bestimmt. Ich möchte sie küssen.

Tiffany gibt sich alle Mühe am Klavier. Irgendwann erstirbt das Spiel.

»Ja ja ja ja …«, seufzt Mamuschka leise.

»Hast du Silly gesagt, dass ich Tiffany aus dem Ballettunterricht genommen habe?«, frage ich, nehme einen Zug von der Zigarette und werfe einen Blick auf die Uhr.

»Hast du Zäzilie gesagt, dass du Tiffany aus dem Ballettunterricht genommen hast?«, fragt meine Mutter.

Ich lege meine Hand auf ihre Schulter. »Nee«, sage ich leise, und dann: »Stimmt. Das mach ich jetzt mal, vielleicht gibt Silly dann endlich auf.« Ich blase den Rauch nach oben aus. »Wir haben eh keinen Platz für'n Klavier. Und kein Geld.«

Ich ertappe mich bei dem Gedanken, die Kippe hinter ihr unbemerkt im Beet entsorgen zu wollen. Dann schnippe ich die Glut weg und schiebe den Zigarettenstummel in mein Brillenetui.

»Sag du es ihr«, schlägt Mamuschka vor, »auf mich hört sie nicht. Wo ist denn Finlay?«

»Unten am St–«

Einen Moment verharre ich neben ihr. Dann trete ich neben sie.

»Mamuschka?«

»Ja?«, sagt sie und dreht sich nach hinten um, in die Richtung, in der ich vorher stand. Dann entdeckt sie mich neben sich. Sie starrt auf meine Hand, in der ich den erloschenen Zigarettenstummel halte.

»Finlay ist unten am Steg«, sage ich.

»Ach ja?« Sie versucht, einen Punkt in meinem Gesicht zu fixieren, oder dahinter.

»Ja«, sage ich.

Ein Knall aus dem Haus. Ich glaube, der Klavierdeckel.

Verwirrte Saitentöne schwingen dem Schlag hinterher.

Der Blick meiner Mutter ist plötzlich wieder klar.

»Ich glaub, wir fahren jetzt lieber«, sage ich. »Sollen wir noch irgendwas mitbringen für das Abendessen?«

Mamuschka streichelt mir mit dem Handrücken über die Wange.

»Danke dir, mein Schatz. Aber es ist für alles gesorgt.«

»Okay«, antworte ich, »dann lass uns noch schnell reingehen, und dir was Trockenes zum Anziehen raussuchen.«

In dem Moment kommt Tiffany auf die Terrasse gelaufen.

»Mama! Können wir jetzt endlich gehen?«

Justus

Ich drücke den Knopf gerade das dritte Mal, als die Tür geöffnet wird. Eine etwas korpulente Schwester schiebt sich durch den überraschend schmalen Türspalt, den sie sich zugestanden hat. Vermutlich, um bei jedem Patientenbesuch daran erinnert zu werden, dass sich etwas ändern muss. Die Bewegungen haben etwas derart Eingeübtes, Routiniertes, dass sich in mir sofort der Verdacht regt, sie wiederhole diese Prozedur so lange, bis sie das – ihrer Meinung nach – erforderliche Körpermaß erreicht hat, um durch das Nadelöhr zu gelangen, Richtung … Richtung irgendwas … vielleicht Glück, auf jeden Fall ohne den selbst auferlegten Rahmen berühren zu müssen.

»Die Kochsalzlösung …«, beginne ich und lasse den Mund offen.

»Ja?«

»… ist alle.«

»Ja?«, sagt sie im gleichen Tonfall noch mal. »Haben wir gleich. Das haben wir gleich.« Sie bleibt im Türrahmen stehen. »Sind Sie Marco?«

»Wer?«

»Marco?«

»Nein.«

»Gut, ich bin gleich zurück.«

»Entschuldigung«, rufe ich.

Es gelingt ihr, sich in ihrem Türkorsett abermals um die eigene Achse zu drehen.

»Ja?«

»Warum denn ›Marco‹?«, fragte ich und beäugte auf Zehenspitzen das kleine eingewickelte Bündel, aus dem

das zerknautschte Gesicht des Nächstgeborenen hervorlugte.

Er lag da unten, tief unten auf dem Grund der weißen Rattanwiege, die nach erstmaligem Gebrauch für meine Wenigkeit nun noch mal vom Speicher geholt worden war, und nach drei weiteren Jahren ein letztes Mal für mein Schwesterchen Neele.

Die Abenteuer des Marco Polo waren mir schon damals als Kind ein Begriff gewesen, wenn auch ein vager.

Auslöser meines Interesses war ein kolorierter Kupferstich, der im elterlichen Wohnzimmer an der Wand hing. Und hängt. Neben dem Fernseher. Das Bild zeigt das Porträt des venezianischen Abenteurers während seiner Chinareise, inspiriert und motiviert durch die Berichte seines Vaters, der bereits etliche Jahre vor seinem Sohnemann eine Exkursion durch das Land der Mitte bestritten haben soll.

Der junge Held des Mittelalters, der den Pfaden seines Vaters folgte, ist in der Interpretation des Künstlers in prächtigem, buntem Kostüm dargestellt, ausgerüstet mit Pfeil und Bogen und auf einem Kamel reitend, das ich – noch bis weit ins Schulalter hinein – hartnäckig für ein Pferd halten wollte.

Diese historisch anmutende Abbildung musste damals des Öfteren als Ablenkungsobjekt herhalten, um meinen kindlichen Protest einzudämmen, weil T.H. nach der Tagesschau die Glotze abgedreht hatte. Ein ums andere Mal wusste er dann mein Interesse neben den Bildschirm, auf ebenjene Illustration zu lenken, und anschließend eine Episode zum Besten zu geben (historisch fundiert oder erfunden), die Marco Polo auf seiner Reise durch Ostasien erlebt hatte.

Vom TV-Programm entkoppelt, ließ ich mich nur zu gern von T.H.s Stimme in das Land der Morgenröte entführen, wo wir auf Kublai Khan trafen, auf Elefanten und Schwerter und Edelsteine und Räuber und auch Tiger, und irgendwann entschwand ich vom Reich der Mitte ... ins Reich der Träume.

Was blieb, war für mich die untrennbare Verknüpfung des Namens Marco mit Wagemut und Abenteuer.

Und mit seinem Vater.

»Ja?«, fragt die Krankenschwester noch mal.

»Warum wollen Sie wissen, ob ich Marco bin?«, frage ich.

Ein Lächeln macht sich auf ihrem breiten Gesicht breit.

»Weil er immer wieder nach ihm fragt, wenn er wach ist«, antwortet sie.

»Ach ja?«

Sie nickt.

Ein Gedanke scheint sie zu streifen. Auf jeden Fall verändert irgendetwas ihren Augenaufschlag. Vielleicht täusche ich mich auch.

Dann sagt sie: »Sie könnten aber einer sein.«

»Ein was?«

»Ein Marco.«

Sie tritt rückwärts in den Gang hinaus, ohne den Rahmen zu berühren und zieht die Tür zu.

Ich sehe zu T.H. Seine Augenlider zucken.

T.H.

Vater trug seinen Ausgehanzug, Mutter ihr gutes Kostüm, bestehend aus einem knielangen, dunkelgrauen Wollrock und einer passenden Jacke, als sie sich auf den Weg zur örtlichen HJ-Meldestelle machten. Mutter hatte meinen Bruder in meinen dunkelblauen Sonntagsanzug gesteckt, nicht ohne diesen vorher umzuändern.

Aufgrund einer eitrigen Angina war ich für drei Tage vom Gesundheitsdienst befreit und lag im Bett.

Durchs Schlafzimmerfenster sah ich ihnen hinterher, wie sie mit Günther im Schlepptau losgingen, und in der Ferne an der kleinen Kreuzung in den Hohlweg abbogen.

Ich hatte mir und der kleinen Zäzilie gerade in der Küche einen Pfefferminztee gemacht, als sie am späten Nachmittag nach Hause kamen. Günther strahlte über beide Ohren. »Ich bin gemessen worden«, rief er, als er die Haustür aufstieß.

»Von Kopf bis Fuß«, fügte Mutter hinzu, »wir mussten gleich zur HJ-Gesundheitsstelle.«

»Und dann hat der Herr Doktor mir auf den Rücken geklopft … mmmh … und dann hat er den Bauch mit so einem kalten …«

»Er hat ihn abgehorcht.«

»Und dann hat er meinen Kopf gemessen«, rief Günther und humpelte nach oben, »und mein Bein!«

»Der Günther musste auf einem Bein hüpfen, ohne Krücke«, sagte Mutter und zog ihre Jacke aus. »Das war eine Aufregung. Und dann hat er natürlich in die Hose gemacht. Obwohl wir vorher extra noch mal auf die Toilette sind.«

»Und was ist rausgekommen?«, fragte ich.

»Untauglich für den Dienst in der Hitlerjugend«, antwortete sie und zog sich die Hausschuhe an. »Der Amtsarzt hat aber noch eine psychologische Untersuchung angeordnet. Am Montag um sieben müssen wir noch mal hin, da ist der Psychiater vom Gesundheitsdienst in der Stadt. Da muss der Günther aber nicht so fein angezogen sein.« Sie nahm Jacke und Schuhe und folgte meinem Bruder nach oben. »Ich wasch jetzt schnell deine Hose, und dann trenne ich die Nähte wieder auf!«

»Wo ist denn der Papa?«, rief ich ihr hinterher.

»Der musste noch mal zur HJ-Meldestelle wegen dem anonymen Hinweis!«

»Was denn für ein anonymer Hinweis?«

Ich hörte, wie Mutter stehen blieb und die Stufen langsam wieder hinabstieg.

Sie erschien im Türrahmen zur Küche. »Deswegen hat dich der Herr Oberfeldscher doch befragt. Hat er dir das nicht gesagt?«

»Nein«, antwortete ich.

»Da hat uns irgendwer angezeigt, weil der Günther nicht bei der HJ gemeldet ist.« Sie schüttelte den Kopf. »Und weil er jemanden gebissen haben soll.«

Justus

Ich bin auf dem Weg nach Hause und habe gerade das Telefongespräch mit Anne vom Empfang beendet. Mein Kompagnon Arne übernimmt heute für mich. Ich blicke auf meinen bandagierten Finger. Nach dem Besuch bei T.H. war ich noch kurz bei meinem Hausarzt. Er hat sowohl Tetanus als auch Tollwut aufgefrischt und die Wunde versorgt.

Anschließend zeigte er mir im Wartezimmer die gelben Knospen seiner Tempelblume *Frangipani* und verriet mir ein Hausmittel gegen Spinnmilben (in Wasser aufgelöste Zigarettenasche), bevor er mich in gedämpftem Tonfall mit einem Ratschlag entließ:

»An Ihrer Stelle würde ich das Tier zurück ins Tierheim stecken, das ändert sich nicht.«

Der Citroën 2CV kommt mir entgegen. Fährt an mir vorbei. Derselbe Wagen wie neulich. Ich sehe ihm im Rückspiegel hinterher. Solange, bis ich in die Beethoven einbiegen muss.

Amelie

»Meine Vater war eine Mann mit eine gute figurine. Eine sehr gute figurine. Mit große Hände von Arbeit. Trockene, harte und warm. Einen Statur wie eine Berg. Blaue Auge. Und hell und grau. Und wenn Sonne hat gescheint dunkeles Blau. Wie der *Jamske Pleso*. Ist See in *Hohe Tatra*. Alle Fraue haben geschaut mit große Auge in meine Dorf, wann haben gesehen meine Vater in die Morgen bei die *pekárov*, die Bäcker. Waren wir zu Hause elf Kinder. Aber hat meine Mutter gesagt immer: Kommen bestimmt noch vier oder fünf von andere dazu. Aber er hat geliebt meine Mamuschka.«

Die Frau beugt ihren Kopf zu mir nach unten. »Haben wir zu meine Mama gesagt das Gleiche wie der Marco und der Justus und die Neele zu Ihnen, Frau Bethmann.«

Ich liege auf dem Sofa. Und mein Kopf liegt auf ihrem Schoß. Mit einer Hand hält sie meine Rechte. Die andere liegt auf meiner Stirn. Trocken, hart und warm. Neele und die Kleine sind bereits gefahren. Zäzilie ist oben und sieht fern. Auf T.H.s neuem Flachbildschirm. Mir ist nicht gut.

»Zuzana ist geworden richtige Frau schon«, fährt die Frau fort, »sie arbeitet bei die Stadt. Für Lokalbaubehörde. Aber ist sie nicht glücklich, meine Zuzięka. Hat sie wie eine Nebel die Leben. Hat nicht gefunden die richtige Mann noch. Die letzte war eine Handy-Händler. Aber macht Geschäfte auch mit Auto und mit diese Internet, wo lernen kennen sich Leute mit andere Niveau.«

Ich möchte mich aufrichten, aber ich spüre den sanften Druck auf meiner Stirn, der meinen Kopf wohl bis auf Weiteres auf ihrem Schoß liegen lassen wird.

»Zuzana ist meine Baby«, meint sie, »ich sage immer, braucht sie doch eine Mann, wo macht sie glücklich. Sie verstehen, Frau Bethmann, doch?«

»Ich … ja? Natürlich. Wer …«

»Der Beni, ich sage jetzt, ohne ich rede wie Sie denken eine andere Grund: ist doch so alleine.«

»Der?«

»Beni.«

»Ich weiß nicht, ob …«

»Wenn der Beni …«

»Ob der Beni überhaupt … vielleicht sollten Sie da besser mit meiner Schwägerin reden.«

»Aber ist der Beni …«

»Ja?«

»Ist der Beni doch eine so gute Junge. Mit gutes Manieren.«

»Das, ja.«

»Und meine Zuzięka …«

»Ja?«

»Denke ich nur die blaue Auge von der Beni.«

»Ja. Aber der Beni ist … äh … schwul.«

Sie streicht mir mit ihrer rauen Hand über die Stirn.

»Zuzička kann warten, Frau Bethmann. Hat viele Geduld.«

»Olga?«

Zäzilie steht in der Tür.

»Olga …«, sage ich leise. *Olga* ist die Frau auf deren Schoß mein Kopf liegt!

»Ist Frau Bethmann geworden schwindelig«, sagt Olga, »ist schon besser jetzt. Haben wir solange geredet über Ihre Sohn. Kommt der Beni …«

»Olga, könnten Sie mir mit dieser Fernbedienung

helfen?«, unterbricht sie meine Schwägerin, »ist da überhaupt eine Batterie drin?«

»Das ist von Garage«, meint Olga. »Das *graue* ist für die neue Fernseher von Herr Bethmann.«

»Nun gut. Verraten Sie mir auch, wo die graue Fernbedienung ist?«, fragt Zäzilie.

»Ich glaube, die habe ich verwechselt«, sage ich und nutze die Gelegenheit, mich auf dem Sofa aufzurichten, »ich bin mir aber nicht sicher.«

»Ich hole schon!« Olga ist aufgesprungen und verlässt den Raum. »Deswegen Tor von Garage geht immer auf und zu! Jetzt ich weiß!«

Justus

Ich denke an den heutigen Besuch bei T.H.

Ich habe noch so lange gewartet, bis die Krankenschwester den Tropf gewechselt hat. T.H. war nicht aufgewacht. Eine halbe Stunde etwa saß ich dann noch an seinem Bett. Gerade als ich aufstehen wollte, hat er auf einmal begonnen, vor sich hin zu murmeln. Ich bin mir nicht sicher, aber ich meine, er hätte von Onkel Günther gesprochen.

Ein Thema, das bei uns in der Familie umgangen wurde.

Ein Kapitel im Leben meines Vaters, das abgeschlossen war.

Der Friedhof in Buchen, auf dem Günther zu Kriegszeiten und lange vor seinen Eltern die letzte Ruhe gefunden hatte, wurde irgendwann Anfang der 80er Jahre aufgelassen und eingeebnet, als man die Umgehungsstraße verbreitern ließ. Eine Umbettung des Familiengrabes fand auf Wunsch meines Vaters nicht statt.

Wir wissen eigentlich so gut wie nichts über T.H.s und Zäzilies Bruder. Nichts Genaues über seine Krankheit, nichts über seinen Leidensweg.

Ein Opfer der damaligen Umstände. Ein Name ohne Existenz.

Ich stehe barfuß auf dem feuchten Rasen.

Es ist ganz still. Ein paar letzte Tropfen lösen sich von den Bäumen und fallen zu Boden.

Der kurze Regenschauer hat uns gutgetan. Dem Garten und mir. Alles wirkt erfrischt. Ich atme tief durch und schließe für einen Moment die Augen.

Der schwüle Duft der Engelstrompete hat sich auf den Weg gemacht, kaum dass der Tag sich dem Ende entgegengeneigt hat, und sich mit dem Hauch der Lindenblüten vermengt, der von der Ravelstraße aus unseren Garten flutet.

Ich lasse den Blick über mein Latifundium gleiten.

Eine Komposition der Gegensätze in Grün. Aber alles im Lot. Gleichgewicht ringsum. Ausbalanciert. Struktur und Wildnis. Anlage und Urwald. Strenge und Laissez-faire. Provokation und Schlichtung. Schönberg und …

Einer meiner Sinne hat etwas wahrgenommen. Eine winzige Dissonanz. Irgendwo. Noch nicht zu detektieren. Eine kleine Ablenkung. Am Rande des fein gewobenen Harmonierasters blinkt ein Lämpchen auf und signalisiert eine Ungereimtheit. Holt mich zurück aus meiner temporären Sedierung.

Meine Augen scannen die unmittelbare Umgebung. Eine Abweichung nur – da!

Ein winziges Wölkchen zieht über dem Garten Eden auf, schwillt rapide an und legt, ehe ich mich versehe, einen Schatten über das Paradies.

Wie von einem Magneten angezogen beginnt mein Blick etwas zu fixieren, bündelt sich mein Fokus auf einen bestimmten Punkt.

Ich stelle das Weinglas auf dem Rasen ab, ohne das Unaussprechliche aus dem Blick zu verlieren, und nähere mich ganz langsam der Eibe. Direkt vor dem Stamm komme ich zum Stehen. Und taste nach meiner Lesebrille.

Sieben Kerben. Ellipsenförmig. Vertikal. Die Rinde aufgeplatzt. Das weiße äußere Splintholz durchstoßen. Die

Verletzungen reichen bis in das rote Kernholz hinein. Tief.

Mir wird warm.

Ich ziehe mit fahrigen Bewegungen einen Kugelschreiber aus der Innentasche meines Jacketts hervor und stecke ihn in eines der Löcher.

Drei Zentimeter. Dreieinhalb. Eher vier.

Ich blicke über den Rand meiner Brille und sehe Svenja in Zeitlupe von der Terrasse ins Haus verschwinden.

Es dämmert schon. Im Wohnzimmer geht ein Licht an.

Ich lege eine Handfläche auf den rauen, faserigen Stamm der Eibe, lasse den Daumen über die Wunden streichen. Über jede einzelne. Betrachte die Verletzungen im Stamm. Fahre noch mal mit den Fingerspitzen darüber.

Beilhiebe? Für Pfeilspitzen zu breit. Wurfmesser?

Oder Speer.

T.H.

Ich befand mich auf dem Heimweg. Am Ortsausgang angelangt, hatte ich noch etwa drei Kilometer Fußmarsch vor mir, er führte vorbei an Wiesen und Getreidefeldern, dann durch ein ausgedehntes Waldstück und schließlich einen Hohlweg hinab zu einer Lichtung, auf der unser Haus stand.

Auf Anweisung unseres Turnlehrers, Herrn Wagner, der als HJ-Vertrauensmann an unserer Schule tätig war, trug ich, wie alle meine Klassenkameraden, ab Ende 1941 im Unterricht Uniform.

Als ich am Hof von Bauer Seydelitz vorbeikam, entdeckte ich dessen beiden Söhne, Paul und Ernst, die gerade die Kühe auf die angrenzende Weide trieben. Ich blieb stehen.

Ernst ging voran, einen Knüppel in der Hand, Paul schlenderte hinter ihm her. Ich verfolgte die beiden mit meinem Blick. Irgendwann warf Paul einen Maiskolben nach seinem Bruder, verfehlte ihn aber. Ernst hob den Kolben vom Boden auf, warf ihn zurück und traf Paul am Kopf. Paul stürzte sich auf ihn, die beiden fielen zu Boden und rangelten eine Weile. Als sie bemerkten, dass eine der Kühe ausbüxen wollte, hörten sie auf zu toben. Sie standen wieder auf, lachten und richteten ihre Kleidung.

Eine ohnmächtige Wut stieg in mir auf.

Warum hatten sie meinen Bruder angezeigt? Warum hatten sie ihn verraten?

Da entdeckten sie mich. Ernst winkte mir zu, und machte den Führergruß.

Dann wandten sie sich ab, liefen den Kühen hinterher und begannen zu grölen:

»Hört Ihr die Trommel schlagen?
Sie ruft Euch allzumal!
Vorbei das da da daaa da.
Hell braust's von Tal zu Tal!«

Allein hatte ich gegen die beiden keine Chance.
Ich musste Paul allein abpassen.
Oder Ernst.

Justus

»Wie: Tannenbaum? Ich hör immer Tannenbaum! Das ist eine Eibe!! Eine fast hundert Jahre alte Eibe! Ein heiliger Baum!

Das müsste dieser – wie heißt der eigentlich? – dieser keltische Kretin eigentlich wissen! Ich fass es nicht!!«

Monty kläfft.

»Justus, jetzt schrei hier nicht rum!«, sagt Svenja.

»Ich schreie in meinem Haus, so lange es mir passt! Ich glaub, ich spinne: Hier geht irgendein Speerwerfer ein und aus und massakriert meine Bäume!!«

»Das war doch keine Absicht!«

»Keine Absicht?! Hast du den Baum mal angeschaut?! Und du verschweigst mir das, Svenja! Du unterstützt das auch noch! Bist du wahns– du bleibst hier, Katja!«

»Ich heiße Asrai!!«

»Ab heute nicht mehr! Du bleibst hier, bis ich dir erlaube zu gehen, hast du verstanden?!! Du …«

»Lass mich los!«

»Ein Wort noch … nimm den Hund weg!!«

Monty kläfft.

»Justus!«

»Halt dich da raus, du bist doch nicht ganz bei Trost, unsere Toch–«

»Lass mich los, Papa!

»Justus, jetzt hör …«

»Nimm den Köter weg, raus mit dem Vieh!! Wenn der mich noch einmal beißt, ist er wieder im Tierheim! Einmal noch!! Nimm den Köter weg!! Sofort!! Raus damit!! DU bleibst hier!!«

»Kommst du mal wieder runter, Justus?«

»Katja, was ist das für eine Kette? Darf ich die mal sehen? Woher kommt das Ding?«

»Das ist das Symbol für Geburt, Leben und Tod!«, faucht sie mich an.

»Eine Triskele ist das!!«, schreie ich. »Ist das Euer Liebeszeichen, ja?«

»*Ein Tropfen vom Himmel,*
ein Tropfen vom Land,
ein Tropfen vom Meer«, beginnt Katja plötzlich leise.

»Bitte?!«

»*Auf deine Stirn, Geliebter,*
um dich zu schützen,
zu bewachen
und zu umringen.«

»Hör auf! Bin ich hier im Irrenhaus?!«

Monty kläfft.

»Lass sie doch Justus. Sie ist …«

»*Die Tropfen der Drei,*
um dich mit Gnade zu erfüllen!!«

»Ruhe!!! Das ist … ein Erwachsener verkehrt mit meiner minderjährigen Tochter?! Irgend so 'n verranzter Hippie mit seiner Scheiß-Ente macht sich an mein Kind ran! Ich fass es nicht!! Und du lässt das zu! Und alles hinter meinem Rücken!! Habt ihr irgendwelche Drogen genommen?«

»*Tha gràd agam air!!!*«, schreit Katja

»Justus, er ist doch noch …«

»Darf ich mal ausreden?! Ja?! In meinem Haus?! Wie kannst du so was zulassen?!«

Monty kläfft.

»Hast du mit ihm geschlafen?«

»Papa!« Katja beginnt zu heulen.

»Ist da was gewesen?! Ja oder nein?!«

»Papa!«

»Ja oder nein?!«

»Nein!«

»Dann hat er's bestimmt versucht! Wo wohnt dieser Typ?

Den zeig ich an, diesen Kinderschänder! Wie heißt der eigentlich? Ich will wissen, wie …«

Monty kläfft.

»Halt die Schnauze, verdammt noch mal!!«

Der Hund fletscht die Zähne, dann schnappt er nach mir. Ich versuche nach ihm zu treten, rutsche dabei aus und stürze zu Boden. Der Hund jault auf. Katja kreischt. Svenja kreischt.

»Verflucht noch mal!! Wie konntest du das zulassen, Svenja?!«

»Papa!! Was machst du?!«, schreit Katja.

»Du hältst dich raus, Katja!!«

»Ich heiße Asrai!!«

»Du heißt Katja!!! KATJA!! KATJA!! KATJA!!!!« Ich versuche, ihr die Spange mit diesen Perlmutt-Streifen vom Kopf zu ziehen.

Und dann beißt mich das Mistvieh in die Wade.

»Aaaahh!!«

Ich packe den Köter am Halsband und zerre ihn aus dem Wohnzimmer hinaus und den Gang entlang, reiße die Kellertür auf, stoße den Hund hinein, knalle die Tür zu, sperre ab und stecke den Schlüssel ein.

Im Gang kommen mir die beiden entgegen.

»Wenn du dich so sehen könntest, Justus«, sagt Svenja, »ganz klein ist das! Ganz klein!«

»Morgen ist das Vieh wieder im Tierheim! Das war's!

Und du: Ab mit dir ins Bett! Ein Wort noch! Ich warne dich: Ein Wort noch!«

»Justus!«, protestiert Svenja.

»Mit dir bin ich durch«, zische ich sie an. »Du hast mich belogen und verarscht. Ich hab's satt! Ihr könnt mich mal. Alle beide.«

Ich schiebe mich an den beiden vorbei, humpele durchs Wohnzimmer auf die Terrasse, knalle die Tür hinter mir zu und laufe weiter, die Treppen hinunter in den Garten, immer weiter, an der Eibe vorbei, immer weiter.

Katja

21:50

bist du noch wach

ich hab dich auf dem handy nicht erreicht

bitte melde dich

22:14

bitte melde dich

ich muss dich sehen

23:14

wo bist du

00:07

warum gehst du nicht ran

01:23

bitte melde dich

01:47

gute nacht lanval

T. H.

Ende Juli 1942 war unser Gymnasium teilweise geräumt und nach Klassenzusammenlegungen mit Lazarettbetten belegt worden, um Brandopfer zu versorgen, die nach Angriffen der Alliierten auf das Saarland mit der Eisenbahn zu uns transportiert worden waren.

Marthe Bornstedt machte, gemeinsam mit ihren Mitschülerinnen, nach dem Unterricht zunächst ihre Hausaufgaben im Keller des Schulgebäudes. Danach musste sie, wenn sie nicht Amtsarzt Dr. Göhlen assistierte, in den eigens umfunktionierten Klassenräumen dem medizinischen Personal zur Hand gehen, indem sie Verbände wechselte, Bettwäsche wusch und die Verwundeten – so gut es ging – betreute, etwa indem sie ihnen vorlas.

Wir beiden hatten denselben Schulweg. An den wenigen Tagen, die während des Krieges nicht vollends durch unseren Einsatz bei Sonderdiensten belegt waren, begleitete ich Marthe manchmal bis zum Ortsausgang, wo sich, etwas zurückversetzt, das Haus der Bornstedts befand. Ab hier lagen noch mal knapp zwei Kilometer Fußmarsch vor mir.

Einmal, es muss schon Spätsommer gewesen sein, stand Herr Bornstedt am Gartenzaun. Marthe stellte mich ihrem Vater vor, und wir kamen ins Gespräch. Er war sehr zuvorkommend, bat mich ins Haus, und da seine Frau das Mittagessen schon zubereitet hatte, saß ich unversehens im Familienkreise am Tisch.

Irgendwann kamen wir auf unsere Familien zu sprechen und dass Marthe ein Einzelkind sei und ob ich Geschwister hätte. Als ich dies bejahte und Einzelheiten preisgab, wurde betont, was für eine große Verantwortung ich als Ältester trüge. Bis zu diesem Tag hatte ich Marthe die Existenz meines Bruders verschwiegen.

Obwohl ich mir im Verlauf der Unterhaltung alle Mühe gab, das Thema »Günther« zu umgehen, wurde immer offenbarer, dass er weder bei uns am Gymnasium noch an der Horst-Wessel-Grundschule war, an der Herr Bornstedt seit seiner Versetzung Ende März unterrichtete.

Nach dem Essen, als Marthe und ihre Mutter in der Küche beschäftigt waren, und ich mit Herrn Bornstedt allein am Tisch saß, besann ich mich auf einmal auf das, was mir Ostern im Zeltlager über seine Zeit als Lehrer in Frankfurt zu Ohren gekommen war.

Unvermittelt schüttete ich ihm mein Herz aus und erzählte ihm von Günther. Und von der Anzeige.

Herr Bornstedt hörte mir ruhig zu. Erkundigte sich nach Günthers Krankheit. Dann erzählte er mir in gedämpftem Tonfall von einer ehemaligen Lehrerkollegin aus Frankfurt, die trotz Drängens von Schulleiter und Schulrat zwei sehr schwach begabte Schüler nicht zur »Abschulung« auf die Hilfsschule freigeben wollte, weil sie genau wusste, dass diese Schüler dann von der Zwangssterilisation bedroht waren. Die Kollegin sei daraufhin versetzt worden.

Herr Bornstedt meinte, dass es ein offenes Geheimnis sei, wie in heutigen Zeiten mit Behinderten verfahren werde. Dass ihre bloße Existenz dem nationalsozialistischen Weltbild widerspräche und es diese »Schädlinge« zu eliminieren gelte. Das sei das übergeordnete Ziel.

»Was ist denn mit den beiden Schülern passiert?«, fragte ich.

Einen Moment lang schwieg er. Ich bemerkte, dass er meinen Blicken auswich. Dann sagte er leise: »Irgendwann kamen sie nicht mehr zum Unterricht.«

Ich hörte Marthe und ihre Mutter in der Küche flüstern.

Etwas streifte mich: Das plötzliche Wissen um die Existenz einer – in meinen jungen Jahren – zuvor noch nicht erfahrenen Wirklichkeit.

Die Ahnung, dass etwas Unbestimmtes, Fremdes damit begonnen hatte, die gesellschaftliche Ordnung zu verändern, die Gesetzmäßigkeiten außer Kraft zu setzen.

Das Wittern drohender Gefahr.

Noch bevor ich dieses Gefühl der Ausweglosigkeit vollends begreifen konnte, spürte ich, wie meine Knie weich wurden.

»Wo wurden die beiden Jungen denn hingebracht?« Meine Stimme bebte.

Herr Bornstedt sah mich ratlos an. Dann schüttelte er langsam den Kopf.

»Ich kenne dieses Land nicht mehr.«

Von uns beiden unbemerkt hatte Marthe den Wohnraum betreten.

Sie stand im Türrahmen und sagte: »Du weißt, dass ich das, was du gesagt hast, melden muss, Papa.«

T.H.

Ich trat aus der Scheune, einen Korb Holzspreißel in den Händen, den ich Mutter in die Stube bringen sollte.

Der Abend war schon angebrochen. Nachdem ich das Haus der Bornstedts verlassen hatte, musste ich mich sputen, um rechtzeitig mit dem Holzhacken anfangen zu können.

Den restlichen Nachmittag hatte ich in der Scheune zugebracht und meine Verzweiflung mit der Axt auf dem alten Eichenholzklotz verarbeitet. Vom Stammholz zum Scheitholz zum Kleinholz zum Spreißel.

Unser Hackklotz war ein makellos rundes Stück aus dem Stamm einer perfekten Eiche. Ein Segment unterhalb der ersten Astgabelung, das mein Vater dem alten Bauern Seydelitz vor Jahren abgetrotzt hatte. Es war der Lohn dafür, dass er ihm den Baum unten an der Biegung zum Hohlweg gefällt hatte, damit er mit dem Fuhrwerk leichter um die Ecke kam.

Zusammen mit dem Bauern und meiner Wenigkeit (ich war gerade fünf geworden) hatten wir das massive Stück Rundholz den Weg zu unserem Haus hinauf- und dann über den Hof in die Scheune gerollt. Dort kippten wir es anschließend bei drei auf die Schnittseite, und der alte Seydelitz zog sein Stofftaschentuch aus der Hose, wischte sich damit über die Stirn und reichte meinem Vater die Hand, in die dieser einschlug.

Seitdem wurde auf diesem runden Stück Eichenstamm unser Feuerholz geschlagen.

Den vollen Korb mit dem Anzündholz in den Händen schob ich mit der Schulter die Scheunentür zu, als ich Günther entdeckte.

Er saß vor dem Haus am Tisch im Abendlicht und malte. Oder genauer: Er sprach mit einem seiner Malstifte.

Einen Moment zögerte ich, blickte kurz unentschlossen zum Haus, dann stellte ich den Korb mit dem Holz auf den Boden.

Mein Bruder sprach mit seinem grünen Farbstift.

Ich konnte nicht verstehen, was er sagte.

Auf einmal begann er zu flüstern.

Er hielt den Stift nun in die Luft und machte mit ihm kreisende Bewegungen. Wie ein Zauberer. Er malte Kreise in die Luft. Und dann andere Formen. Formen, die gerade in seinem Kopf entstanden. Gedanken.

Gedanken, denen niemand folgen würde.

Die niemand verstehen würde.

Gedanken, die in dieser Welt nicht erwünscht waren.

Beni

»Ist es so recht?«

»Ja.«

»Die Temperatur gut so?«

»Ist okay.«

»Wenn das zu fest ist, einfach sagen.«

»Sag ich. Ja.«

»Das erste Mal bei uns?«

»Ja.«

»Darf ich fragen, wie Sie auf uns gekommen sind?«

»Da war so eine Gutschein in meine Briefkasten, für Gratisschnitt.«

»Ah, das ist unsere Werbeaktion, die gilt aber nur für die Anwohner hier in der Straße.«

»Hab ich Gluck.«

»Glück.«

»Gluck. Ja.«

»Jaaa. Also, wohnen Sie hier auch? Ich meine, ich hab Ihr Gesicht schon mal gesehen.«

»Ich wohne in Erich-Kästner-Straße. In das rote Haus.«

»Das rote? Das …«

»Nummer vier.«

»Vier? Das gibt's jetzt nicht! Ich auch. Hallo Nachbar!«

»Hallo.«

»Im selben Haus. So ein Zufall.«

»Ja.«

»Die Welt ist soo klein.«

»Ja?«

»Das sagt man so.«

»Okay.«

»In welchem Stock wohnen Sie denn? Darf man das fragen?«

»Dritte.«

»Ah! Ganz oben. Und ich im zweiten.«

»Okay.«

»Ist bei uns ganz schön teuer geworden in der Ecke.«

»Ja. Immer teuer.«

»Also, ich muss das ja alles allein stemmen, ich wohn ja allein.«

»Okay.«

»Das müssten bei Ihnen ja dann auch zwei Zimmer sein? Die Wohnung?«

»Ja. Auch.«

»Für eine Person ist das ja groß genug. Also wenn man allein lebt.«

»Ja.«

»Eine Spülung?«

»Haare spülen? Ja.«

»Nein. Ach so, ja, ich meinte eine Spül– eine Packung, also eine Pflege. Für die Feuchtigkeit.«

»Nur trocknen.«

»Nur … gut. Dann waschen wir nur aus. Soooo. Oh, da ist etwas Schaum ins Ohr gerutsch– darf ich? So, schon weg. Fertig. Nehmen Sie das Handtuch ruhig, genau. Sie dürfen sich jetzt da hinsetzen. Den da hinten in der Ecke bitte! Ich bin gleich bei Ihnen!«

»Okay.«

»Darf ich Ihnen was zu Lesen bringen?«

»Nein danke.«

»Einen Kaffee, ein Wasser? Gläschen Prose–«

»Nur Kaffee. Schwarz bitte.«

»Kommt sofort.«

»Hier?«

»Ja. Genau! Einfach hinsetzen!«

Ich checke in der Teeküche kurz im Spiegel mein Aussehen und klopfe mir leicht mit den Handflächen auf die Wangen.

Und weiter geht's:

»Sooo. Bitte schön. Schwarz, ohne Zucker.«

Ich hänge ihm den Schutzumhang um (»Zu fest?«, »Nein, geht.«), nehme Bürste, Kamm und Schere vom Arbeitswagen und rolle mit meinem Stuhl in Position.

Mein Spiegelbild erscheint neben seinem.

»Was wollen wir denn machen?«

»Nur kürzer.«

»Aha. So?«

»Mm …«

»Oder so?«

»Nein, wie erstes.«

»Also nehmen wir erst mal ein bisschen weg und sehen dann mal, ja?«

Er nickt.

Ich bürste sein Haar nach hinten und greife zur Schere.

Die erste dunkle Locke fällt zu Boden.

Nr. 457/Az UM-23/42

B e s c h l u ß

Auf Anordnung des Reichsgesundheitsamtes (RGA) vom 22. September 1942 wird bescheinigt, daß mit Urteil des Erbgesundheitsobergerichts (§5 GzVeN) vom 17. September 1942 dem Antrag auf Unfruchtbarmachung stattgegeben wurde.
Es wird hiermit verfügt, daß sich
G ü n t h e r B e t h m a n n,
geb. am 1. August 1930, mit Erreichen des 14. Lebensjahres einer Zwangssterilisation zu unterziehen hat.
(Gesetz zur Verhütung erbkranken Nachwuchses vom 14. Juli 1933 § I,3/1+8; RGBI. S. 529-531.)
Gründe: Angeborener Schwachsinn. Schwere erbliche körperliche Mißbildung. Es wird bezweifelt, daß der Betroffene die völkische Brauchbarkeit in vollem Umfang erreicht.

Ferner wird mitgeteilt, daß o.g. Eingriff auch gegen den Willen des Betroffenen vorgenommen wird. Die Anwendung unmittelbaren Zwanges ist zulässig. Im Zuge einer medizinischen Betreuung und Beaufsichtigung sowie zum Schutze der Öffentlichkeit wird eine vorsorgliche Unterbringung in der Kinderfachabteilung der LH Eichberg angeordnet.
Die Entscheidung des Erbgesundheitsobergerichts ist endgültig. (§10 Abs. 3 GzVeN)

Bei Zuwiderhandlungen werden polizeiliche
Maßnahmen angedroht.
Der/die Betroffene wird aufgefordert,
sich am 27. September 1942 um 7.30 Uhr
in Begleitung eines gesetzlichen Vormunds
in der Anmeldestelle des evangelischen
St. Antoniusheimes einzufinden.

Der Transport in die Landesheilanstalt
Eichberg/Rheingau, Kloster-Erbach-Straße 4,
erfolgt über die Gemeinnützige
Kranken-Transport-GmbH (Gekrat).
Es ist darauf zu achten, dass nicht mehr als
höchstens 1 Garnitur Kleidung mitzubringen ist.

Anlage:
Vorladung zu einem ärztlichen
Aufklärungsgespräch mit dem Betroffenen
Amtsärztl. G.A. (angef. 6. September 42)
Dr. Göhlen
Psycholog. G.A. (angef. 13. September 42)
Dr. Antmann

Eine Abschrift dieses Schreibens geht dem
zuständigen Amtsarzt sowie dem Antragsteller zu.
(§8GzVeN)

Heil Hitler!

gez.: Tensch
Abteilungsleiter im Amt für Gesundheitsführung
der Reichsjugendführung

T.H.

Ich legte das Schreiben zurück auf den Küchentisch. Vater saß, mir den Rücken zugewandt, auf seinem Stuhl und blickte aus dem Fenster. Draußen stand Günther am Zaun zum Gemüsegarten und sprach mit sich selbst. Der eine seiner Selbstgesprächspartner war sehr ernst, fast wütend. Der andere eher übermütig und frech. Dazu gestikulierte mein Bruder – der jeweiligen Rolle entsprechend – aufgeregt mit der Krücke in der Luft herum.

»Das wird das Beste sein für den Günther«, sagte Vater.

»Können wir denn gar nichts tun, Papa?«, fragte ich.

Er schüttelte den Kopf.

»Papa. Bitte!«

»Das ist eine Anordnung vom Obersten Gericht!« Er schlug mit der flachen Hand auf das Schreiben.

»Wir können ihn doch verstecken.«

»Bist du verrückt geworden?! Willst du uns ins Zuchthaus bringen?! Genügt es nicht, was wegen eurer Prügelei mit den Seydelitz-Brüdern alles passiert ist?!«, herrschte Vater mich an. »Ich muss 150 Reichsmark Strafe bezahlen, weil wir den Günther nicht bei der HJ gemeldet haben! Wo soll ich das Geld denn hernehmen? Herrgott!! Die nehmen mir die Jagd weg, dann ist es aus!! Ich hab gewusst, dass das irgendwann noch Ärger gibt mit dem Kerl!«

Mutter kam in die Küche, Vater schob ihr den Brief hin.

Als Mutter das Schreiben sinken ließ, standen ihr die Tränen in den Augen. »Mein Gott«, flüsterte sie, »Donnerstag. Das ist ja schon in drei Tagen.«

»Das ist eine staatliche Klinik«, meinte Vater, »da sind lauter so Kinder wie der Günther. Da ist er gut aufgehoben. Da sind Fachärzte, die können sich um ihn kümmern!«

»Aber man hört so schreckliche Sachen von diesen Kliniken«, sagte Mutter, »was, wenn dem Günther da was passiert?«

»Was soll denn da passieren? Vielleicht ist es sogar besser, wenn der Günther den Eingriff bekommt. Wie soll'n das werden, wenn er mal erwachsen ist?! Wenn wir nicht mehr da sind?!«

Mutter lief schluchzend aus dem Zimmer.

»Ein Maul weniger zu stopfen«, murmelte Vater.

Ich blickte wieder aus dem Fenster.

Mit einem Kichern hatte Günther seine Unterhaltung beendet, und Zäzilchen kam dazu. Sie hielt einen Stock in der Hand und sprach mit ihm. Dann klopfte sie Günther mit dem Stock auf den Kopf. Immer wieder. Immer fester. Er lachte, rührte sich aber nicht von der Stelle. Er machte keinerlei Anstalten, sich zu wehren. Irgendwann zerbrach der Stock. Dann drehte sich Günther um und humpelte Richtung Scheune einer neuen Idee hinterher.

»Warum denn so weit weg? Warum ausgerechnet nach Eichberg? Hat das was mit deinem Besuch dort zu tun, Helmuth?«

Ich fuhr herum. Ich hatte gar nicht bemerkt, dass Mutter zurück in die Küche gekommen war. Sie stand völlig verheult im Türrahmen und sah mich an. Langsam ging ich zum Tisch und nahm das Schreiben des Reichsgesundheitsamtes in die Hand.

Und da schoss es mir plötzlich durch den Kopf:

Bei unserem gemeinsamen Aufenthalt in der Landesheilanstalt, als wir nachts wach in unseren Betten lagen, hatte ich Kalle von Günther erzählt.

Katja

03:17
sie beobachtete ihn
wie er aus dem wasser stieg
und sich ans ufer setzte
reglos verharrte sie im strom
die wellen glitten an ihr vorbei

er legte den kopf in den nacken
ließ sich von den letzten
sonnenstrahlen trocknen
dann richtete er sich auf
zog seine kleider an
strich mit der hand über den
montefortinohelm und setzte ihn auf

als er aufs pferd stieg
ließ sie sich unter die
wasseroberfläche gleiten
und lauschte dem hufschlag
des pferdes das vom schritt
in den trab wechselte
und weiter in den galopp

als die schallschwingungen
der hufe an intensität verloren
und das knisternde gemurmel
des wassers die oberhand gewann
war der geschmack des verlusts
und der trauer davongetrieben

07:13

ich bin gerade erst aufgewacht

die geschichte ist so traurig

hast du das heute nacht geschrieben

07:37

wo warst du denn die ganze zeit

ich hab dich nicht erreichen können

ich muss gleich in die schule

10:05

hab gerade pause

wo bist du

11:47

die geschichte geht mir nicht

aus dem kopf

hallo

klopf klopf

13:14

asrai hat schule aus

warum meldest du dich nicht

13:56

ich vermisse dich

14:27

lanval sagt adieu

14:28

was

14:32

bitte nicht

14:45

bitte nicht

17:37

tha gràdh agam ort

18:47

tha gradh mòr agam ort!!!!

17:39

ich liebe dich

ich liebe dich

ich liebe dich

ich liebe dich

ich liebe dich

ich liebe dich

ich liebe dich

20:29

tha thu bhuam

22:47

ich liebe dich

T.H.

Ich rannte wie in Trance. Wie ein Raubtier, stellte ich mir vor.

Fast geräuschlos. Kaum dass meine Füße den Boden berührten.

Ganz ruhig ging mein Atem. Tief und konzentriert. Rhythmisch. Hart. Und klar. Das Raubtier hatte seine Beute vor sich fest im Blick. Der Abstand verringerte sich langsam, aber stetig.

Ich roch das von seinen Schuhen aufgewirbelte Gras.

Ich roch den modrig-herben Duft des Waldes, auf den wir zurasten. Und ich roch seinen Angstschweiß.

Ein paar Meter noch. Er ließ seinen Tornister fallen. Keuchte. Heulte. Gleich hatte ich ihn. Er durchbrach das Gestrüpp am Rande des Waldes. Ich hinterher. Er schlug ein paar Haken, um Bäumen auszuweichen. Dann stolperte er und fiel zu Boden. Ich stürzte mich auf ihn, riss ihn herum, setzte mich auf seine Brust, presste seine Arme mit meinen Knien auf die Erde und packte ihn mit beiden Händen an der Kehle.

»Wenn du mir was tust«, röchelte er, »bist du dran, das weißt du!«

Ich schloss meine Hände fester um seinen Hals, spürte den Druck auf seinen Adamsapfel. Er japste nach Luft.

»Du warst das«, stieß ich hervor. »Du hast meinen Bruder verraten!! Warum hast du das getan?!« Ich schlug ihm mit der Faust ins Gesicht. »Warum?!!«

»Weil das unsere Pflicht ist!!«, schrie er.

»Glaubst du, dein Vater ist jetzt stolz auf dich?!« Wieder schlug ich zu. Und wieder. Er wehrte sich nicht. Ich schlug

auf ihn ein, immer wieder, wie betäubt. Seine Lippe platzte auf. Überall Blut. Dann übergab er sich.

Ich ließ von ihm ab. Mein Herz raste.

Dann sank ich neben ihm auf die Erde und begann zu heulen.

»Das wird dir noch leidtun«, stöhnte Kalle, während er sich aufrichtete, »und deinem bekloppten Bruder auch. Den siehst du nie mehr wieder. Das sag ich alles meinem Vater!«

Ich fuhr herum.

Während ich langsam wieder aufstand, tastete meine Hand nach dem Koppel mit dem Fahrtenmesser.

Er zog ein Taschentuch aus der Hosentasche und begann, sich das Blut vom Gesicht zu wischen.

Ohne ihn aus den Augen zu lassen, löste ich langsam meinen Finger von der Raute, ließ ihn die gewaffelte Griffschale nach oben gleiten, bis er die Lederschlaufe fand.

Finlay

Nur das Besteck klappert.

Und die Standuhr tickt.

»Schmeckt's euch nicht?«, fragt Tante Silly.

Keiner antwortet.

»Du hast dir unglaublich viel Mühe gegeben«, sagt Mamuschka irgendwann.

Ich hasse es, wenn Tante Silly kocht. Sie ist die schlechteste Köchin der Welt. Und Koteletts in Wassersauce mit Krümelkäse drüber ist das schlechteste aller schlechten Essen, das sie kochen kann. Und das kocht sie immer, wenn sie bei uns zu Besuch ist.

Und immer traut sich keiner, irgendwas zu sagen.

»Ist da Maggi drin, in der …?«, fragt Mama.

»Fondor. Immer. Maggi kommt mir da nicht ran.«

»Schade«, murmelt Marco.

»Was sagst du?«, fragt Tante Silly.

»… dass T.H. jetzt nicht bei uns sein kann.«

»Ja.«

»Der weiß gar nicht, was ihm entgeht«, sagt Mama.

»Da häng ich lieber am Tropf«, sagt Marco leise und wischt sich mit der Serviette den Mund ab.

Ich nehme auch meine Serviette, und als Papa gerade wegguckt, spucke ich heimlich die nächste Ladung Fleischbrei hinein, die sich in meinem Mund angesammelt hat. Tiffany kriegt natürlich wieder eine Sonderbehandlung und darf Kartoffelpüree mit Karotten essen.

»Will noch jemand ein Stück?«

»Nein danke«, sagen Onkel Justus, Mamuschka und Mama gleichzeitig.

»Nun gut, das könnt ihr ja einfrieren. Ein zweites Mal geht das bestimmt.«

»Das war eingefroren?«, fragt Mama.

»Kochen tu ich nur in meiner Küche. Da kenn ich jeden Handgriff. Und wo soll ich hier denn einkaufen? Zu Hause hab ich doch Zeit.«

»Wann hast du das denn aufgetaut?«, fragt Onkel Justus.

»Gestern. Im Zug.«

»Wie praktisch«, sagt Mama und streicht Tiffany die Haare aus dem Gesicht. »Habt ihr eigentlich schon das von den Kornkreisen gehört?«

»Bitte nicht«, sagt Papa.

»Keine fünfunddreißig Kilometer von uns entfernt. Sieben Kreise, alles verschiedene Größen«, erzählt Mama weiter, »überlappend«, und mit Blick zu Papa, »und man hat keine Traktorspuren …«

»Neele, bitte, dass interessiert hier keinen«, unterbricht sie Papa, aber Mama redet einfach weiter: *»Keine Traktorspuren!!* Kein einziger abgeknickter Halm außerhalb der Kreise! Jetzt frag ich euch: Wie soll das bitte gehen? Wie sollen die Kreise entstehen? Von Menschenhand?«

»Von unten«, sagt Papa, »ein Maulwurf war's.«

»Wer?«, fragt Mamuschka.

»Du kotzt mich an«, sagt Mama leise.

»Ich weiß«, sagt Papa.

»Jetzt lass Neele doch mal ausreden«, sagt Onkel Justus, der neben Mama sitzt. »Mich interessiert das mit den Kornkreisen.«

Mama sieht Onkel Justus an, als ob sie ihm nicht richtig glaubt.

»Echt!«. sagt er.

Dann sieht sie kurz zu Papa und redet weiter: »Sieben Kreise sind das, die sich überlappen. Der *Goldene Schnitt*. In einem Weizenfeld. Das ist einfach unglaublich. Könnt ihr euch vorstellen, was da für ein Energiezentrum entstanden ist? So viele multidimensionale Informationen, die man in Form von Essenzen speichern kann.«

Sie nickt und sieht dabei Papa an. »Jawohl, ich kenn jemanden, deren Bekannter kann mit einer speziellen Kristallherstellungsmethode Essenzen speichern.« Sie nimmt einen Schluck. Dann stellt sie das Glas auf dem Tisch ab. »Am Samstag fahr ich da hin.«

»Mit welchem Auto?«, fragt Papa.

»Mit einem, das bezahlt ist«, antwortet Mama. »Oder mit dem Zug, mit dem Taxi. Ist mir egal. Ich fahr da hin. Ich *laufe*.«

»Du kannst es eh nicht sehen, ohne alles platt zu trampeln. Von oben müsstest du da ran. Du bräuchtest 'n Hubschrauber. Der Bauer wird sich bedanken. Lass die Leute in Ruhe. Die haben 'ne miese Ernte in Aussicht wegen der Dürre, da mähen sie nachts 'n bisschen rum in ihrem Feld und geben am nächsten Morgen dem Käseblatt im Kaff einen Tipp, und schon pilgern die ganzen Deppen da hin, und der Gasthof von dem Bauern ist ausgebucht.«

»Es führen aber keine Spuren in die Kreise«, sagt Mama.

»Das ist der Trick! Die sind ja nicht blöd! Mann!«, meint Papa und schenkt sich nach. »Sonst würde es wahrscheinlich jeder Bauer machen! Können wir jetzt mal das Thema wechseln?«

Mama macht auf einmal die Augen zu und atmet einmal tief ein und aus. Dann sagt sie: »Komm doch einfach mit mir mit und sieh's dir an.«

»So weit kommt's noch«, antwortet Papa.

»Also zu meiner Zeit gab es so was noch nicht«, sagt Tante Silly und hebt das Glas so lange hoch, bis Papa die Flasche Onkel Justus rüberreicht und er ihr nachschenkt, »nicht wahr Amelie?«

»Was war mit deiner Zeit?«, fragt Mamuschka.

»In der gab's so Einiges nicht«, murmelt Marco und zwinkert mir zu.

»Nein?«, fragt Mamuschka.

»Meine Zeit war meine Zeit, und deine Zeit ist deine Zeit«, sagt Tante Silly zu Marco, und dann: »Justus nimm dir doch noch von der Sauce, du sitzt ja auf dem Trockenen.«

Onkel Justus blickt von seinem neuen iPhone auf. »Was? Danke, ich bin pappsatt. Hat jemand ein Ladekabel dabei?«

Die anderen schütteln die Köpfe.

»Von was bist du denn satt?«, fragt Tante Silly. »Du hast das kleinste Stück bekommen. Du brauchst mal 'n bisschen was auf den Rippen.«

»Echt?«, fragt Marco.

Ein Blick von Onkel Justus.

Dann ist wieder Ruhe.

Nur das Besteck klappert.

Ich spüre, wie Papa mich von der Seite beobachtet. Ich schneide wieder ein klitzekleines Stück von dem Fleisch ab und stecke es in meinen vollen Mund. Ich muss würgen.

»Onkel Justus, was hast du da an deinem Finger gemacht?«, fragt Tiffany.

»Da hat ihn jemand gebissen«, sagt Marco.

»Und dieser Jemand ist seit heute Morgen wieder im Tierheim«, sagt Onkel Justus.

Die Standuhr macht ein ziehendes Geräusch, wie eine Grille im Garten von T.H. und Mamuschka. Als wäre es eine Anstrengung. Dann schlägt sie einmal. Für halb acht. In dem kleinen runden Guckloch weiter unten sehe ich hinter dem Glas das goldene Pendel hin- und herschwingen. Im Rhythmus vom Tick und Tack.

Mein Teller ist noch halb voll.

»Warum ist der Beni nicht mitgekommen, Tante Silly?«, frage ich.

»Red nicht mit vollem Mund«, sagt Papa.

»Weil der Beni sich nicht wohlfühlt«, antwortet Tante Silly.

Olga kommt aus der Küche und bleibt stehen.

»Weil der Beni sich bei T.H. nicht wohlfühlt«, sagt Marco.

»Warum nicht?«, fragt Tiffany.

»Weil der Beni schwul ist und T.H. damit 'n Problem hat. Sag's doch, wie's ist, Silly. Der Beni macht's halt lieber mit Jungs.« Marco schüttelt den Kopf.

»Hey«, sagt Onkel Justus.

Marco legt sein Besteck ab und hält die Handflächen nach oben. »Was *hey*?«

»Hier sitzen Kinder am Tisch.«

»Na und? Was ist denn daran jetzt schlimm?«

»Was macht der Beni mit Jungs?«, fragt Tiffany.

»Na bitte.«

»Was glaubst du, was sich Katja im Internet so alles anguckt, während du in deiner Praxis rumhängst? Die

Kids ticken heute 'n bisschen anders.« Marco guckt Onkel Justus an, als würde er auf eine Antwort warten. Als nichts kommt, sagt er: »Du bist auch 'n bisschen aus der Zeit gefallen, was?«

Ich glaube, Onkel Justus hat keine Lust zu diskutieren. Er lächelt einfach und sagt: »*Asrai*. Wenn schon.«

»Ach ja. Stimmt.«

»Hier fällt niemand aus der Zeit«, sagt Mama dann.

»Nein?«, fragt Papa und guckt sie an.

»Lass mich einfach in Ruhe, Thomas.«

»Was sagst du, mein Engel?«, fragt Mamuschka.

Olga dreht sich um und verschwindet wieder in der Küche.

Plötzlich hält Mamuschka sich die Hand vor die Brust.

»Mein Gott! Wir haben ja schon angefangen zu essen!«

Sie legt ganz schnell Messer und Gabel neben ihrem Teller ab und greift nach ihrer Serviette. »Justus, bist du so gut und sagst deinem Vater Bescheid, er möchte zu Tisch kommen?«

Einen Moment lang sagt keiner was.

»T.H. ist doch im Krankenhaus, Mamuschka«, sagt Tiffany und kichert.

»So.« Tante Silly steht jetzt auf und beginnt, den Tisch abzuräumen. Olga kommt wieder aus der Küche mit einem Tablett.

»Ach, Olga«, sagt Tante Silly, »möchten Sie sich vielleicht ein Kotelett einpacken? Das wäre doch schade drum.«

»Danke. Aber esse ich keine Fleisch. Leider.«

Ich ziehe Tiffany schnell die Serviette aus dem Kragen und wickele sie um den riesigen, feuchten Serviettenklumpen, der begonnen hat, sich in meinem Schoß aufzulösen.

»Hey!«, schreit Tiffany. »Das ist meine Serviette! Mama!«

»Ist schon gut, Schatz«, sagt Mama zu ihr. »Du bist doch eh fertig. Du hast aber schön aufgegessen.« Dann stellt sie ein paar Teller zu einem Stapel zusammen.

»Seit wann essen Sie denn kein Fleisch mehr?«, fragt Mamuschka und geht Olga hinterher in die Küche.

Ich will aufstehen.

»Du bist noch nicht fertig«, sagt Papa.

»Ich schon«, sagt Tiffany.

»Papa ...«

»Iss auf, dann kannst du aufstehen. Du bleibst hier so lange sitzen, bis der Teller leer ist. Und was du da abgeschnitten hast, wird auch gegessen.«

»Was macht ihr jetzt eigentlich mit dem Haus?«, fragt Onkel Justus.

»Wieso?« Papa sieht Onkel Justus an, und seine Augen werden Schlitze. »Was soll mit dem Haus sein?«

Onkel Justus guckt zu Mama, die gerade wieder reinkommt. »Ich dachte ...«

»Was?«, fragt Papa.

»Was ist denn mit unserem Haus?«, frage ich.

»Iss.«

»Ich dachte ... weil Neele gesagt hat ...«, fängt Onkel Justus wieder an.

Mama ist stehen geblieben.

»Weil Neele *was* gesagt hat?«, fragt Papa.

Dann sagt Mama was in Englisch. Das macht sie immer, wenn Tiffany und ich etwas nicht mitbekommen sollen.

»Okay«, sagt Onkel Justus und hebt die Hände in die Höhe, so wie das Fußballspieler tun, wenn sie einen gerade gefoult haben.

»Es ist halt nicht jeder vollkaskoversichert«, sagt Papa zu Onkel Justus, während Mama meinen Teller abräumt.

»Ich wüsste nicht, dass ich das wäre«, sagt Onkel Justus und seine Stimme klingt jetzt irgendwie anders.

»Was ist Vollkasko?«, fragt Tiffany. »Gibt's auch *Leer*kasko?«

»Halt die Klappe«, sage ich.

»Nein, *du* hältst die Klappe und is– wo ist dein Teller?«

»Hat die Mama abgeräumt.«

»Scheiße, wer hat gesagt, dass der Teller weg soll?«

»Nanana«, sagt Onkel Justus.

»Nanana«, sagt Tiffany.

Papa guckt mich an, dann sagt er leise: »Komm du mir nach Hause Freundchen«, und steht auf.

»Was ist denn los?«, fragt Marco, der gerade aus der Küche zurückkommt.

»Ich muss jetzt eine rauchen, das ist los!«, sagt Papa und geht.

»Da komm ich mit.« Marco folgt ihm nach draußen, »'n Schnaps wär jetzt nicht schlecht. Mannomann.«

»Ich will auch Schnaps!«, quäkt Tiffany und läuft den beiden hinterher.

Jetzt sind nur noch Onkel Justus und Mama da. Und ich.

»Was ist denn mit Katja?«, fragt Mama.

»Ich weiß es nicht«, antwortet Onkel Justus und trinkt seinen Wein aus, »sie pubertiert.«

»Was ist das?«, frage ich.

»Das ist, wenn man Pickel kriegt und jedem auf den Keks geht.«

»Jetzt ...«, Mama verdreht die Augen. »Das ist die Zeit, wenn man erwachsen wird. Wenn man kein Kind mehr ist, aber eben auch noch kein Erwachsener. Wenn sich der Körper verändert.«

»Cool«, sage ich.

»Wie man's nimmt«, sagt Onkel Justus.

»Und Svenja?«, fragt Mama und beginnt, sich eine Zigarette zu drehen.

»Macht Seelsorge.«

»Für dich?«

»Gute Idee. Schlag ich mal vor.«

»Ich find's auf jeden Fall schade, dass die beiden nicht mitgekommen sind.«

»Und warum geht die Katja dir auf den Keks?«, frage ich.

»Magst du mal in die Küche gehen, Schatz?«, sagt Mama, »vielleicht kannst du mit dem Nachtisch helfen?«

»Okay.«

»Wer macht denn den Nachtisch?«, fragt Onkel Justus.

»Mamuschka«, antwortet Mama, »Mousse au Chocolat.«

»Gott sei Dank«, sagt er.

Ich nehme meine Fleischserviette und gehe Richtung Küche.

»Wie hältst du das mit diesem Idioten aus?«, höre ich Onkel Justus noch Mama laut fragen, weil er selber nicht mehr so gut hört und glaubt, das gilt für alle.

Justus

»Kannst du mit deinen Kommentaren vielleicht warten, bis Finlay draußen ist?«, fragt Neele.

»Das hat er nicht gehört«, sage ich, jetzt leiser.

»Denkst du. Und um auf deine Frage zurückzukommen: Mein Eheleben geht dich nichts an.« Neele schiebt die übrig gebliebenen Tabakkrümel zurück in die Tüte und verschließt sie.

Ich gebe nicht auf: »Und die Kornfeldsache?«

»Die hältst du doch auch für Schwachsinn.«

»Das … aber wie er dich da vor allen bloßstellt«, versuche ich zu protestieren.

»War ich bloßgestellt? Ich hatte doch recht. Er hat sich selbst bloßgestellt. Und das tut wiederum mir weh.«

»Das …«

»Das was? Begreif's doch: Er ist schwach. Er will, aber er kann nicht. Also kümmert er sich um Sachen, die er nicht will.«

»Okay.« Ich versuche das irgendwie nachzuvollziehen.

»Wir leben in zwei komplett verschiedenen Welten«, sagt Neele, »das liegt auch an mir. Wenn ich erst mal selbst ausgeglichen bin, habe ich genügend positive Energie, um ihn auf meine Seite zu ziehen.«

»Okay.«

»Irgendwann komme ich an. Ich glaub, ich hab meine Aufgabe gefunden. Das sind zunächst nicht die Kinder und auch nicht Thomas. Meine eigentliche Aufgabe ist es, den richtigen Weg zu finden, der mich zu meiner eigenen Mitte führt. Von dort aus kann ich agieren, verstehst du? Am Dienstag fang ich auch wieder mit Yoga an.«

»Vielleicht hilft euch das ja«, sage ich vorsichtig.

»Zur Vorbereitung gebe ich ihm jetzt immer Globoli. Das kriegt er gar nicht mit. Ich mach das, wenn er schläft und den Mund offen hat.«

»Bitte?«

»Die Globoli hab ich von meinem Medium mit Schwingungen aufladen lassen«, fährt sie fort, »drei Monate sind die dann mindestens aktiv. So viel Zeit geb ich uns noch. Dann helfen nur noch Engelkontakte. Oder als letzte Instanz Channeling. Aber dafür müsste Thomas energetisch vorbereitet werden. Und ob er da mitmacht …«

Sie sieht mich an. »Was?«

»Nichts.«

»Wir schaffen das, Thomas und ich.«

Ich nicke. Und wundere mich, wie sich Geschwister so diametral entgegengesetzt voneinander entwickeln können.

»Ich weiß schon, du hältst mich jetzt für total abgehoben«, sagt sie.

»Ich …«

»Wir leben nun mal alle auf verschiedenen Realitätsebenen«, meint meine Schwester. »Der Mensch ist wie ein Radio. Wir sind in der Lage, verschiedene Programme oder Kanäle zu empfangen. Und jedes Programm wird auf einer anderen Schwingungsfrequenz gesendet. Und auf jeder Schwingungsfrequenz existiert eine andere Wirklichkeit. Eine andere Welt.«

»Da geb ich dir recht«, sage ich.

Neele betrachtet ihre Zigarette, dreht sie hin und her.

»Er ist nur schwach«, sagt sie.

»Ist das auch der Grund, warum er Finlay gezwungen hat, das verfaulte Scheiß-Kotelett zu essen?«, frage ich.

Neele sieht mich eine Zeit lang stumm an. Mustert mich, als hätte ich eine Prüfung zu bestehen.

»Erklär mir doch mal, was der Grund ist, dass Katja nicht hier ist«, sagt sie dann, während sie ihre Rauchutensilien zusammenpackt. »Könnte ich genauso fragen.« Sie zündet sich ihre selbst gedrehte Zigarette an. »Denk vielleicht mal darüber nach.« Meine Schwester nimmt einen tiefen Zug, dann folgt sie den anderen eilig nach draußen.

Einen Augenblick lang sitze ich in der kleinen verbotenen Rauchwolke, die über dem Esstisch schwebt.

Mein Smartphone summt in meiner Hosentasche. Ein winziges »Kling« signalisiert anschließend den Eingang einer Textnachricht. Während ich noch darüber nachdenke, was Neele gerade gesagt hat, ziehe ich das Smartphone hervor: von Katja. Vier Zeilen.

Ich beginne zu lesen:

21:23

durch nichts schwimme ich

nichts tut mehr weh

nichts bin

Dann erlischt das Display. Gleichzeitig erklingt ein weiteres Signal. Eine erschöpfte dreiteilige Tonfolge: der kleine, von irgendeinem einsamen Computer-Nerd komponierte musikalische Seufzer, der verkünden muss, dass der Smartphone-Akku leer ist. Ich blicke auf das schwarze Display, in dessen Mitte sich die kleine Spirale langsam rotierend in die Dunkelheit verabschiedet.

Finlay

Tante Silly lehnt an der Spüle, mir den Rücken zugewendet. Mamuschka steht neben ihr und streichelt ihr mit der Hand über den Arm. An ihren Schultern kann ich sehen, dass Tante Silly weint. Olga reißt von der Küchenrolle ein Blatt ab und reicht es Mamuschka. Die gibt es Tante Silly. Und die schnäuzt sich dann. Als Olga mich entdeckt, macht sie eine Bewegung mit dem Daumen Richtung Tür, dass ich verschwinden soll.

Ich gehe auf die Toilette, lasse die Fleischserviette in die Schüssel plumpsen und setze mich hin, weil ich das Mamuschka irgendwann versprochen habe. *Beim Augenlicht deiner Kinder*, obwohl mir das Augenlicht meiner Kinder eigentlich noch nicht so wichtig ist. Aber ich habe es versprochen. Und seitdem setze ich mich hin. Bei Mamuschka.

Ich denke an T.H. An was der wohl gerade denkt? Ist der nicht traurig, dass er nicht bei uns ist? Ich weiß gar nicht, wie man so alt werden kann. Der Alexander von den Kaisers neben uns ist gestern einundzwanzig geworden, und das ist schon total alt. Und Papa erst. Und auch Mama. Sie kriegt schon so Flecken an den Händen wie Mamuschka. Ich werde nie alt. Vielleicht denkt Tiffy, dass ich alt bin. Aber irgendwann tut sie auch pubertieren. Und dann ist sie auch alt.

Ich ziehe an der Eisenkette und spüle, dann stehe ich auf. Als ich am Waschbecken den Wasserhahn zudrehe und mir die Hände abtrocknen will, plätschert es immer noch. Ich sehe zum Klo: Wasser läuft über den Rand der Schüssel auf den Boden. Das Klo ist verstopft. Ich höre

Stimmen. Schnell drehe ich den Türriegel auf besetzt. Direkt danach wird die Klinke runtergedrückt.

»Moment!«, rufe ich. Dann nehme ich die Klobürste und schiebe sie in die Schüssel. Dadurch läuft noch mehr Wasser über. Gelbes Wasser. Weil ich ja auch musste. Die Türklinke wird wieder runtergedrückt.

»Finlay?«

Das ist Papa! Er klopft an die Tür. Ein Teil von der Serviette hat sich aufgelöst. Lauter Fleischstückchen schwimmen jetzt in der Schüssel herum. Aber das Wasser läuft nicht ab. Ich ziehe noch mal an der Spülkette. Das macht alles noch schlimmer. Das Wasser fließt über den Rand und breitet sich langsam in alle Richtungen auf den schwarz-weißen Bodenfließen aus, bis unter die Tür. Meine Schuhe werden nass.

»Was treibst du denn da drinnen?«, fragt Papa und rüttelt an der Türklinke. »Mach die Tür auf Finlay!«

»Was ist los in die Klo?«, höre ich Olga fragen.

»Mischen Sie sich da nicht ein! Mach die Tür auf, Finlay!« Er klopft.

»Ich zähle jetzt bis drei, dann mach ich sie auf!«

Ich klappe den Klodeckel runter.

»Eins!« Ich höre das Klimpern, wie Papa in seinem Geldbeutel nach einer passenden Münze sucht.

Das Schälchen mit den getrockneten Lavendelblüten, die wir für Mamuschka in Frankreich gepflückt haben, nehme ich vom Fenstersims und stelle es ins Waschbecken. Auch die Ersatzklorolle und den kleinen Tonkrug.

»Zwei!« Papa beginnt, mit einer Münze am Riegel der Tür zu hantieren.

Ich öffne das Fenster und klettere auf das Fensterbrett.

»Drei!« Und springe.

21:23

durch nichts schwimme ich
nichts tut mehr weh
nichts bin ich   mehr
nicht schuld
ich mach die Augen auf und sehe nichts
und mach sie zu und seh

Beni

Die *Taverna Psaras* ist pickepackevoll. Christos serviert irgendwas Klebriges mit Honig am Nachbartisch. Der Gast spricht mit ihm, Christos nickt, wendet sich zum Gehen, leckt seinen rechten Daumen ab, verschwindet hinter der Theke und dreht die Musik etwas lauter.

»Nicht ganz so auffällig, ja?«, murmelt Ives.

»Ich sterbe«, sage ich, »und so was wohnt in der Wohnung über mir.«

»Schöne Frisur auf jeden Fall. Bisschen kurz vielleicht«, meint Yves und trinkt einen Schluck.

»Leih dir doch mal Zucker aus«, schlägt Sascha vor. Dann stößt er mich in die Seite. Mein Blick wandert zur Eingangstür: Eine fast junge Frau hat die Schwingtüren auseinandergeschoben und hält sie fest. Sie wirft ihre hellbraune Mähne in den Nacken, lässt einen markerschütternden Schrei los und dabei ihre von einer roten Lackcorsage gebändigten Brüste so flink hin- und herschnellen, dass ich unweigerlich mit dem Kopf diesen Bewegungen folge. Der Rest der Kostümierung wird von schwarzer Spitze dominiert, auch der kurze Rock. Dann nacktes, langes Bein und schwarze Gamaschen in schwarzen hohen Stiefeln. Die Handgelenke ebenfalls in schwarzen Stulpen. *Noir désir*. Sie lässt die Doppeltür mit Elan zurückschwingen und schreitet im Rhythmus der Musik in unsere Spelunke. Jetzt erst bemerke ich, dass die Frau nicht allein gekommen ist: Die Schwingtüren werden noch mal zaghaft aufgeschoben, und eine blasse weibliche Gestalt schiebt sich in den überfüllten Raum, eine Hand an der Stirn. Die Frau in dem roten Lacktop wird von den Kellnern im Vorbeigehen freudig begrüßt.

Christos bringt ihr ohne Aufforderung einen Prosecco, ich tippe auf einen Routinevorgang. Sie wuschelt ihm mit der Hand durch die (von mir gestutzten) Locken, dann tänzelt sie mit dem Glas an der Bar hin und her, während ihre Begleiterin versucht, an einer Säule neben der Theke unsichtbar zu werden. Jetzt kommt Sirtaki. Christos dreht noch ein bisschen mehr auf. Irgendjemand grölt. Die Frau zieht den Reißverschluss ihres roten Tops zur Hälfte auf, macht mit dem Kopf kreisende Bewegungen, trinkt einen großen Schluck von dem Prosecco, wirft dann den Kopf nach hinten in den Nacken und kippt die andere Hälfte des Glases in ihr Dekolleté. Wieder Gegröle. Ich sehe zu Yves und Sascha. Sie nehmen mich gar nicht wahr, verfolgen mit offenen Mündern das Geschehen. Irgendein männlicher Gast, der an einem der Tische in der Nähe der Theke sitzt, beginnt jetzt, im Takt der Musik zu klatschen. Andere Gäste stimmen mit ein, als sich unser Paradiesvogel langsam tänzelnd auf den Mann zubewegt. Die graue Maus an der Säule blickt auf ihre Armbanduhr und gähnt. Die Tänzerin hingegen gewinnt an Fahrt und Übermut, bis sie schließlich mit wippenden Hüften vor dem Gast zum Stehen kommt. Sie schiebt einen Fuß zwischen seine Oberschenkel. Der klatschende Mann zieht die Augenbrauen hoch und lässt dabei seinen Blick amüsiert durchs Lokal gleiten, um anschließend seine Beine etwas mehr zu spreizen. Die Frau steigt nun mit einem Fuß auf die Sitzfläche seines Stuhls und dann auf den Tisch. Ein paar Leute springen auf, klatschen, feuern die Frau auf dem Tisch an und beginnen ebenfalls zu tanzen. Eine rundliche Frau schiebt sich nach vorn, macht kreisende Bewegungen mit den Hüften, was wohl orientalisch aussehen soll.

Mein Handy klingelt: Mam.

»Mam? Was? Ich kann dich total schlecht verstehen. Mam! Was?! Beim Griechen!! Mit Sascha und Yves! Ist alles okay bei dir? Du klingst so ... Keine Ahnung, schon zwei Stunden?«

»Gefühlte vier!«, ruft Yves.

»Was? Ich ... Gefühlte vier, sagt Yves! Was ist denn? Hier isses total laut, Mam! Die feiern irgendwas. Sirtaki?? Ja, bestimmt! Wieso soll ich rausgehen, ich weiß doch eh, was du willst! Vergiss es! Vergiss es!! Verg– Weil er ein blödes, altes Nazi-Arschloch ist!«

»*Altes* Arschloch klingt aber gar nicht gut«, stöhnt Sascha.

»Weil ich Nein gesagt habe! Wenn er übern Jordan ist, dann komm ich und mach Winke-Winke. Vom andern Ufer aus!

Du weißt genau wieso, jetzt tu nicht so ... keine Ahnung ... Retsina mit Cola. Drei, vier. Ist doch scheißegal jetzt. Kennst du Christos? Chris–tos!!! Den neuen Kellner hier? Dunkle Locken und blaue Augen, Mam! Blaue Augen!!«

»Und Linksträger!«, ruft Yves.

»Könnte auch ein Ei sein«, meint Sascha.

»Aber ein großes!«, sagt Yves.

»Könnt ihr mal die Klappe halten, ihr blöden Tucken?! Was? Ich mach jetzt Schluss, ich versteh kein Wort mehr, Mam! Ich dich auch! Nein ... auch nicht morgen. Ich hab dir gesagt, warum! Was?! Ich versteh ... ich leg ... ja, ich dich doch auch! Gute Nacht!«

Ich schiebe mein iPhone zurück ins Etui und stöhne: »Mütter!!«

»Ja?!«, rufen Sascha und Yves unisono.

Die rot-schwarze Verführung wirbelt auf dem Tisch herum, ein Glas Wein kippt um. Der Mann greift nach ihren Beinen und grölt zur Musik. Ein paar Gäste und Kellner legen sich gegenseitig die Arme auf die Schultern, bilden eine Kette und schunkeln zum immer schneller werdenden Rhythmus des Sirtaki dem Höhepunkt entgegen, als die Frau auf dem Tisch plötzlich innehält, ihren Rock kurz nach oben schwingen lässt, nur für den Bruchteil einer Sekunde, aber lang genug, damit wir uns davon überzeugen können, dass sie keinen Slip trägt. Dann geht sie langsam – unter dem Beifall der anderen Gäste – in die Hocke, immer tiefer, bis der Kopf des Mannes auf dem Stuhl unter den schwarzen Spitzen ihres Rocks verschwunden ist.

»Oh Gott«, sagt Yves.

»Wie macht die das mit den Absätzen?«, fragt Sascha.

Ich sehe zur Theke und ertappe Christos dabei, wie er mich beobachtet.

Zäzilie

Ich sitze auf dem Bänkchen im Gang. Mein Blick hängt noch am Wandtelefon. »Beim Griechen.« Nun gut. Ein Teil von mir besteht immer noch darauf, enttäuscht sein zu müssen, weil ich keine Enkel haben werde, während der andere Teil mir hartnäckig klarzumachen versucht, wie herrlich ein Leben *ohne* Enkel ist. Und ohne Schwiegertochter. Ich möchte aufs Zimmer gehen. Nicht mehr zurück zu den anderen. Undankbares Volk. Ich werde mir einfach nicht mehr die Mühe machen. Man kann ja auch was zu essen bestellen. Sich was kommen lassen.

Ich denke an Helmuth und ertappe mich bei dem Gedanken, dass alles schnell gehen möge. Damit ich schnell wieder von hier wegkomme.

Weiter hinten, am Ende des Ganges, steht Thomas. Er klopft an die Tür der Gästetoilette. Olga kommt hinzu, fragt ihn etwas. Kurzer Wortwechsel, dann wendet sie sich erhobenen Hauptes ab und kommt auf mich zu. Sie verlangsamt ihren Schritt, berührt meine Schulter im Vorbeigehen. »Alles ist gut wieder?«

»Ja, danke Ihnen, Olga.«

Sie bleibt stehen. »Geben Sie mir die Taschentuch. Ich tu in Wäsche. Ist voll von Tränen, wo sind nicht wert.«

Ich zucke mit den Schultern, nicke, und reiche ihr mein Taschentuch.

»Habe ich drei Handtücher gelegt raus für Sie und den große Fußmatte.«

»Ah. Danke Ihnen.«

»Ihre Hut …«

»… bleibt bitte auf der Klorolle, da behält er die Form.«

Sie nickt, will aber nicht gehen. »Ist schade, dass der Beni nicht gekommen ist mit Sie.«

»Ja.«

»Wo der Beni ist jetzt?«

»Bei einem Griechen.«

»In Griecheland?«

»Nein. Nur bei einem Griechen.«

»Ist das gut?«

»Ja.«

Thomas ruft jetzt irgendwas, rüttelt an der Klotür.

Wie konnte Neele sich mit diesem Mann einlassen? Er passt überhaupt nicht in unsere Familie. In die mein Sohn und ich auch nicht passen. Er trommelt jetzt mit der Faust gegen die Tür. Prekariat in Perfektion. Schon von der Seite. Der steil abfallende Hinterkopf. In einer Linie mit dem Nacken. Die Stirn. Ein Primat.

»Habe ich hier eine Foto von meine Zuzicka, wann sie ist geworden siebenunddreißig. Hat sie Haare schöner heute mit bessere Farbe.« Olga hält mir ein Bild ihrer Tochter ins Blickfeld. Nicht zum ersten Mal. Dahinter im Gang Thomas, der in seinem Geldbeutel kramt und irgendetwas flucht. Meine Empathie, die ich Olga gegenüber hege, verbietet mir, ihr bei ihrer Bräutigamsuche eine Empfehlung auszusprechen, die die Kreatur vor der Klotür ins slowakische Exil verbannen würde.

Er schimpft jetzt und macht sich dabei mit einer Münze am Schloss zu schaffen.

Neele hat mit der Wahl dieses Mannes ihrem innerfamiliär erschöpfend diskutierten »Hang nach unten« weitestgehend nachgegeben und dieses Niveau anschließend mit zwei Schwangerschaften zementiert.

»Da sieht sie doch sehr nett aus«, sage ich und blicke an dem Foto vorbei. Mittlerweile hat Thomas die Tür aufbekommen und ruft etwas.

»Ist bloß vier Jahre alt, diese Foto. Hat sie gemacht in Automat für die *cestovny pas* für Reise in Türkei mit eine Kollega.«

Thomas schreit: »Nein!!« und stürzt aus der Toilette.

Ich schiebe Olgas Hand mit dem Foto beiseite und springe auf. »Mein Gott, was ist denn passiert?«

21:28

nicht schuld bist du
schuld bist du nicht
schuld bist nicht du
du bist nicht schuld

Justus

Ich rase im Q7 die Stadtautobahn entlang. Das Handy steckt am Ladekabel. Wieder wähle ich Katjas Nummer. Sie geht nicht ran. Svenja auch nicht. Ich nehme die Ausfahrt mit fast 90 km/h. Ein »Kling« wieder. Beinahe kommt der Wagen von der Fahrbahn ab. Die Reifen quietschen. Ich kneife die Augen zusammen, halte das Handy mit ausgestrecktem Arm von mir weg und lese die nächste SMS:

21:34
drum lass mich los
lass mich doch los
halt mich nicht fest
ich lass mich los

Nein, mein Engel. Nicht! Wieder wähle ich ihre Nummer. Ich lenke den Wagen nun durch unser Wohngebiet. Viel zu schnell. Wieder eine Nachricht. Verdammt, wo ist meine Lesebrille? Ich öffne die Konsole, suche, taste. Eine Sekunde lang achte ich nicht auf die Straße und streife beinahe ein parkendes Auto. Ich reiße das Steuer nach links herum, Reifen quietschen, das linke Rad rammt die gegenüberliegende Bordsteinkante, ich steuere gegen, der Wagen gerät ins Schleudern, durchbricht einen Gartenzaun und kommt endlich in einer Thujenhecke zum Stillstand. Irgendwo gehen Lichter an. Irgendwo bellt ein Hund. Ich ziehe das Handy aus der Ladevorrichtung, reiße die Tür auf und renne los. Der Tinnitus in meinem rechten Ohr kreischt. Im Laufen, ohne Brille, entziffere ich die neue Nachricht:

21:36
wenn du mich lässt
dann kann ich gehen

Nein! Nein!! Ich fange an zu weinen. Das blaue Licht des Displays wackelt verschwommen vor meinem Gesicht, während ich weiter mit vor mir ausgestrecktem Arm die Ravelstraße entlang renne.

Wieder wähle ich Katjas Nummer. Nichts. Dann Svenjas. Nichts. Völlig außer Atem erreiche ich unser Gartentor. Der Schlüssel hängt am Schlüsselbund im Wagen! Ich drücke die Klingel. Sturm. Trommle gegen das Tor. Dann wuchte ich mich nach einigen Anläufen über den Türknauf nach oben und falle auf der anderen Seite zu Boden. Ich spüre einen stechenden Schmerz in meinem rechten Knöchel und humpele weiter, die Auffahrt entlang auf die Haustür zu. Licht. Ich schlage gegen die Tür. Mit den Fäusten. Trete zurück und schreie am Haus hinauf. Katjas Namen, Svenjas. Schreie. Schreie bis meine Stimme versagt.

Gerade als ich nach einem Gegenstand suchen will, um die Fensterscheibe zum Esszimmer einzuschlagen, tut sich ein Lichtspalt auf den Pflastersteinen vor unserer Eingangstür auf. Svenja steht im weißen Bademantel auf der Schwelle. Haare nass. »Justus. Was ist denn los?«

»Wo ist Katja?!«

»In ihrem Zimmer, denke ich, was ist denn?«

»Warum bist du nicht rangegangen?!«, schreie ich und stürze an ihr vorbei ins Haus.

»Ich hab unten Yoga gemacht. Was ist denn passiert?!«

21:40

durch nichts schwimme ich

nichts tut mehr weh

nichts bin ich   mehr

drum lass mich los

ich lass mich los

Die Zeit verschiebt sich. Ich öffne meine Hand. Greife nach dem Geländer. Mein linker Schuh rutscht auf der Treppenkante ab; meine Finger fassen ins Leere. Mein Körper fällt mit ganzer Masse auf die Stufen. Ich rappele mich auf. Svenja ruft irgendwas von unten.

Ich bin im Kindergang. Es ist so ruhig. Die Tür zu ihrem Zimmer steht offen. Nichts. Leer. Nichts. Svenja erscheint hinter mir auf dem Treppenabsatz. Ich laufe zurück zum Badezimmer. Abgesperrt. Ich rüttle an der Tür. Rufe. Blicke aufs Schloss. Einen Schraubenzieher, ein … etwas Flaches, … Messer … ein Stück flaches –, … eine Münze!

»Eine Münze!«, schreie ich. »Was Flaches! Eine Münze!!« Ich greife nach meiner Brieftasche, reiße sie auf. Papiergeld segelt zu Boden, keine einzige Münze.

»Eine Karte!«, stößt Svenja atemlos hervor.

»Eine–?«

»Kreditkarte! Nimm eine Kreditkarte, irgendeine!!«

Ich ziehe eine der Karten heraus, stecke sie in den Schlitz des Schlosses, drehe es herum, stoße die Tür auf und stürze ins Badezimmer.

Ganz von fern höre ich Svenjas Schrei.

Aus einer anderen Galaxis dringt er zu uns herüber, als meine Hände in das Rot tauchen. In mein Rot. In unser Rot.

Finlay

»Ist der Finlay tot?«, höre ich Tiffy fragen.

Ich drehe den Kopf zur Seite und gucke in Papas Gesicht.

Ich liege auf dem Boden am Fuß der Treppe vor dem Kellereingang.

»Hey«, sagt Papa, »tut dir was weh?«

Ich schüttele den Kopf.

»Da hast du aber ganz schön Glück gehabt.«

Mama stürzt auf mich zu, nimmt mich in die Arme und weint. »Mein Gott, hast du mir einen Schrecken eingejagt! Warum machst du denn so was, mein Schatz?«

Hinter Mama und Papa stehen Tante Silly, Mamuschka, Marco und Tiffy und gucken ganz erschrocken. Weiter oben entdecke ich Olga, die sich aus dem Klofenster beugt: »*Moj boze!* Hat der Finlay sich gebrochen was?!«

Der Papa zieht mich vorsichtig hoch auf die Beine.

»Ich glaub nicht!«, sagt er, »er hat einen Mordsdusel gehabt, dass er auf den Karton hier gefallen ist.«

»Hab ich vergessen zu wegräumen in Container!«, ruft Olga nach unten. »Ist Verpackung noch von Fernseher für Herr Bethmann!«

»Komm mal her«, sagt Papa, »komm mal her.«

Und dann nimmt er mich in den Arm.

Beni

Eine Hete. Ich hab's geahnt. Als er mich wiedererkannt hat, wozu er fast den ganzen Sirtaki-Abend gebraucht hatte, hat er uns eine Runde Ouzo ausgegeben und sich kurz zu uns an den Tisch gesetzt.

Toll.

Jetzt haben wir uns gegenseitig mal am Arbeitsplatz besucht.

Und ich weiß alles über die griechische Nationalmannschaft.

Yves hatte mich gewarnt, Sascha war sich nicht sicher.

Bis zur Sperrstunde habe ich ausgehalten, dann hat ihn seine Freundin abgeholt.

Etwas Gutes hat der Abend dann vielleicht doch gehabt, neben der Erkenntnis, dass Christos nicht auf Typen steht: Retsina sollte man nicht mit Cola mischen.

Ein letztes Würgen. Aber es kommt nichts mehr. Ich klappe die Klobrille runter, spüle und stehe auf. Dann wasche ich mir das Gesicht und trage meine Nachtcreme auf. Werfe zwei Aspirin ein.

Einen Moment lang betrachte ich seine dunkle Haarlocke, die an meinem Spiegel hängt.

Dann knipse ich das Licht aus.

Justus

Svenja geht an mir vorbei, tritt hinaus auf den Gang.

Ich drehe mich noch mal um.

Nur der Haarschopf der Kleinen ist zwischen den Kissen zu erkennen. Die bandagierten Arme. Über dem Bett eine Infusionsflasche.

Sie schläft. Man hat ihr etwas zur Beruhigung gegeben.

Svenja tritt neben mich. Berührt meinen Arm.

Wir haben Mittag. Seit fast zwölf Stunden sind wir in der Klinik.

Haben gebangt, gebetet, geweint und gewartet.

»Machen Sie sich keine Sorgen«, sagt der Assistenzarzt und geht an uns vorbei in das Krankenzimmer. »Es ist immer jemand da. Am besten, Sie fahren jetzt nach Hause und schlafen sich aus. Meine Mobilnummer haben Sie ja. Sie erreichen mich jederzeit.«

Ich nicke.

Dann schiebt er die Tür zu.

Justus

Svenja und ich sitzen stumm nebeneinander im Taxi.

Ohnmächtig vor Müdigkeit.

Kaum Verkehr auf der Stadtautobahn. Am Himmel hängt eine unentschlossene Wolkenmischung. Lässt die Sonne nicht durch.

Ich blicke aufs Smartphone. SMS von Olaf. Obwohl er wegen der Haartransplantation (oder einem offiziell vorgeschobenen Grund) für zwei Wochen krankgeschrieben ist, hat er sich um das Abschleppen meines Wagens gekümmert und den unbekannten Nachbarn besänftigt. Polizei war trotzdem da. Hoffentlich komme ich aufgrund der besonderen Umstände um eine Fahrerflucht herum. Vier Meter Zaun und sieben Thujen muss ich ersetzen, und zweimal einen Meter zwanzig Bordsteinkante. Vom linken und vom rechten Fahrbahnrand.

Ich kämpfe gegen die bleierne Müdigkeit an. Um nicht einzunicken, überlege ich, um wie viel mein Blutdruck und der des Nachbarn auf dem Höhepunkt der jeweiligen Aufregung gestiegen sein mag und ob der unbekannte Bekannte sich über die unzähligen verschorften roten Pünktchen oberhalb von Olafs Stirn gewundert hat.

Und dann denke ich an T.H. An die Nachricht der Klinik auf meiner Mailbox. T.H.s Zustand hat sich verschlechtert. Es sei nur noch eine Frage der Zeit, hieß es. Morgen bin ich wieder bei ihm. Ich muss Anne vom Empfang anrufen. Und meinen Kompagnon Arne. Ihm sagen, dass ich morgen nicht in die Praxis komme. Ich muss mich um Mamuschka kümmern. Und um Neele und ihre Kornkreise. Ich muss zu Marco netter sein. Und zu Tante Silly. Und ich muss aus dem Taxi steigen.

Ich werfe die Wagentür ins Schloss und gehe durch den Garten auf die Eibe zu. Und blicke nach oben. Der mächtige Baum ragt in den Himmel empor. Die Spitze verschwindet in den Wolkenschichten. Direkt vor dem Baum bleibe ich stehen.

Ich strecke die Hand aus, berühre die Rinde. Im Stamm ist eine Öffnung. Der Baum ist hohl.

»Na komm schon!«

»Die zweite Geburt!«, ruft jemand.

»Bewegung!«

Ich zögere kurz, dann steige ich in das Innere des Stammes.

Auf der gegenüberliegenden Seite entdecke ich eine zweite Öffnung.

Dahinter weiches Licht.

»Mach hin!«

»Hier geht's in die Anderwelt!«

»Einfach weitergehen!«

Eine Wärme überkommt mich.

Dann trete ich durch die Öffnung hinaus ins Licht.

»Schatz?«

»Mm?«

»Ich brauche noch zwei Euro. Hast du was Kleines?«

Ich krame das Wechselgeld des Klinikkaffeeautomaten aus meiner Hosentasche und halte es Svenja hin. Sie pickt die Abrundung des Fahrgeldes von meiner Handfläche und reicht sie dem Taxifahrer nach vorn.

Wir steigen aus.

Justus

Ich schiebe die Tür zu Katjas Zimmer auf.

Kein Muff. Leichtigkeit. Keine Poster mehr. Kein Idol.
Wie oft war ich hier schon nicht mehr.

Ich setze mich auf die Idee eines Stuhls.
Asrais Haarspange mit den geflochtenen Perlmuttbändern.
»Gib nach«, sagt Mamuschka immer, »bevor du aufgibst.«
Der Teddybär ist von T.H. an-, von mir weiter-, und von meiner Tochter zu Grunde geschmust worden. Er blickt mich glas-, aber einäugig an.
Das Mobile aus strichcodebedruckten Kartonsegmenten bewegt sich kaum. Kein Staub im Nachmittagslicht. Die Weltkarte mit den Stickern ihrer Urlaubsstationen. Über dem Schreibtisch kleben Telefonnummern eines anderen Lebens.
Montys Körbchen. Mein Blick wandert zu ihrem Bett, das ich von Pavlev habe bauen lassen, genau in die Gaube. Das Bett ungemacht. Ein Kissen genügt ihr. Das Fenster gekippt. Ich höre die Straße. »*Für die kleine Maus reicht die Straßenseite.*«

Ich lege mich aufs Bett. Schließe die Augen.
Horche.
Doch. Es riecht nach was.
Nach hier. Nach raus.
Nach nichts.
Und allem.

Ich küsse ihr Kissen. Von unten und oben.

Und gehe.

T.H.

Ich berührte ihn an der Schulter, da wachte er auf.
»Kommst du mit?«
»… wohin denn?«
»Ich hab den weißen Hirsch gesehen.«
»Wo?«
»In dem kleinen Wald. Gerade eben.«
Seine Augen wurden groß. »Mmh … Gehen wir da hin?«
»Aber wir müssen ganz leise sein. Wir müssen uns anschleichen, klar? Gegen den Wind, damit er uns nicht riechen kann.«
Er dachte einen Moment lang nach, dann flüsterte er: »Damit er uns nicht riechen kann, ja.«
»Zieh dir was an und dann gehen wir. Bevor der Papa und die Mama aufwachen.«
»Jetzt gleich?«
»Jetzt gleich. Beeil dich. Sonst ist der Hirsch wieder weg.«
Mit einem Satz sprang er auf.
»Pst!«
Ich folgte ihm in den Gang und half ihm in die Jacke. Er nahm seine Krücke und kicherte leise. Er platzte fast vor Aufregung.
Dann sah ich den dunklen Fleck auf seiner Hose, der langsam größer wurde. Er bemerkte meinen Blick.
»Ich hab in die Hose gemacht«, flüsterte er und sah das Abenteuer in weite Ferne rücken, bevor es überhaupt begonnen hatte.
»Das macht nichts«, antwortete ich.
»Nein?«
Ich schüttelte den Kopf.
»Na komm.«

Justus

Das Empfinden dessen, was ich unter *Glück* zu verstehen glaube, findet eigentlich nur innerhalb einer winzigen Zeitspanne statt. Ein paar Sekunden, wenn überhaupt, dann holen einen die Unpässlichkeiten des Alltags wieder zurück auf den Boden der Wirklichkeit, in das Leben, das, wenn man es genau betrachtet, aus zahllosen Schattierungen von Schmerz besteht.

Der Hauptschmerz, meine ich, ist das Wissen um unsere Endlichkeit, dem als Dauerdämpfer der Glaube entgegengesetzt wurde. Damit man das alles aushält, weiterhofft, weitermacht und sich brav vermehrt.

Ich liege wach im Bett.

Wahrscheinlich spricht man deshalb vom Glücksmoment. Kaum dass man ihn als solchen erkennt, hat er sich schon wieder aufgelöst. Verflüchtigt. Damit man sich nicht an ihn gewöhnt. Aber es gibt ihn. Und das Wissen darum, die Hoffnung, der Glaube, ihn einmal oder wieder einmal erleben zu dürfen, hält uns auf Trab.

Svenja ist eingeschlafen.

Ihr Atem geht jetzt leise und gleichmäßig.

Ich liege neben ihr und halte ihre Hand.

T.H.

Ich hob meine Sommermütze auf, die zu Boden gefallen war, setzte sie wieder auf.

Einen Augenblick lang überlegte ich, wie ich das Messer von dem Blut befreien könnte, dann rammte ich es mehrmals in die Erde, wischte mit Zeigefinger und Daumen die Erde ab und schob es zurück in den Schaft.

Dann richtete ich mich auf.

Er lag vor mir auf dem Boden. Ganz friedlich.
Als würde er schlafen.

Eine Zeit lang verharrte ich bewegungslos, unschlüssig.

Dann begann ich, Laub aufzusammeln, um es auf ihn zu legen. Immer mehr. Ich lief in dem Wald herum, schob mit den Armen Laub zusammen, eilte zurück und verteilte die Blätter auf seinem kleinen Körper.

Bis er ganz bedeckt war.

Bis ich ihn nicht mehr sehen konnte.

Ich griff nach seiner Krücke. Hob sie auf.

Am Rand des Wäldchens blieb ich stehen.

Wischte mir die Tränen weg.

Eine Weile stand ich da.

Die Sonne war aufgegangen, sie schien mir ins Gesicht.

Das Geräusch eines Flugzeugs. Ganz weit weg.

Ich blickte nach oben und kniff die Augen zusammen. Eine sandfarbene Propellermaschine. Eine Fieseler Fi 156 Storch.

Einsam zog sie durch das Blau.

Ich sah ihr so lange hinterher, bis der Horizont sie verschluckt hatte.

In meiner Hand fühlte ich die Reste der blutigen Erde. Ich zerrieb sie zwischen den Fingerkuppen und ließ die Krümel zu Boden rieseln.

Eine kühle Brise kam auf, sie zog über die Wiese, streifte mich und verlor sich in dem Wäldchen hinter mir. Ein leises Rauschen. Einen Moment lang blickte ich zurück.

Dann versteckte ich seine Krücke in dem Dornendickicht, das den Wald umgab.

Ich schob den geflochtenen Lederring nach oben, der mein schwarzes Halstuch wieder in Form brachte, und machte mich auf den Weg.

Ich ging über die Wiese von Bauer Seydelitz und dann durch den Wald den Hohlweg hinab.

Vor unserem Haus stand Vater, der schon nach uns Ausschau gehalten hatte. »Wo warst du denn? Ich schrei mir hier die Seele aus dem Leib! Wir müssen los!«, herrschte Vater mich an.

Mutter kam aus dem Haus gelaufen. »Wo ist denn der Günther?«

Wortlos ging ich an ihnen vorbei, stieg die Stufen hinauf, verschwand in unserem Zimmer und verriegelte die Tür hinter mir.

Auf Günthers Bett lag der kleine Koffer, bereits gepackt für die Abreise. Ich trat an sein Bett und setzte mich.

Einen Moment lang saß ich bewegungslos da. Wie gelähmt. Ich spürte mich nicht mehr.

Mein Blick hing an der gegenüberliegenden Wand.

Über meinem Bett hatte er das Bild aufgehängt, das er mir am Tag zuvor zum Abschied gemalt hatte.

Ich strich mit der Hand über die Oberfläche des Koffers, dann öffnete ich ihn. Sein Schlafanzug. Unterwäsche. Eine Hose. Ein Hemd. Ein Pullover. Ein paar Blatt Papier. Und seine Buntstifte.

Von unten hörte ich Vater meinen Namen rufen.

Ein Augenblick verging, dann begann er, die alten Holzstufen heraufzusteigen. Vor unserer Zimmertür blieb er stehen.

Ich sah, wie die Klinke nach unten gedrückt wurde und wieder zurück nach oben glitt.

»Helmuth?«

Das Sondergericht Stuttgart verfügte mit sofortiger Wirkung meinen Ausschluss aus der HJ und ordnete anschließend die Überführung in das Jugendstraflager Burg Stahleck an, wo ich zusammen mit jungen Häftlingen aus Luxemburg und sogenannten Edelweißpiraten aus Köln untergebracht war, Jugendlichen, die aufgrund ihres oppositionellen Verhaltens im Dritten Reich verfolgt wurden. Nach einem Dreivierteljahr unter erbärmlichen Bedingungen wurde ich in das Jugendschutzlager Moringen überstellt, wo ich bis Kriegsende in einer unterirdischen Munitionsfabrik Zwangsarbeit leisten musste. Drei Tage bevor die Amerikaner am 9. April 1945 das Jugendkonzentrationslager befreiten, erhielten wir verbliebenen Häftlinge, etwa fünfhundert an der Zahl, den Befehl zu einem Evakuierungsmarsch Richtung Harz, wo wir vermutlich erneut für den Rüstungsbetrieb eingesetzt werden sollten. Nachts mussten wir marschieren, tagsüber wurden wir von den SS-Aufsehern in leerstehende Gebäude oder Scheunen gesperrt. Kurz hinter Osterode bei Eulenburg, wo wir im Nebengebäude einer Textilfabrik untergebracht werden sollten, gelang mir und zwei sechzehnjährigen Häftlingen aus Vellmar im Morgengrauen die Flucht.

T.H.

»T.H.?«

Ich öffne die Augen. Marcos Gesicht.

»Guten Morgen«, sagt er.

Ich öffne den Mund, möchte etwas antworten. Meine Stimme versagt.

»Ist gut, T.H. Ist okay.« Er lächelt mich an.

Dann tritt er einen Schritt zur Seite. »Das ist Anabel.«

Hinter ihm steht eine bildhübsche junge Frau.

»Hallo, Herr Bethmann.«

Ich versuche ein freundliches Lächeln.

Sie hält mir ihre Hand hin. Ich bin zu schwach, um meinen Arm zu heben. Als sie das bemerkt, streicht sie mir über den Handrücken.

»Ich hab dir was mitgebracht«, sagt Marco.

Er packt einen in ein Tuch gewickelten Gegenstand aus und hält ihn vor sich. Das Schneckenhaus von Santorin.

Die junge Frau wendet sich ab, nimmt auf dem Stuhl Platz, der etwas weiter hinten an der Wand steht.

Marco setzt sich zu mir aufs Bett.

»Gratuliere«, krächze ich leise.

Er lächelt und nickt.

»Da musst du jetzt aber mal dranbleiben«, flüstere ich.

»Ich versuch's.« Er zuckt mit den Schultern.

Mein Sohn legt sich nicht fest. Nie.

»Wie schlägst du dich?«, fragt er.

Ich huste. »Mal so. Mal so.«

Er lächelt.

»Was macht die Fotografiererei?«, frage ich, »wie läuft's bei dir?«

»Mal so, mal so.«

»Du hast noch so viel Zeit«, sage ich.

Ich muss wieder husten. Er zieht ein paar Kleenex-Tücher aus der Schachtel. Tupft mir den Mund ab.

Eine Weile sehen wir uns an.

Sagen kein Wort.

Irgendwann frage ich: »Kümmerst du dich um Mamuschka, wenn …?«

»Ist doch klar.«

»Ich will auch nicht, dass irgendwer eine Rede hält.«

»Okay.«

»Versprochen?«

»Ja.«

»Wir wollen die Leute ja nicht langweilen.«

»Nein.«

»Du musst doch jetzt nicht weinen. Ich bin ein alter Sack. Irgendwann ist es halt vorbei.«

»Okay.«

Ein Moment verstreicht. Ohne dass wir etwas sagen.

»Du bist mein Junge.«

Er nickt.

Dann wischt er sich verstohlen die Tränen aus dem Gesicht.

»Du … du wolltest doch mit mir über was reden, T. H.«

Eine Weile sehe ich meinen Sohn stumm an, dann blicke ich zu der jungen Frau, die am anderen Ende des Raumes auf dem Stuhl sitzt und höflich zu Boden sieht.

Ich schüttele den Kopf. Versuche ein Lächeln.

»Ich hab's mir anders überlegt.«

»Echt?«

»Ja. Ich nehm es mit.«

»Okay.«

Dann sage ich: »Lass mal hören.«
Er nimmt das Schneckenhaus von seinem Schoß und beugt sich zu mir herüber. Etwas Sand bröselt auf mein Kissen.
»Hey«, sagt er, »immer noch was drin.«
»Ja.«

Er hält das weiße Gehäuse an mein Ohr.

Ich schließe die Augen.

Und lausche.

T.H.

»Wer soll'n das sein?«

»Das sieht man doch!«

»Die Striche da, sind das Zöpfe?«

»Mmm, mmm ...«

»Lass das, hör auf.«

»Mm«

»Soll das ein Mädchen sein?«

»Ja.« Er kicherte.

»Ist das Zäzilchen?«

»Das sieht man doch!«

»Na gut. Und das da? Das Ding da mit der Kugel drauf. Das bist du, oder?«

»Nein! Da sind doch Beine dran!«

»Wer ist das denn?«

»Das bist du!«

»Und was machen Zäzilchen und ich da? Das gelbe Ding mit den roten Punkten drauf, ist das ein Ball?«

»Ja.«

»Aha. Wir spielen Ball. Alles klar.«

»Ja.«

»Und du? Was machst du?«

»Ich kann doch zaubern!«

»Ach ja, stimmt. Hatte ich ganz vergessen.«

»Ja.«

Er war ganz aufgeregt und knetete seine Finger.

»Aber du bist ja gar nicht drauf auf deinem Bild«, sagte ich, »wo bist du denn?«

»Das sieht man doch!«

»Wo?«

»Mmh … das sieht man doch!«

»Ich seh dich nicht! Wo bist du denn?«

»Ich hab mich weggezaubert.«

T.H.

Es muss früh am Morgen sein.

Langsam öffne ich die Augen.

Einen Moment lang versuche ich mich zu orientieren.

Auf dem Krankentischchen neben meinem Bett liegt das Schneckenhaus. Angeleuchtet vom ersten Tageslicht.

Jemand sitzt, mir den Rücken zugewandt, auf meinem Bett.

Und sieht aus dem Fenster.

Erschöpft.

Lässt die Schultern hängen.

Es ist nicht leicht, sich einzugestehen, dass man ein Kind dem anderen vorzieht.

Es ist bestimmt auch nicht leicht, das als Kind zu akzeptieren.

Irgendwann.

Irgendwann ist der Kampf zu Ende gekämpft.

Irgendwann gibt man auf.

Justus tastet nach meiner Hand. Findet sie.

Eine Weile spüre ich den Druck seines Griffs, wie er mich hält.

Dann lasse ich los.

Katja

»Ups!«

Ich sehe zur Tür. Da steht ein Clown mit einem Luftballon.

»Tschuldigung, guten Morgen. Ich glaub, ich hab mich in der Tür geirrt«, sagt eine weibliche Stimme hinter der Maske.

Sie zieht einen Zettel aus der Tasche, dann geht sie zurück auf den Gang und guckt auf das Namensschild an der Wand.

»Das ist doch die Zimmernummer *K-14?*«

»Ja.«

»Auf dem Namensschild hier draußen steht *Katja Bethmann*«, überlegt sie, dann hält sie den Zettel hoch, »und hier steht Asrai. Also nur Asrai. Kein Nachname oder so. Mmm.«

Sie sieht zu mir herüber. »Wie heißt du denn?«

»Katja.«

»Okay«, murmelt sie, sieht noch mal auf den Zettel, »also nicht Asrai?«

»Nein.«

»Tja.« Sie steckt den Zettel weg. »Da muss sich ein Fehler eingeschlichen haben bei den Namen. Ich sollte eine Asrai treffen. Was machen wir da jetzt?«

Sie sieht auf ihre riesige grüne Armbanduhr und kratzt sich am Kopf. »Blöd. Ich hab nämlich erst in einer Stunde den nächsten Termin.«

Sie sieht wieder zu mir. »Hast du Lust'n bisschen zu quatschen? Ich hätt 'ne Stunde frei jetzt.«

Irgendwo in ihrem Kostüm klingelt eine kleine Glocke.

»Okay.«

»Super«, sagt sie »weißt du, sonst sitz ich hier nur im Gang rum und warte. In dem Outfit komm ich mir da ’n bisschen blöd vor, so ganz ohne Aufgabe. Darf ich?«

Ich nicke. Sie kommt rein und schiebt die Tür zu.

»Da können Sie sich hinsetzen«, sage ich und zeige auf den Besucherstuhl.

»You can say *you* to me.«

»Okay.«

»Soll ich das runtertun?« Sie greift nach ihrer Perücke.

»Nein.«

»Okay. Alles klar.«

Sie setzt sich.

»Was hast du denn grade gemacht. Bevor ich gekommen bin?«

»Nichts.«

»Gar nichts?«

»Nein.«

»Mm.«

»Ich hab nachgedacht.«

»Okay.«

Sie nickt ein paar Mal vor sich hin.

»Hast du über *was* nachgedacht. Oder an *wen* gedacht?«

»An wen.«

»Okay.«

Sie zieht ihre weißen Handschuhe aus und legt sie auf den Schoß.

»Hat derjenige, an den du gedacht hast, auch an dich gedacht?«

»Ich glaub schon.«

»Das ist doch ein schönes Gefühl.«

»Ja. Schon.«

»Was hast du da am Arm gemacht?«

Ich gebe dem Clown keine Antwort.

»Musst du nicht sagen, wenn du nicht willst.«

Ich schüttele den Kopf.

Und dann kullern mir die Tränen runter. Sie greift nach meiner Hand.

»Ist gut«, sagt sie leise, »ist gut.«

Eine Weile lang sitzt sie nur so da. Dann tastet sie auf einmal ihr Kostüm ab.

»Moment, ich hab irgendwo noch Tempos, ich hab 'ne Mega-Erkältung hinter mir, da müssten noch welche ... ah, hier.«

Sie reicht mir eines.

»Danke.« Ich schnäuze mich und komm mir so blöd vor.

»Gib her«, sagt sie, »ekelt mich nich. Einfach her damit.«

Sie nimmt mein schmutziges Taschentuch und wirft es in den Papierkorb.

Dann sieht sie mich an und fragt: »Musst du sterben?«

Einen Augenblick lang versteh ich gar nicht, was sie meint.

Dann muss ich lachen. Total doof. Aber ich lache einfach los.

Und dann lacht sie auch. Immer wieder geht das von vorne los bei mir. Und bei ihr auch. Mir tut total der Bauch weh. Ich kann nicht mehr.

Als wir zu Ende gelacht haben, sage ich: »Irgendwann schon. Ja.«

Der Clown nickt und sieht mich aufmerksam an.

»Aber jetzt noch nicht«, sage ich. Und dann heul ich wieder los.

Ich bin so blöd.

Neele

Ich stehe barfuß in der Mitte des viertgrößten Kreises. Die Halme sind gebogen, nicht geknickt. In zwei Wochen werden sie sich wieder aufrichten. Als sei nichts gewesen.

Ein älteres Ehepaar hat sich Schlafsäcke mitgebracht. Die beiden liegen nebeneinander im zweiten Kreis und blicken zum Himmel.

Im ersten Kreis steht eine kleinere Gruppe beisammen. Junge Männer und Frauen. Sie halten sich an den Händen und singen leise.

Ich spüre, wie mich die Lichtenergie durchströmt.

Eine leichte Brise lässt die Ähren um mich herum wie Wellen sanft hin- und herschwingen.

Am Rand des Feldes neben dem Parkplatz sitzt die Bäuerin an ihrem Klapptisch, darauf das Schächtelchen aus Pappkarton, in das man eine kleine Zuwendung stecken kann.

Ich lasse den Blick weiter wandern, über die sich überschneidenden Kreise, über den perfekten Goldenen Schnitt.

Ganz hinten, im siebten Kreis, steht Thomas.

»Hört mir zu,
die ihr der Gerechtigkeit nachjagt,
die ihr den HERRN sucht:
Schaut den Fels an,
aus dem ihr gehauen seid,
und des Brunnens Schacht,
aus dem ihr gegraben seid.«

Amelie

Katja bekommt einen Busen. Sie zieht die Schultern nach vorn, so wie ich es damals gemacht habe. Ich sehe es genau. Sie kontrolliert akribisch jede ihrer Bewegungen, die dieses Geschenk der Natur offenbaren könnten. Eine nach vorn gekrümmte Körperhaltung, um das Unvermeidliche noch etwas hinauszuzögern, um die kleinen sprießenden Knospen in einer Hemdfalte zu verbergen, solange es geht.

»Ja ja ja ja«, sagt jemand. Katja dreht sich um und sieht mich an. Sie hält zwei weiße Rosen in der Hand. Ihre beiden Handgelenke sind mit einem Verband umwickelt. Kurzer Oberkörper. Lange Beine. Gekrümmter Rücken. Alles noch so schlaksig.

Auch Neele sieht zu mir herüber.

In der Phase ist sie mir so fremd gewesen. In der Phase, in der sie kein Mädchen mehr war, aber noch so aussah; in der sie Frau wurde, aber noch nicht so aussah und in der sie ihren Vater anhimmelte. In der Phase, in der sie allmählich so auszusehen begann, wie ich es aufhörte. In der Phase, in der auch Helmuth das bemerkte. Damals ist eine Distanz zwischen uns entstanden. Eine Kluft. Nicht zwischen ihr und mir. Zwischen mir und ihr. Wir waren jetzt nicht mehr länger Mutter und Tochter, Frau und Mädchen. Wir waren jetzt Frau und Frau geworden.

Justus sieht jetzt auch zu mir und legt seine Hand auf Katjas Schulter, als wollte er seine Tochter vor meinen Gedanken schützen. Ich versuche, meine Mundwinkel etwas anzuheben. Es soll wie ein tapferes Lächeln aussehen. Der Versuch scheint derart missglückt zu sein, dass eine Frau neben mir meinen Arm nimmt und sich bei mir unterhakt. Eine Geste, die mir genauso unangenehm ist, wie alle anderen Fürsorglichkeiten, mit denen ich zunehmend im Alter bedacht werde.

Die Vorboten der Rollator-Ära.

Das Treppenhaus schaffe ich spielend. Noch immer. Seit Jahren schon verzichte ich auf den Handlauf. In wankelmütigen Momenten habe ich sogar schon darüber nachgedacht, ihn abmontieren zu lassen, um jedweder Versuchung Vorschub zu leisten. Ich lege Wert darauf, dass ich die Stufen, seit ich denken kann, in unverändertem Tempo bewältige, treppauf, treppab. Obwohl ich weiß, dass der eine oder andere diese Agilität durchschaut und in ihr das erkennt, was sie eigentlich ist. Eine zunehmende Altershektik.

»Spielend! Treppauf, treppab!«

»Psssst!«, sagt die Frau neben mir und zupft mich am Ärmel, und das Mädchen mit den verbundenen Handgelenken sieht mich wieder an.

Der Pfarrer segnet den Sarg und dann uns.

Weiter hinten entdecke ich … ist das Olga? Sie flüstert einem jungen Mann etwas ins Ohr, der aussieht wie …

»Hallo, Beni!«

»Pssst!«

Neben Marco steht eine sehr attraktive junge Frau, die ich nicht kenne. Oder kannte ich sie und habe es vergessen?

Auf einmal setzt Bewegung unter den Trauergästen ein. Jetzt erst fällt mir auf, dass der Pfarrer eine Pause eingelegt hat. Ich nutze die kurze Unterbrechung und drehe meinen Arm aus der Umklammerung der Person neben mir. Das Parfum der Frau kenne ich. Es erinnert mich an …

Die Füße tun mir weh. Ich ziehe die unbequemen Schuhe aus.

Beerdigungen waren noch nie meine Sache.

Das Mädchen tritt nun nach vorn ans offene Grab und legt die beiden weißen Rosen neben die Kränze.

Ich lasse meinen Blick über die Trauergäste schweifen. Niemand weint. Doch – die Frau neben mir schnäuzt sich jetzt. Ein Stofftaschentuch mit den Initialen ZS. Sie legt es sorgfältig wieder zusammen und lässt es in ihrem dunklen Kostüm verschwinden. Sie trägt einen passenden kleinen Hut mit einer schwarzen Rose aus Samt, die am Hutband befestigt ist.

Ich lächele sie an, aber sie ignoriert mich.

Ein älterer Herr ist nun ans Grab herangetreten, richtet eine Schleife am Blumengesteck, verweilt einen Augenblick.

Ich beuge mich unauffällig zu meiner Nachbarin: »Entschuldigen Sie, wer ist denn gestorben?«

»Bitte nicht, Amelie!«, zischt sie mich an, »bitte nicht heute!

Dann ist sie an der Reihe. Sie öffnet ihre Handtasche, zieht ein zusammengefaltetes Stück Papier heraus und geht nach vorne an den Rand des Grabes. Sie bleibt stehen und betet. Nachdem sie sich bekreuzigt hat, faltet sie das Papier auseinander. Ich erkenne über ihre Schulter hinweg eine bunte Kinderzeichnung.

Einen Moment lang bleibt sie so stehen, mit dem Blatt in der Hand. Dann geht sie etwas umständlich in die Hocke und lässt die Zeichnung in das Grab fallen.

Justus

Ich gehe zügig und mit gesenktem Blick an den Arkaden entlang. Da kommt mir eine Frau mit einem Zwillingskinderwagen entgegen.

Ich muss ausweichen.

Zu spät.

Er sieht von seiner Lagerstatt auf.

»Glaubst du, dass es so weitergeht?«, fragt er.

Ich bleibe stehen.

»Das was weitergeht?«

»Es. So.«

Ich blicke in die Richtung, in die ich eigentlich gehen wollte.

»Gute Frage.«

»Lenk nicht ab. Und bitte keine Beurteilung. Was glaubst du?«

Ich zucke mit den Schultern.

»Ich weiß es nicht.«

Einen Moment lang sieht er mich prüfend an.

»Ich will nicht wissen, was du nicht *weißt*. Ich will wissen, was du *glaubst*.«

»Ich glaube, dass ich es nicht weiß.«

»Aha.«

»Ich glaube schon, dass es weitergeht, aber womöglich nicht so«, sage ich.

»Sieh mal an.«

Ich greife in die Innentasche meines Jacketts und fische einen Schein hervor. Ohne einen näheren Blick darauf zu werfen, beuge ich mich zu ihm hinunter und lege die Banknote zu den anderen Münzen.

»Ich glaube aber, dass ich glaube«, sage ich.

Er blickt in seinen Filzhut.

Ich richte mich wieder auf.

Da keine Reaktion kommt, wende ich mich zum Gehen.

Lasse ihn unter seiner Arkade zurück, gehe schneller, verfalle fast in einen Laufschritt, Passanten zischen links und rechts an mir vorbei, ich stürze mich in die Fußgängerzone, schiebe mich durch die Menge, die mir entgegenkommt und lasse mich von denjenigen mitreißen, die in meine Richtung strömen, und irgendwann, in der Ferne, schon außer Sichtweite, löse ich mich in der Masse meiner Mitmenschen auf.

Ein Grünfink fliegt durch die Luft.

Ein *jüpp*, und noch eins. Dann ein *djürp – rüp – rüp*, dann noch mal ein *juiT*.

Er flattert weiter, dann folgt ein *djüpp – djüpp djurrrrrrrr – tuj – tuj – tuj duiT tjipp – tjipp – tjipp tjipp dürdürdürdjürrrrrr.*

Marco

Ich richte mich auf.

»Was ist?«, fragt Anabel unter mir.

»Hör mal.«

»Was?«

Wir liegen auf einer Wiese außerhalb, in der Nähe der Kiesgrube.

»Was hören?«

»Egal. Schon weg.«

»Was weg?«

»Egal.«

PHILIPP MOOG lebt als Schauspieler und Autor in Berg am Starnberger See. Bekannt wurde er vor allem durch Rollen in »Derrick«, »Tatort« sowie »Marias letzte Reise« und »Die Puppenspieler«. Philipp Moog leiht seine deutsche Stimme u.a. Ewan McGregor, Orlando Bloom und Neil Patrick Harris, er spricht zudem Dokumentationen sowie Hörbücher (Deutscher Hörbuchpreis 2016). *Anderwelt* ist nach *Lebenslänglich* Philipp Moogs zweiter Roman.

Bibliografische Information der Deutschen Nationalbibliothek
Die Deutsche Nationalbibliothek verzeichnet diese Publikation
in der Deutschen Nationalbibliografie;
detaillierte bibliografische Daten sind im Internet
über http://dnb.d-nb.de abrufbar.

Lektorat Alexander Löwen, Berlin
Coverabbildung © 2021 Isabel Pin, Berlin
Covergestaltung und Satz von Sebastian Maiwind, Berlin
Gedruckt auf chlor- und säurefreiem Papier
und gebunden bei Finidr in Český Těšín.
 Printed in Czech Republic.
ISBN 978-3-7920-0274-2

www.karl-rauch-verlag.de